D1727733

FRANCKE

B. J. Hoff

Das Rätsel von Red Oak

FRANCKE
Verlag der Francke-Buchhandlung GmbH

Die Deutsche Bibliothek – CIP-Einheitsaufnahme

Hoff, Brenda J.:
Das Rätsel von Red Oak / B. J. Hoff. [Dt. von Roselinde Päßler]. –
Marburg an der Lahn : Francke, 1998
(Francke-Lesereise) (Portrait)
ISBN 3-86122-350-3

Alle Rechte vorbehalten
Originaltitel: Masquerade
©1996 by B. J. Hoff
Published by Bethany House Publishers, Minneapolis, USA
© der deutschsprachigen Ausgabe
1998 by Verlag der Francke-Buchhandlung GmbH
35037 Marburg an der Lahn
Deutsch von Roselinde Päßler
Umschlaggestaltung: Reproservice Jung, Wetzlar
Umschlagillustration: William Graf
Satz: Druckerei Schröder, 35083 Wetter/Hessen
Druck: St.-Johannis-Druckerei, 77922 Lahr 31901/1998

Francke-Lesereise

1

Danni St. John hielt das Lenkrad ihres Celica krampfhaft umklammert. Die Dunkelheit, die sie umgab, unterbrochen von dem Regen, der von der Seite her auf sie einpeitschte, und das schleifende Geräusch der Scheibenwischer erinnerte sie an eine Geschichte von Edgar Allen Poe. Zudem wartete sie darauf, daß von einer der mächtigen alten Eichen, die die Straße auf beiden Seiten säumten, plötzlich kreischend ein Rabe herabstürzte.

Das Radio brachte nicht die gewünschte Ablenkung. Der einzige Sender, den sie während der letzten dreißig Meilen einfangen konnte, hatte offenbar eine Vorliebe für das „Phantom der Oper". Mit einem tiefen Seufzer rückte sie ihre Brille auf der Nase gerade, bevor sie, um das Unbehagen zu verdrängen, das sie überkommen hatte, kräftiger auf das Gaspedal trat.

Die Fahrbahn war naß und von feuchtem Laub übersät, wodurch das Auto ins Schleudern geriet und in der Mitte der Straße ein halbe Umdrehung machte. Als der Celica ruckartig zum Stehen kam, unterdrückte sie einen Aufschrei. Ein scharfer Windstoß peitschte in dem Augenblick so heftig die Bäume, daß kahle Äste fast zu Boden gezwungen wurden. Danni umklammerte das Lenkrad noch fester und zuckte zusammen, als ein greller Blitz kurz vor ihr in einen Baum einschlug und den Montgomery Drive in ein schauriges Licht tauchte.

Danni versuchte, den Kloß in ihrer Kehle hinunterzuschlucken, bevor sie sich die feuchten Hände auf beiden Seiten des Sitzes abwischte.

„Zu dumm, daß ich keine Kriminalgeschichten schreibe", murmelte sie vor sich hin, während sie durch die Windschutzscheibe in die Dunkelheit spähte. „Die Atmosphäre hier ist dafür geeignet!"

Sie spürte, wie die Kopfschmerzen, die auf den letzten Meilen noch einigermaßen erträglich waren, sich zu einem heftigen Kopfweh entwikkelten. Sie haßte es, nachts zu fahren, und noch mehr haßte sie es, bei Regen hinter dem Lenkrad zu sitzen. Beides zusammen, und das auf einer Strecke von mehr als hundert Meilen, forderte seinen Tribut.

Nach einem Blick in den Rückspiegel brachte sie ihr Auto wieder in die Spur und fuhr langsam weiter. Als sie vor sich auf der linken Seite einladende, bunte Lichter erblickte, atmete sie erleichtert auf. Mit der Aussicht auf einen Ort, wo sie dem Regen entfliehen, sich die Beine vertreten und nach dem Weg in die Kolonie fragen konnte, beschleunigte sie ihre Fahrt ein wenig. Ihr Vorfreude steigerte sich, als sie erkannte, daß die bunten Lichter zu Ferguson's Tankstelle gehörten, die rund um die Uhr geöffnet war. Solange sie zurückdenken konnte, hatte Ray Ferguson seine Tankstelle an dieser Ecke.

Fünf Jahre war sie nicht mehr in Red Oak gewesen, und obgleich sie nicht erwartete, daß sich in dem verschlafenen Städtchen viel geändert hat, würde dennoch *einiges* anders sein; vor allem wegen der neu entstandenen Kolonie, dachte sie grimmig.

Das letzte Mal war sie nach Hause gekommen, um der Beerdigung ihres Vaters beizuwohnen. Sie war aber nur so lange geblieben, bis sie ihrer Mutter geholfen hatte, ihr Blumengeschäft zu verkaufen und für den Umzug nach Florida zu packen, wo sie jetzt bei ihrer Tante Kathryn wohnte. Als kleine Stadt mit nicht mehr als zehntausend Einwohnern hatte Red Oak bisher nie mit anderen Städten in Alabama Schritt halten können. Deshalb wäre Danni überrascht gewesen, in der Stadt, in der sie aufgewachsen war, tiefgreifende Veränderungen vorzufinden. Irgendwie war sie überzeugt, daß die stille ländliche Gemeinde immer so bleiben würde, wie sie war.

Ihre kurze Heiterkeit verschwand sofort, als sie die Lichter bei Ferguson's verlöschen sah. *Das war er also, der Service rund um die Uhr.* Angst bemächtigte sich ihrer, als sie feststellte, daß es im gesamten Wohngebiet dunkel geworden war. Selbst die Straßenlaternen waren erloschen.

Langsam fuhr sie über eine Kreuzung, deren Ampeln ebenfalls außer Betrieb waren, und bog nach links in die Tankstelle ein. Ein neuer Blitz erhellte die Umgebung, so daß sie vier in Weiß gekleidete, offenbar junge Gestalten neben einem weißen Kleinbus erkennen konnte, der bei den Tanksäulen stand. Dann sah sie noch, wie sie unter ein Vordach des Ziegelgebäudes liefen.

Danni war nahe daran, in Panik zu geraten. Sie trat auf die Bremse und kam ruckartig nur wenige Zentimeter vor dem Eisengeländer auf der Nordseite des Tankstellengeländes zum Stehen, wodurch sie vorn gegen das Lenkrad gedrückt wurde. Nach Fassung ringend, atmete sie tief durch.

Danni war noch nie ein Feigling gewesen. Den beachtlichen Erfolg, den sie gegenwärtig als Journalistin und Redakteurin genoß, hatte sie nicht dadurch errungen, daß sie feige davongelaufen war. Doch der bittere Geschmack, den sie im Augenblick in ihrem Mund verspürte, signalisierte eindeutig *Angst.* Schließlich war sie allein auf einer verlassenen Straße, mitten in einem der heftigen Gewitter von Alabama, und es gab kein Licht!

Während sie in den Rückspiegel schaute, wischte sie sich mit unsicherer Hand Schweiß von der Stirn. Was sollte sie nun tun?

Wie aus einer dunklen Kammer kommend, durchbrach die Stimme des Nachrichtensprechers im Radio das Schweigen. Sie empfand die ruhige Männerstimme als recht unpassend für ihre gegenwärtige Situation. Als er aber die Kolonie erwähnte, horchte sie auf. Sie hörte: *„Reverend Ra, der Leiter der Kolonie, erklärte, daß Mr. Kendrick offensichtlich schon seit längerer Zeit herzkrank gewesen sei. Als Gast der Kolonie wird ihm eine Beisetzung zuteil, wie sie denen gewährt wird, die keine Hinterbliebenen mehr haben."*

Als der Sender sein Musikprogramm fortsetzte, schaltete Danni das Radio ab. Sie fühlte sich gefangen in einer eigenartigen Verschiebung von Raum und Zeit und bemerkte erst, als an ihrem Fenster ein leichtes Klopfen ertönte, daß sich eine der weißen Gestalten ihrem Auto genähert hatte.

Erschrocken starrte sie auf die Erscheinung. Von den Wasserströmen, die an der Scheibe herunterliefen, sah das bärtige Gesicht, das zu ihr hereinspähte, schaurig aus. Auf der Jacke der Gestalt erkannte Danni, daß auf der linken Schulter eine Lotusblüte über den Konturen einer Pyramide und darunter die Zeichnung eines Falken abgebildet waren. Langsam begann sie zu begreifen ...

„Entschuldigen Sie, Madam, ist alles in Ordnung?"

Etwas verlegen löste sie ihre Hände, die das Lenkrad noch immer steif umklammert hielten, und versuchte ein schwaches Lächeln.

Der junge Mann schien offenbar ehrlich besorgt. „Ist Ihnen etwas passiert? Brauchen Sie Hilfe?"

Erleichtert schob sie ihre Brille, wie gewohnt, in ihr Haar zurück, dann drehte sie das Fenster herunter. „Entschuldigen Sie", sagte sie mit unsicherer Stimme. „Sie haben mich erschreckt. Das Licht ging aus ... und dann sah ich Sie ... und ich ..."

„Haben Sie Probleme mit dem Auto?"

„Nein – nein, ich bin nur hier eingebogen, um dem Regen zu entfliehen und mich nach dem Weg zu erkundigen." Sie merkte, wie sie wieder klarer zu denken begann. „Sie sind von der Kolonie?"

„Ja."

„Dann können Sie mir tatsächlich helfen. Ich habe morgen früh dort einen Termin, und ich muß wissen, wie ich hinkomme."

„Sie wollen zu uns kommen?"

Danni wägte ihre Worte sorgfältig ab. „Hm, nun ... ja", sagte sie schließlich. „In gewisser Weise. Lassen Sie mich meinen Wagen parken, und dann könnten Sie vielleicht so freundlich sein und mir den Weg aufzeichnen."

Er trat beiseite und schaute zu, wie Danni den Wagen neben dem Gebäude parkte und den Motor abstellte. Bevor sie den Wagen verließ, zog Danni den Regenmantel über, ihr Haar unter der Kapuze versteckend. Als sie die Wagentür öffnete, reichte ihr der junge Mann mit dem blonden Bart die Hand. Gemeinsam eilten sie unter das Vordach.

Die drei jungen Leute, die bereits dort waren – alle im gleichen weißen Umhang mit dem blauen Emblem – begrüßten Danni mit einem nichtssagenden Lächeln. Sie lächelte zurück. „Ist die Tankstelle geschlossen?"

„Ich fürchte, ja", antwortete das einzige weibliche Mitglied der Gruppe. Sie war ein ausgesprochen hübsches junges Mädchen mit scheuem Blick und glänzendem schwarzen Haar, das unter ihrer Kapuze hervorlugte. Den jungen Mann, der zu Dannis Auto gekommen war, fragte sie: „Glaubst du, daß Mr. Ferguson krank ist, Bruder Penn?"

„Nein, ich denke, er hat wegen des Stromausfalls früher geschlossen", entgegnete der junge Mann. Zu Danni gewandt, erklärte er weiter: „Durch das Gewitter ist die Stromversorgung in der ganzen Stadt und sogar draußen in der Kolonie unterbrochen. Wir verfügen natürlich über unsere eigenen Notstromaggregate, so daß Stromausfall für uns kein Problem bedeutet."

„Wir sind mit dem Kleinbus in die Stadt gekommen, um zu tanken und einen Reifen zu wechseln", ergänzte ein anderer junger Mann, der Danni neugierig musterte. „Wohnen Sie hier in der Stadt?"

„Sie kommt morgen zu uns in die Kolonie", erklärte Bruder Penn lächelnd.

Alle vier waren noch jung, nicht älter als Teenager, dachte Danni. Das Mädchen schien am jüngsten zu sein – höchstens sechzehn. Der lange, schlaksige Bruder Penn war mit etwa neunzehn Jahren vermutlich der älteste von ihnen. Er war als einziger nicht glattrasiert, und nur er trug das Zeichen des Falken unter dem Logo der Kolonie.

Es sind doch noch Kinder, dachte Danni bestürzt und versuchte, den Zorn zu verbergen, der in ihr aufstieg. Sie konnte es sich nicht leisten, auch nur den geringsten Hinweis auf ihre wahren Gefühle zu offenbaren, nicht jetzt.

„Oh, es tut mir leid", sagte sie verbindlich. „Ich habe mich noch gar nicht vorgestellt. Ich bin Danni St. John und werde in der Kolonie arbeiten, für die Zeitschrift. Ich bin die neue Redakteurin."

Nun war das Mädchen die erste, die Danni die Hand reichte. „Ich bin Schwester Lann", sagte sie scheu. „Das ist Bruder Penn." Dabei deutete sie mit dem Kopf auf den jungen Mann zu ihrer Linken, dessen gleichbleibendes, nichtssagendes Lächeln Danni aus irgendeinem Grund zu irritieren begann. *Ich muß wirklich müde sein, dachte sie nüchtern, wenn mich ein Lächeln aufregt.*

„Und ich bin Bruder Rudd", mischte sich der kleinere Jugendliche mit den Apfelbäckchen, der Danni genau gegenüberstand, in das Gespräch ein. „Und das ist Bruder Hall — er war auch mein Bruder in meinem früheren Leben." Seine Stimme klang hell, beinahe kindhaft.

Danni nahm an, er wollte damit sagen, daß der größere Teenager mit dem trüben Blick, der neben ihm stand, sein leiblicher Bruder war.

„Die Kolonie ist leicht zu finden", erkärte Bruder Penn, offensichtlich der anerkannte Leiter der Gruppe. „Sie brauchen nur etwa fünf Meilen auf der 72 aus der Stadt herauszufahren, dann biegen sie an der alten Gießerei nach rechts ab in die Sackgasse. Doch Sie sagten, Sie kämen erst morgen früh. Wo bleiben Sie über Nacht?"

„Ich wohne hier in Red Oak, das heißt, ich habe früher hier gelebt", erklärte Danni. „Meine Mutter lebt jetzt in Florida. Freunde unserer Familie hatten jedoch das Haus bis vor einigen Wochen gemietet. Inzwischen sind sie in einen anderen Staat umgezogen, so daß mir das Haus zumindest im Augenblick zur Verfügung steht."

Das Mädchen betrachtete sie ein wenig skeptisch. „Meinen Sie nicht, daß Sie besser heute abend mit uns in die Kolonie fahren sollten, anstatt allein in der Stadt zu bleiben? Sie werden vermutlich die ganze Nacht keinen Strom haben."

„Ach nein, ich komme bestimmt zurecht", beharrte Danni. „Ich habe mich so darauf gefreut, wieder nach Hause zu kommen."

Und wie sie sich freute! Sie konnte es tatsächlich kaum erwarten, ihre Sachen auszupacken, unter die Dusche zu gehen und sich dann in ihr altes Himmelbett in ihrem ehemaligen Schlafzimmer sinken zu lassen.

„Wenn Sie möchten", entgegnete Bruder Penn verbindlich, „sagen Sie uns eine Zeit, damit jemand von uns aus der Kolonie Sie morgen früh abholen und Ihnen den Weg zeigen kann."

„Nun ..." zögerte Danni, von ihrer Hilfsbereitschaft überrascht.

„Es macht uns wirklich nichts aus", versicherte er schnell. „Geben Sie uns einfach Ihre Adresse."

„De Soto Drive, Nummer 18, De Soto — es ist das letzte Haus auf der rechten Seite. Ein weißes, zweigeschossiges Haus. Das heißt, es war weiß. Ich nehme an, daß es das auch noch ist."

„Ausgezeichnet! Wir müssen 8.50 Uhr an der Bushaltestelle sein, um Gäste abzuholen", erzählte er. „Dann könnten wir gegen neun bei Ihnen vorbeikommen und Sie abholen."

Obwohl Danni ihre Hilfe nur ungern annahm, war sie jedoch der Meinung, daß eine Ablehnung Argwohn erwecken könnte – und das wollte sie um jeden Preis vermeiden. „Es ist wirklich sehr nett von euch", erwiderte sie schließlich. „Ich habe mich schon gefragt, ob ich zur Kolonie finden würde, da sie ja noch nicht existierte, als ich von hier weggezogen bin . . ."

Plötzlich zuckte sie zusammen und fuhr herum, als der hohe, schrille Ton einer Sirene durch die Nacht heulte. Sie sah, wie ein dunkles Auto schwungvoll in die Auffahrt einbog und sie im grellen Licht seiner Scheinwerfer gefangennahm. Eine Hand schützend über die Augen haltend, trat Danni unwillkürlich einen Schritt zurück und sah, wie ein Riese mit schwarzem Bart die Tür des Streifenwagens aufriß und mit einer einzigen, schnellen, zornigen Bewegung auf der Straße stand.

2

Hinter sich hörte Danni, wie Bruder Penn leise stöhnte, bevor er „McGarey" murmelte.

„Der Sheriff", erklärte Schwester Lann flüsternd, während sie Danni leicht auf die Schulter klopfte.

Interessiert starrte Danni auf die uniformierte Gestalt, die sich ihnen näherte. Dabei leuchtete aus einer entfernten Ecke ihres Gedächtnisses ein Funke der Erinnerung auf ... und verebbte wieder.

Ihr erster Eindruck hatte sie nicht betrogen. Er war ein Riese. Von ihrer „stolzen" Größe von 1,58 m betrachtet, wirkten natürlich die meisten Männer auf Danni riesig. Dieser hier brachte es jedoch bestimmt auf angsteinflößende 1,95 m. Mit Schultern, breit genug, um seine Größe harmonisch auszugleichen, und einem Brustkorb, der die meisten olympischen Schwimmer echt schmalbrüstig erscheinen ließ, war der Mann in der Tat beeindruckend.

Ihr fiel die Schroffheit auf, mit der er sich durch die kleine Gruppe drängte, um sich direkt vor ihr zu postieren. Als sie, um besser sehen zu können, ihre Brille aufsetzte und den Kopf zur Seite neigte, rutschte ihr die Kapuze herunter. Ihre Augen wanderten immer weiter nach oben, von dem Abzeichen an der schwarzen Lederjacke vorbei an dem starken, pechschwarzen Vollbart, bis sie schließlich einem dunklen Augenpaar begegnete, das sie ebenso auffällig musterte wie sie ihn. Einen Augenblick lang schweifte ihr Blick zu dem vollen, geschmeidigen Haar, das locker über seine Stirn fiel und durch den Regen wie Samt glänzte.

Intuitiv erkannte Danni, daß dieser große, etwas bedrohlich wirkende Mann absolut nichts mit den Polizeibeamten gemeinsam hatte, die sie bisher kennengelernt hatte. Sie hatte bereits mit einer Reihe von Polizisten zusammengearbeitet und sie im allgemeinen sympathisch und kooperativ gefunden, doch irgend etwas an diesem Sheriff mit dem finsteren Blick machte sie sofort nervös.

Bewußt zwang sie sich zu einem Lächeln. In seine Augen trat ein Funke, der Überraschung widerzuspiegeln schien. Sein Stirnrunzeln erschien ihr jetzt eher besorgt als feindlich.

„Haben Sie irgendwelche Schwierigkeiten, Madam?" Seine Stimme klang unerwartet sanft in dem angenehmen, gedehnten Tonfall, wie er nur Männern aus Alabama eigen war.

Wie schön konnte es sein, so einem liebenswürdigen, vollen Bariton zuzuhören, der schon die Anrede zu einer Zärtlichkeit machte.

„Schwierigkeiten?" Sie war entsetzt über sich selbst, wie ungeschickt sie sich anstellte. „Oh, – nein, nein, wir haben keine Schwierigkeiten!" Es schien ihr, daß der Mann enttäuscht war und dann die jungen Leute mit finsterer Miene und offenkundiger Verachtung betrachtete.

„Ich nehme an, es gibt einen guten Grund, weshalb ihr so spät am Abend hier draußen im Regen steht?" wandte er sich in zynischem Ton an den, den sie Bruder Penn nannten.

„Nun, ja, Sheriff", entgegnete der junge Mann ruhig. „Wir hofften, einen neuen Reifen zu bekommen und tanken zu können. Mr. Ferguson hat jedoch offensichtlich sein Geschäft geschlossen und ist nach Hause gegangen."

Den Blick wieder auf Danni gerichtet, trat der Sheriff näher, offensichtlich in der Absicht, unter den Schutz des Vordachs zu gelangen. Sein Haar umrahmte naß sein Gesicht, was seine tiefliegenden, forschenden Augen und die markanten, hervorstehenden Wangenknochen, die auf indianische Vorfahren irgendwo in seinem Stammbau hinwiesen, noch deutlicher hervortreten ließ. „Und Sie sind . . . ?"

„Danni St. John", stieß sie hastig hervor und wunderte sich sofort, weshalb sie sich so unbegründet . . . *schuldig* fühlte, als sei sie auf frischer Tat bei einem Verbrechen ertappt worden.

„Sie gehören zu diesen Leuten?"

Danni glaubte, einen mißbilligenden Unterton in seiner Stimme zu hören, und fragte sich, ob er gegen sie oder die Mitglieder der Kolonie gerichtet war. Warum aber sollte es von irgendwelcher Bedeutung für sie sein, was der Mann ihr oder den anderen gegenüber empfand. Widerwillig mußte sie jedoch zugeben, daß sie nicht das Ziel seiner Mißbilligung sein wollte.

Sie spürte, daß sie müde war. Wirklich müde. Zu müde, um noch vernünftig zu reagieren.

„Nun . . . nicht ganz", antwortete sie. „Das heißt, ich gehöre zu ihnen, aber ich bin . . ."

„Miss St. John ist die neue Redakteurin des *Peace Standard*, Sheriff", sprang Schwester Lann ein. „Und sie hat früher hier in Red Oak gelebt."

Danni fragte sich, ob das Mädchen etwas von ihrem Zögern gespürt hatte, sich mit der Kolonie zu identifizieren. Sie hoffte nicht, derart durchschaubar zu sein, obwohl sie so müde war.

Gleichzeitig spürte sie, wie das Interesse des Sheriffs zunahm. Er musterte sie auf eine Art und Weise, daß sie sich vorkam wie ein Käfer, der in einem Glas gefangen war.

„Die neue Redakteurin, was?" sagte er schließlich nach einer Pause, die ihr übertrieben lang vorkam. „Es muß dunkler sein, als ich angenommen habe. Ich hätte nicht gedacht, daß Sie die Highschool bereits beendet haben." Die Arme über der Brust verschränkt, setzte er ein herablassendes Grinsen auf und fügte ein spitzes „Madam" hinzu.

Und ich mag dich auch nicht, Cowboy, dachte Danni, plötzlich wütend über seine Arroganz. Sie lächelte ihn jedoch an und erklärte ruhig: „Sie haben recht, es muß dunkler sein, als Sie dachten."

Sein Gesichtsausdruck blieb unverändert. „St. John", sagte er nachdenklich. „Sind Sie irgendwie mit den Leuten verwandt, die früher das Blumengeschäft hatten?"

„Das sind meine Eltern", erwiderte Danni kühl und schaute ihm in die Augen. „Ich stamme aus Red Oak."

„Ach so." Und das faßte offensichtlich seine Meinung über Danni und ihre Eltern zusammen.

Einen Augenblick lang widmete er dann seine Aufmerksamkeit ihrem Auto.

„Sie werden heute in der ... Kolonie übernachten, Madam?" fragte er, wieder Danni zugewandt.

Ihr entging nicht der leichte Nachdruck, den er auf das Wort *Kolonie* gelegt hatte. Irritiert von seinem Verhalten, neigte sie den Kopf zur Seite und wischte mit der Hand den Regen ab, der ihr vom Haar ins Gesicht tropfte. „Nein, ich werde zu Hause übernachten — in meinem Elternhaus, auf dem De Soto Drive."

Er nickte. „Das zweigeschossige Haus mit dem kleinen Gewächshaus dahinter."

„Das stimmt." Nun, die Stadt kannte er offensichtlich. Das mußte sie ihm lassen.

„Das Haus ist seit einiger Zeit unbewohnt", unterstrich er. „Es wird kalt sein, und Sie haben kein Licht."

Wie besorgt er ist, kochte es in ihr. „Ich werde bestimmt zurechtkommen", erklärte sie lächelnd mit zusammengebissenen Zähnen.

Er zuckte die Schultern. „Das ist Ihre Entscheidung." Die verschränkten Arme lösend, eine Hand in der Gesäßtasche, fuhr er fort, sie zu mustern.

Plötzlich wurde es ihr zur vollen Gewißheit — was sich ihr vom ersten Augenblick an aufgedrängt hatte, seitdem der Polizist den schwarzen Streifenwagen verlassen hatte. *Logan McGarey! Ja, ... das mußte er sein!* Der Footballstar aus der Highschool, der zur Marineinfanterie gegangen war und schließlich, mit hohen Orden ausgezeichnet, von der Operation „Wüstensturm" zurückgekehrt war. *Natürlich!*

Einen Augenblick lang wurde Danni von ihrer Vergangenheit gefangengenommen. Sie sah sich als junges Mädchen – eine magere, unscheinbare Flötenspielerin, die zur Halbzeit, stolz wie ein Pfau, mit ihrer Band auf das Footballfeld marschierte, um gemeinsam mit der Band der Highschool zum Jahresabschlußspiel aufzuspielen. Sie war damals nicht älter als zwölf Jahre, Logan dagegen ein beeindruckender Footballspieler aus der Oberstufe der Highschool. Er hatte an jenem Abend Footballgeschichte geschrieben. Als Quarterback das Spiel beherrschend, hatte er Red Oak zu einem erstaunlichen Sieg über ihren alten Rivalen Huntsville geführt. Die Mannschaft nahm so zum ersten Mal seit fünfzehn Jahren an den Wettkämpfen auf Bundesstaatsebene teil. Und damit war der Name McGarey damals in aller Munde.

Die McGareys hatten ein Farm gepachtet, erinnerte sich Danni. Sie waren eine große Familie – mit vielen Kindern und einer Menge Verwandtschaft hier in der Gegend. Die Familie hatte keinen besonders guten Ruf besessen. Vage erinnerte man sich, daß einer von Logans Brüdern im Gefängnis gestorben war. Im Zusammenhang mit den McGareys hatte es noch andere Skandalgeschichten gegeben, deren Einzelheiten jedoch im Laufe der Jahre verblaßt waren.

Seltsam, daß die Erinnerung an jenen wunderbaren Abend im Spätherbst nach so vielen Jahren noch derart lebendig war. An jenem Abend, während sie zusah, hatte Danni sich zum ersten Mal verliebt.

Weitere Begebenheiten aus der Vergangenheit wurden wieder lebendig, daß Logan eine Zeitlang ihre Gemeinde besucht hatte. Damals war er viel schlanker gewesen – nur eine Andeutung des großen, muskulösen Mannes, der jetzt vor ihr stand. Früher schien seine Kleidung ihm nie zu passen, und manchmal sah sie regelrecht schäbig aus. Logan war der einzige aus seiner Familie, der zur Kirche ging – zumindest soweit es ihr bekannt war.

Ihre Mutter hatte diese Tatsache einmal erwähnt und ihr Mitgefühl für Logan McGarey zum Ausdruck gebracht. „Diesem Jungen gebührt alle Achtung, daß er immer allein zur Kirche kommt. Er muß sich erbärmlich vorkommen in seinen abgetragenen Sachen", hatte Nancy St. John traurig bemerkt. „Ich wünschte, wir könnten ihm irgendwie helfen."

Danni hatte Logan aus den Augen verloren, nachdem er Red Oak verlassen und sich der Marineinfanterie angeschlossen hatte. Auch als er, begleitet von zahllosen lobenden Artikeln in verschiedenen Zeitschriften ihres Bundesstaates, zurückgekehrt war, war sie zu sehr in den Stürmen ihres eigenen Lebens verstrickt gewesen, um das Aufsehen zu beachten, das um ihn gemacht wurde. Außerdem war er ihr ungemein älter erschienen.

14

Später, als sie im Großraum Chicago freischaffend für verschiedene christliche Zeitschriften tätig gewesen war, hatte ihre Mutter ihr einen Artikel darüber gesandt, wie Logan McGareys Frau bei einem tragischen Unfall ums Leben gekommen war. Sie waren erst seit kurzer Zeit verheiratet gewesen, und Danni erinnerte sich jetzt noch, wie ihr beim Lesen dieses Artikels das Herz schmerzte.

Ein Heckenschütze hatte in einem Einkaufszentrum, in dem es von Weihnachtseinkäufern wimmelte, das Feuer eröffnet. Es hatte mehrere Verletzte gegeben, und Logans Frau war sofort gestorben.

Abrupt schaute Danni zu ihm auf. Furchtbar mußte das für ihn gewesen sein. Kein Wunder, daß er so verbittert und unglücklich aussah.

Erschrocken stellte sie plötzlich fest, daß er ihr eine Frage gestellt hatte. „Wie bitte?" stammelte sie.

„Ihre Mutter — wie geht es ihr?"

„Oh, es geht ihr recht gut, danke. Kannten Sie meine Mutter?"

Er nickte, und Danni bemerkte überrascht, wie sein Gesichtsausdruck weicher wurde. „Sie kam immer an der Tankstelle vorbei, in der ich nach der Schule gearbeitet habe", sagte er leise. „Und sie hat sich auch in der Kirche immer mit mir unterhalten. Sie war wirklich eine sehr nette Frau." Nach einer kurzen Pause fügte er hinzu: „Sie sehen ihr sehr ähnlich."

Sein Ton machte deutlich, daß diese Ähnlichkeit sich jedoch nur auf das Äußere beziehen konnte. Als er fortfuhr, nahm seine Stimme wieder jenen rauhen Ton von vorhin an: „Falls Sie wirklich in Ihrem Haus übernachten wollen, schlage ich vor, daß Sie sich auf den Weg begeben, bevor es noch später wird, Madam."

Sein „Vorschlag" klang jedoch vielmehr wie ein Befehl.

Dann wandte er sich ab und bedachte jeden einzelnen der jungen Leute mit einem frostigen Blick. Danni beobachtete ihn, befremdet von der Art und Weise, wie seine Miene sich verfinsterte, als er mit den jungen Leuten sprach.

„Ihr könnt vor morgen früh ohnehin nichts mehr für euren Wagen tun", stellte er klipp und klar heraus. „Und die Zeit für die Ausgangssperre ist längst überschritten! Ihr begebt euch am besten auf schnellstem Weg zu dem Käfer zurück.

„Ausgangssperre!" stieß Danni hervor, ehe sie denken konnte. „In Red Oak gibt es eine Ausgangssperre?"

Logan warf ihr einen finsteren Blick zu. „Miss St. John", sagte er leise, „vieles ist in Red Oak anders geworden, als Sie es in Erinnerung haben — aus den verschiedensten Gründen", fügte er mit einem unmißverständlichen Blick auf die Mitglieder der Kolonie hinzu. Als er mit einer Hand sein nasses Haar aus dem Gesicht strich, erschien um seinen Mundwinkel ein deutliches Zucken.

„Es war mir ein Vergnügen, Madam", sagte er gedehnt und nickte Danni kurz zu, bevor er zu seinem Streifenwagen zurückging. Obgleich er seine große Gestalt hinter das Lenkrad gedrängt hatte, machte er keinerlei Anstalten wegzufahren. Statt dessen blieb er regungslos sitzen und beobachtete, wie Danni den anderen eine gute Nacht wünschte. Als sie wegfuhr, saß er noch immer in seinem geparkten Streifenwagen.

Während sie durch die Stadt fuhr, kreisten Dannis Gedanken nur um Logan McGarey. Sie fragte sich, wo die Ursachen für seine unverhohlene Feindschaft gegenüber den Jugendlichen aus der Kolonie lagen. Sie waren schließlich beinahe noch Kinder. Und warum hatte er die Kolonie „Käfer" genannt?

Seufzend bog sie von der Montgomery Allee ab in die Leander Street. Sie stellte die Scheibenwischer auf die höchste Geschwindigkeit, denn es hatte wieder in Strömen zu regnen begonnen. Wie lange würde Logan McGarey wohl noch in seinem Streifenwagen an der Tankstelle verharren? Es schien fast so, als würde er auf diese jungen Leute *Jagd machen*.

Einige Minuten später bemerkte sie Scheinwerfer hinter sich, und sie fragte sich, wer außer ihr noch so verrückt war und bei diesem Regen durch die Stadt fuhr. Als sie in den De Soto Drive einbog und bemerkte, daß das Auto immer noch hinter ihr war, wurde ihr doch ein wenig unbehaglich zumute. Sie wußte, daß es töricht war. Sie war ja in ihrer Heimatstadt, wo es zu den aufregendsten Ereignissen zählte, wenn gelegentlich eine Kuh weglief und den Verkehr zum Stehen brachte.

Doch es war furchtbar dunkel und weit und breit kein weiteres Auto zu sehen. Nur Danni ... und wer immer ihr auch folgte.

De Soto Drive achtzehn — selbst in der Dunkelheit und ohne Straßenbeleuchtung — erkannte Danni sofort, daß sich ihr Haus nicht verändert hatte. Es war immer noch dasselbe alte, verschachtelte, zweigeschossige Gebäude mit dem verzierten Gesims und Treppengeländer. Die Kinder aus der Nachbarschaft hatten sie oft geneckt, sie würde in einem „Pfefferkuchenhaus" wohnen, doch das hatte ihr nie etwas ausgemacht. Sie hatte ihr Zuhause immer geliebt. Das Haus war groß und verriet an vielen Stellen sein Alter, aber es war mit zahllosen, glücklichen Erinnerungen erfüllt an die Familie, die hier gelebt und sich geliebt hatte.

Sie konnte es kaum erwarten, ins Haus zu gehen und ein Stück ihrer Vergangenheit wiederzusehen. Die Gedanken an ihre Kindheit und die vertraute Umgebung, die sie erwartete, wurden aber zunehmend von

16

Angst getrübt. Das Auto hinter ihr hatte gleichzeitig mit ihr sein Tempo verlangsamt und bog wenige Meter hinter ihr in die Grundstücksauffahrt ein. Und der Fahrer schien es nicht eilig zu haben. Er saß einfach nur da, als wartete er darauf, daß Danni ausstieg.

3

Während sie das Lenkrad umklammert hielt, zwang Danni sich, tief und gleichmäßig durchzuatmen. *Das hat überhaupt nichts zu bedeuten,* sagte sie zu sich selbst. *Was ist nur mit Danni St. John los, der unerschrockenen Reporterin? Wo ist nur die alte Abenteuerlust geblieben, Mädchen? Du hast wieder einmal einen Auftrag, dunklen Machenschaften einen Schlag zu versetzen, und du tust nichts anderes, als im Auto in deinen aufgeweichten Schuhen zu zittern! Reiß dich am Riemen, Danni St. John!*

Langsam und sehr bedächtig ließ Danni das Lenkrad los, zog den Reißverschluß ihrer Jacke bis oben zu und straffte die Schultern. Schließlich konnte sie nicht die ganze Nacht hier in der Einfahrt herumsitzen. Energisch zog sie den Zündschlüssel ab und nahm, den Hausschlüssel fest zwischen Daumen und Zeigefinger gepreßt, ihre Schultertasche vom Sitz. Mit einem entschlossenen Blick aus dem Fenster biß sie sich auf die Unterlippe, öffnete die Wagentür und trat, nachdem sie noch einmal tief durchgeatmet hatte, nach draußen.

Wenn es doch nur Licht gäbe, irgendwelches Licht . . .

Obgleich die Veranda nur wenige Meter entfernt war, zitterten Danni beim Laufen die Beine. Ein scharfer Windstoß, der ihr den Regen voll ins Gesicht peitschte, riß ihr die Kapuze vom Kopf.

Sie hatte die unterste Stufe fast erreicht, als sie über einen Ast stolperte und sich gerade noch an einem tiefhängenden Zweig einer der großen, alten Eichen festklammern konnte, die in der Nähe der Veranda standen. Nachdem sie noch einmal hastig einen ängstlichen Blick auf das parkende Auto geworfen hatte, eilte sie die Treppe zur Veranda hinauf, wobei sie zwei Stufen auf einmal nahm. In fieberhafter Ungeduld, ins Haus zu kommen, riß sie die Außentür beinahe aus den Angeln.

Mit zitternden Händen versuchte sie, den Schlüssel in das Schloß zu stecken. Der Schlüsselbund aber landete dabei klirrend auf dem Fußboden. Frustriert stieß sie einen leisen Seufzer aus. Mit einem Blick nach hinten hob sie die Schlüssel auf und versuchte, die Schultern zu straffen. Diesmal gelang es ihr, den Schlüssel in das Schloß zu stecken, doch die Tür bewegte sich nicht. Mit voller Wucht stemmte sie ihre Schulter gegen die hölzerne Tür, von der die Farbe abzublättern begann — doch ohne Erfolg.

Als sie plötzlich hörte, wie eine Autotür zugeschlagen wurde, blieb ihr vor Angst fast das Herz stehen. Entschlossen hielt sie ihren Blick jedoch weiter auf ihre Hände und den Türgriff gerichtet. Verzweifelt stemmte sie noch einmal ihr gesamtes Gewicht gegen die Tür. Dabei hörte sie, wie sich jemand auf leisen Sohlen der Veranda näherte. Als Danni sich dann plötzlich von einem Lichtkegel an die Tür geheftet fühlte, mußte sie entsetzt aufschreien.

„Kann ich Ihnen helfen?" Die Stimme klang ruhig – und wohltuend vertraut. Vor der Treppe zur Veranda stand der große, dunkelhaarige Sheriff, seine Taschenlampe auf sie gerichtet. Danni konnte gerade genug sehen, um ein Leuchten in seinen Augen zu erkennen.

„Ich – ich bin gerade dabei, ins Haus zu gehen. – Was wollen Sie hier?" Sie zuckte zusammen, als sie den weinerlichen Unterton in ihrer Stimme bemerkte.

Er richtete den Lichtstrahl weiter nach unten, kam langsam die Treppe herauf und blieb direkt vor ihr stehen. „Das gehört zu meinem Job, Madam", erwiderte er ruhig. Der Blick, mit dem er dabei auf sie herabsah, machte ihr deutlich, der Mann amüsierte sich über sie, das stand völlig außer Frage!

Danni mußte sich eingestehen, daß sie im Augenblick durchaus Grund zur Belustigung bot. Ihr Haar war völlig durchnäßt und hing vermutlich in schlaffen Strähnen von ihrem Kopf herunter. Das wenige Make-up, das sie heute aufgetragen hatte, war gewiß längst verschwunden, hinweggespült mit dem letzten Rest ihrer Würde.

„Soll ich es einmal versuchen?" fragte er, wobei er seinen Blick demonstrativ von der Tür zu dem Schlüsselbund in ihrer Hand schweifen ließ.

„Die Tür klemmt", erklärte sie überflüssigerweise, während sie mit dem Handrücken das Wasser abwischte, das an ihrem Gesicht herunterlief.

Sein Gesichtsausdruck war durchaus freundlich, und doch konnte Danni das Gefühl nicht abschütteln, Zielscheibe seines eigenartigen Humors zu sein. „Lassen Sie es mich versuchen", erklärte er in einem Ton, der keinen Widerspruch duldete. Er drehte den Schlüssel mit einem kurzen Ruck im Schloß und stemmte gleichzeitig eine Schulter mit voller Wucht gegen die Tür.

Die Tür gab sofort kreischend nach. Danni betrachtete seinen breiten Rücken mit einer Mischung aus Verärgerung und Erleichterung. Als er ihr bedeutete, ins Haus zu gehen, setzte sie jedoch sofort eine höflichere Miene auf.

„Wir schauen am besten nach, ob wir ein paar Kerzen für Sie finden", erklärte er, während er ihr mit seiner Taschenlampe den Weg bahnte.

„Oh – das ist nicht nötig, wirklich nicht!" protestierte Danni, während sie in den Korridor trat. „Ich komme jetzt ganz bestimmt allein zurecht."

Ein muffiger Geruch trat ihnen entgegen, als er die Haustür hinter sich schloß und Danni am Arm nahm, die Taschenlampe auf den Fußboden vor ihnen gerichtet. „Sie brauchen Kerzen", stellte er sachlich fest. „Auch eine Öllampe wäre sehr willkommen."

Danni wollte sich nicht eingestehen, daß seine Gegenwart sie tatsächlich erleichterte.

„Sie waren das also hinter mir", bemerkte sie.

„Wie bitte?" Er ließ den Schein der Taschenlampe über die gestreifte Tapete gleiten und bedeutete Danni, ins Wohnzimmer zu gehen. „Ach so, ja, das war ich. Es tut mir leid, falls ich Sie erschreckt haben sollte."

„Warum sind Sie mir gefolgt?"

Einen Augenblick schaute er sie an, als sei sie ein seltenes, eigenartiges kleines Geschöpf. „Es ist überall dunkel heute abend", erklärte er schließlich. „Ich war in Sorge."

„Sind Sie immer so nett, Sheriff?" fragte sie und verlieh ihrer Stimme bewußt einen sarkastischen Unterton.

Er betrachtete forschend ihr Gesicht, doch dann wandte er sich ab und schaute sich im Wohnzimmer um. Ihre Mutter hatte den prunkvollen Viktorianischen Stil über alle Maßen geliebt, und das Zimmer war ein wenig überladen mit schweren Möbeln und Nippsachen, zu denen auch jene Petroleumlampe mit dem pompösen runden Schirm gehörte, die Danni stets abscheulich gefunden hatte.

Der Sheriff hatte auf dem Kaminsims eine Schachtel Streichhölzer entdeckt und griff danach.

Er reichte Danni die Taschenlampe und zündete die Petroleumlampe an. „Mal sehen, ob wir in der Küche ein paar Kerzen finden", erklärte er bereits im Gehen.

Nun schämte sich Danni doch ein wenig über ihr Verhalten und beeilte sich, ihm den Weg in die Küche auszuleuchten. „Sie brauchen das wirklich nicht zu tun", sagte sie, bewußt darum bemüht, den widerwilligen Unterton in ihrer Stimme zu unterdrücken. „Ich schätze natürlich Ihre Hilfsbereitschaft."

Er erwiderte nichts. In der Küche angekommen, stellte er die Petroleumlampe mitten auf dem Küchentisch ab und begann, in den Schubladen neben der Spüle zu wühlen.

Der Anblick der Küche rief in Danni viele Erinnerungen wach, so daß sie von einem Anflug von Nostalgie überrascht wurde. Viele Jahre lang hatte sie abends mit ihren Eltern an diesem Tisch gesessen. Irgendwie war gerade die Küche für ihre dreiköpfige Familie stets ein Ort der Begegnung gewesen. Jetzt, wo der gemütliche, runde Tisch leer dastand und seine vielen Scharten sichtbar wurden, erschien die gesamte Küche leer und kalt.

In Gedanken versunken, bemerkte sie nicht, wie der Sheriff etwa ein halbes Dutzend Kerzen, die er gefunden hatte, in den Händen hielt.

„Okay", sagte er, Danni von seinem Platz am Küchenbüffet betrachtend. „Die dürften reichen für Sie, selbst wenn der Strom bis morgen früh wegbliebe."

„Wie bitte?" Danni starrte ihn einen Augenblick lang verständnislos an. „Oh . . . ja, natürlich, das reicht ganz bestimmt", murmelte sie. Darum bemüht, etwas mehr Verbindlichkeit in ihre Stimme zu legen, fügte sie hinzu: „Vielen Dank, Sheriff, es freut mich wirklich, daß Sie mir so geholfen haben."

„Keine Ursache", erwiderte er beiläufig. „Ich hole Ihnen noch das Gepäck aus dem Auto, und dann gehe ich."

„Aber, das ist wirklich nicht nötig . . ."

„Ihren Kofferraumschlüssel", erwiderte er und streckte eine Hand aus.

Ehe Danni noch irgend etwas einwenden konnte, hatte er ihr Schlüsselbund und Taschenlampe aus den Händen genommen und war nach draußen geeilt. Es wäre viel leichter, seine Hilfe anzunehmen, dachte Danni, wenn er nicht so . . . ablehnend erschiene. Warum, sinnierte sie, machte er sich einerseits soviel Mühe mit ihr, wenn er andererseits so kühl war?

Ihr kam in den Sinn, daß das Verhalten des Sheriffs etwas mit der Kolonie zu tun haben könnte. Die feindselige Haltung, die er an der Tankstelle gegenüber Bruder Penn und den anderen gezeigt hatte, war ihr natürlich nicht entgangen. Sie zuckte mit den Schultern. Was immer es auch sein mochte, sie konnte es nicht ändern. Sie nahm die Petroleumlampe vom Tisch, um sich in das kleine Arbeitszimmer nebenan zu begeben.

Die Tür war geschlossen und durch die Feuchtigkeit, die das gesamte Haus erfüllte, deutlich gequollen. Mit der einen Hand die Pertroleumlampe balancierend, zog Danni mit der anderen heftig an der Klinke. Als die Tür schließlich kreischend nachgab, trat Danni ein unangenehmer, muffiger Geruch entgegen, der sie die Nase rümpfen und den Atem anhalten ließ.

Sie zögerte einen Augenblick, bevor sie das Zimmer betrat, in das sich ihr Vater früher immer zurückgezogen hatte. Behutsam, die Lampe so hoch und so weit von sich weg wie möglich haltend, trat sie einen Schritt nach vorn. Als sie schließlich ganz in dem Zimmer stand, brauchte sie einen Augenblick, um sich an die Dunkelheit zu gewöhnen, die die Lampe kaum zu erhellen vermochte.

Zuerst sah sie die Glasscherben vor dem klaffenden Fenster hinter dem wuchtigen Mahagonischreibtisch ihres Vaters. Fröstelnd durch den kalten Wind, der durch die schmale Öffnung wehte, wo einst das Glas war, schaute Danni zu, wie der Regen den bereits verdorbenen Teppich weiter durchnäßte.

Als sie sich in dem Zimmer weiter umsah, wurde Danni von einem beklemmenden Gefühl der Zerstörung übermannt. Die Schreibtischschubladen waren herausgerissen und lagen im Zimmer umher, ihr Inhalt kreuz und quer über den nassen Teppich verteilt. Dann fiel ihr Blick auf die Bücherschränke und Regale, die vom Fußboden bis an die Decke reichten. Die gesamte Bibliothek ihres Vaters, die ihre Mutter widerstrebend wegen des begrenzten Platzes im Haus ihrer Schwester zurückgelassen hatte, war rücksichtslos aus den Regalen geworfen worden. Das meiste davon war offenbar nicht mehr zu retten. Diese Verwüstung war es, die grausame, sinnlose Zerstörung aller dieser Werte, die Danni immer wieder aufschreien ließ.

Der Sheriff, der gerade von draußen zurückkam, setzte Dannis Gepäck blitzschnell an der Tür ab und stürzte in das Zimmer. Sicher und gewandt stellte er sich vor Danni, so ihren Körper schützend. Den Revolver entsichert, drehte er sich um, das gesamte Zimmer mit einem einzigen, geübten Blick erfassend. Einen kurzen Moment ruhten seine Augen auf der zerbrochenen Fensterscheibe, bevor er Danni, sie weiter mit seinem eigenen Körper beschützend, in Richtung Wand zurückdrängte.

Schließlich steckte er seinen Revolver in das Halfter zurück. Seine dunklen Augen forschten in Dannis Gesicht, während er sie behutsam an den Schultern faßte. „Ist alles in Ordnung?"

Nein, im Gegenteil, ihr war mehr als elend zumute. Sie versuchte, Luft aus ihren Lungen zu pressen, konnte jedoch kaum noch atmen. Panik stieg in ihr auf, als sie merkte, wie sie um Sauerstoff ringen mußte. Sie krallte sich an Logan McGareys Jacke fest und stieß unter größter Anstrengung ein einziges Wort hervor: „Asthma ..."

Logan wurde bleich. Sein Blick sagte Danni, daß er keine Ahnung hatte, was zu tun sei. Im selben Augenblick verspürte sie das bekannte Ohrensausen und totale Übelkeit. Anzeichen einer nahen Bewußtlosigkeit.

Der Sheriff schien seine Fassung wiederzugewinnen. Danni fest in einem Arm haltend beugte er sich nach vorn und schaute ihr direkt ins Gesicht. „Haben Sie Medikamente bei sich? In Ihrer Handtasche?"

Unter größter Anstrengung gelang Danni ein Kopfnicken.

„Wo?" drängte er weiter. „Wo ist Ihre Handtasche?"

Ohne eine Antwort abzuwarten, hob er Danni in seine Arme und rannte mit ihr in die Diele. Als er ihre Tasche auf dem Telefonschränkchen am Treppenaufgang erblickte, setzte er Danni vorsichtig auf der untersten Treppenstufe ab. Vage nahm Danni wahr, wie seine Hände zitterten, als er ihre Handtasche durchsuchte und den Inhalator hervorzog. Sie wollte danach greifen, doch ihre Hand war so schlaff, als wäre sie von ihrem Arm getrennt.

„Machen Sie den Mund auf", befahl der Sheriff mit belegter Stimme. Sobald Danni den Mund geöffnet hatte, drückte er auf den Inhalator und schickte das rettende Medikament über ihren Mund in die Lunge.

Er beobachtete sie genau. Als Danni schließlich den befreienden Atemzug machte, atmete auch er tief und erleichtert auf.

Während sich ihre Atmung zunehmend normalisierte, hielt er sie weiter in seinem Arm. Durch den Asthmaanfall — den schlimmsten seit Monaten — geschwächt, blieb Danni brav in seinen Armen liegen. Sie war jedoch wach genug, um von der unerwarteten Zärtlichkeit überrascht zu sein, mit der er mit einer Hand — die groß genug war, um ihre beiden Hände einzuschließen — über ihr Haar strich, das noch immer feucht war.

Auch seine Stimme klang sanft und beruhigend, als er, in ihrem Gesicht forschend, fragte: „Besser so?"

Danni nickte. „Ja ... danke. Ich nehme an, es war der Schock ..."

„Passiert das oft?" unterbrach er sie. Der durchdringende Blick seiner dunklen Augen durchbrach die Mauer der Reserviertheit, die sie als Kind gegen die verhaßte Krankheit errichtet hatte.

Danni schüttelte den Kopf: „Nein, sehr selten."

„Nun", erklärte er, wobei seine Stimme, als hätte er sich dabei ertappt, aus seiner Rolle geschlüpft zu sein, wieder einen rauheren Ton annahm, „Sie ziehen sich am besten erst einmal trockene Kleidung an, und dann bringe ich Sie für die Nacht irgendwo unter. Sie können jetzt nicht hierbleiben."

Danni runzelte die Stirn. „Natürlich werde ich hierbleiben!"

„Meine Dame", stieß er hervor, während er abrupt aufstand und Danni mit hochzog, „Sie *haben* doch bemerkt, daß jemand in ihr Haus eingebrochen ist, oder?"

Unter seinem strafenden Blick zuckte Danni zusammen.

„Ich habe keine andere Möglichkeit, wo ich übernachten kann, außer in der Kolonie", erwiderte sie übertrieben geduldig. „Und dort kann ich nicht nachts um eins angekrochen kommen, noch dazu in der Verfassung, in der ich mich augenblicklich befinde. Jedenfalls nicht, wenn ich die Stelle behalten will, die ich gerade angenommen habe."

Als hätte er ihre Worte überhaupt nicht gehört, drehte er sie herum in Richtung Treppe. „Sie werden die Nacht *nicht* allein hier verbringen! Ich habe noch ein paar andere Dinge zu tun, als im Regen vor Ihrem Haus zu sitzen und aufzupassen, daß Sie sicher und wohlbehütet durch diese Nacht kommen. Jemand hat bei Ihnen eingebrochen, eine Fensterscheibe ist kaputt. Sie haben kein Licht und keine Heizung. Und selbst wenn Sie wollten, könnten Sie nicht in die Kolonie. Nach neun werden dort die Schotten noch dichter gemacht als in der Münzanstalt der USA, und man braucht eine Sondergenehmigung, um einen Passierschein zu bekommen."

„Nun, *Sheriff*, was schlagen Sie denn vor, wo ich übernachten sollte?" Wie sie so durchnäßt und vollkommen erschöpft, ihre Knie von dem Asthmaanfall noch zitternd, vor ihm stand, wurde ihr ihr Zustand jämmerlich bewußt.

Einen flüchtigen Augenblick lang glaubte Danni, er würde lächeln.

„Nun, ich weiß einen geeigneten Ort für Sie, *Miss* St. John", entgegnete er leise, ohne auch nur irgendeine Regung in seiner Stimme zu zeigen. „Sie können diese Nacht im Bezirksgefängnis verbringen. Kostenlos, natürlich", fügte er großzügig hinzu.

4

Drei Wochen später, als Danni an dem kahlen, weißen Metalltisch in ihrem Büro des *Peace Standard* saß, dachte sie an ihre ersten Tage in Red Oak zurück. Sie hätte niemals geglaubt, daß Sheriff Logan McGarey die größte aller Überraschungen sein würde, die sie am ersten Abend in ihrer Heimatstadt erwarteten. Jetzt konnte sie über die Nacht im Gefängnis sogar lächeln – ein wenig zumindest.

Natürlich wollte sie so etwas nicht noch einmal erleben. Der Sheriff hatte seinen Vorschlag, daß sie die Nacht im Gefängnis verbringen sollte, sehr ernst gemeint. Nur wenige Minuten, nachdem sie rasch ihre nasse Kleidung gegen trockene ausgetauscht hatte, hatte er sie durch die Tür des alten Bezirkspolizeigebäudes geschoben, ihr eine zerschlissene Decke gereicht und sie auf eine durchgesessene Couch in einer dunklen Ecke seines Büros verwiesen.

Einige Zeit später hatte Danni kleinlaut gewagt, sich zu beschweren, wie unbequem die Couch und wie kalt es in dem Büro war. Logan McGarey schaute sie an, als wüßte er nicht mehr genau, wer sie war und was sie in seinem Büro machte. Danach bot er ihr als Alternative eine Zelle an, falls sie dies vorzöge.

In dem Moment stand für sie fest, daß sie es mit einem Prototyp eines eingefleischten, engstirnigen, unduldsamen Gesetzeshüters zu tun hatte.

Am nächsten Morgen fuhr er sie nach Hause, und es blieben ihr nur fünfzehn Minuten Zeit vor der Abfahrt in die Kolonie. McGareys einziger Versuch, mit ihr ins Gespräch zu kommen, bestand darin, daß er sie fragte, ob er ihre Hausschlüssel bekommen könnte, um sich noch einmal im Haus umzusehen, während sie weg war. Widerwillig übergab ihm Danni die Schlüssel und sagte ihm, er solle sie in den Briefkasten stecken, wenn er mit seiner Inspektion fertig sei.

„Das kann wohl nicht Ihr Ernst sein!" knurrte er. „Dort sucht doch jeder zuerst nach dem Hausschlüssel!" Sein Blick wanderte zur Garage, und er deutete auf die Lampe über der Tür. „Ich werde sie in die Schale dieser Lampe legen."

„Prima! Und Sie stellen auch gleich noch eine Leiter dazu, damit ich sie erreichen kann?" erwiderte Danni verbindlich.

Während er ihren zierlichen Körper von Kopf bis Fuß musterte, glaubte Danni tatsächlich den Hauch eines Lächelns zu entdecken. „Das stimmt natürlich", sagte er. „Wie wäre es unter dem Strauch neben dem Garagentor?"

Danni hatte nicht erwartet, ihn wiederzusehen, nachdem er seine Abneigung gegenüber ihr und der Kolonie so offen kundgetan hatte. Wie versprochen, kam Bruder Penn und zeigte ihr den Weg in die Kolonie. Neben ihm auf dem Vordersitz saß ein runzeliger alter Mann mit rundlichem Gesicht und einer riesigen Brille, deren Bügel auf überdimensionalen Ohren saßen. Er sah aus wie ein fröhlicher, kleiner Gnom, dachte Danni, wahrscheinlich ein Großvater, der zu Besuch war, sinnierte sie. Vielleicht war er auch ein neuer Angestellter – ein Handwerker vermutlich? Bruder Penn hatte erwähnt, daß er jemanden am Bus abholen würde.

Sie folgte dem Kleinbus aus der Stadt heraus auf eine ungepflasterte Landstraße, an die sie sich dunkel erinnerte als den Weg, der zur Farm der Gundersons geführt hatte. Dann fuhren sie durch ein großes Tor, das frisch gestrichen aussah. Während sie weiter einen schmalen Weg hinauffuhr, der sich schließlich durch ein dichtes kleines Wäldchen wand, hielt Danni bei dem Anblick, der jetzt aus dem Nebelschleier hervortrat, der über dem Wald lag, den Atem an. Der futuristische Komplex, der derart grell hervorstach und in keiner Weise in diese Landschaft paßte, beschlagnahmte ihre Aufmerksamkeit voll, so daß sie beinahe auf den Wagen vor ihr aufgefahren wäre.

Ihr erster erstaunter Blick auf die Kolonie bestätigte ihr auch sofort, weshalb Logan McGarey sie als „Käfer" bezeichnet hatte. Ohne seine Phantasie besonders strapazieren zu müssen, konnte man sich das kuppelförmige Hauptgebäude, das im Sonnenlicht in strahlendem Weiß schimmerte und von dessen Mitte aus sich in verschiedenen Richtungen eine Reihe schmaler Nebengebäude anschlossen, als einen riesigen Käfer mitten auf einem Feld vorstellen. Der Komplex hatte offensichtlich die gesamte Farm der Gundersons verschlungen.

Beim näheren Hinsehen entdeckte Danni zwei weitere Gebäude, die ebenfalls weiß, aber kleiner und weniger beeindruckend als der Hauptkomplex waren, hinter dem sie standen. Der gesamte Anblick war eine Studie modernistischer Architektur in Reinkultur.

Wenn das äußere Bild der Kolonie Danni bereits die Sprache verschlagen hatte, so war sie beim Anblick des Inneren vollkommen überrascht. Alles – *alles* – war weiß, einschließlich der Wände, der Möbel mit klar berechneter Linienführung und – sogar der Plüschteppichboden. Die grünen Hängepflanzen und ab und zu ein wenig blau in Form geometrischer Figuren an den Wänden waren die einzigen Farbtupfer in den Gebäuden. Außerdem paßten die Bewohner der Kolonie mit ihrer einfachen, weißen Toga, die außer dem aufgestickten blauen Emblem der

Kolonie und dem Tierlogo auf der linken Schulter sowie der blauen Schärpe in der Taille völlig schmucklos war, genau in das Dekor und ergänzten es auf diese Weise.

Danni hatte sehr bald erkannt, daß die Bewohner der Kolonie in verschiedene Klassen eingeteilt waren, wobei jede Klasse einen Tiernamen trug. Die höchste Klasse, die gleichzeitig die Oberschicht der Kolonie und Aufpasser für die anderen zu sein schien, wurde treffend als „Die Falken" bezeichnet. Sie waren die einzigen Angehörigen der Kolonie, denen überhaupt irgendwelche, und soweit sie es beurteilen konnte, höchstens die elementarsten Freiheiten gewährt wurden.

Sogar Reverend Ra, der „Erleuchtete Meister" und Leiter der Kolonie, kleidete sich in Weiß: weißer Anzug, weiße Schuhe und ein weißes Hemd, von dem sich die blaue Krawatte abhob. Auf der linken Brusttasche seines Jacketts trat deutlich sichtbar das Logo der Kolonie hervor: eine blaue Pyramide mit Lotusblüteneinsatz und einem aufgestickten Skarabäus, dessen Nachbildung im alten Ägypten, als Siegel oder Amulett benutzt, als Sinnbild des Sonnengottes verehrt wurde. Die schwarze Brille mit wuchtigem Gestell stand in krassem Gegensatz zu dem modern geschnittenen, langen grauen Haar und dem Bart. Der große, schlanke Mann, der bereits in einem normalen Straßenanzug Aufmerksamkeit erregt hätte, war in seiner schneeweißen Tracht unbestreitbar beeindruckend.

Außer der recht „kreativen" Philosophie der Kolonie, die Danni beinahe sofort als eine Mischung aus ägyptischer und mittelamerikanischer Indianer-Mythologie erkannt hatte, folgte die Kolonie einem typischen Kultmuster. Danni behauptete zwar nicht, ein Fachmann zu sein, hatte sich jedoch einige Monate lang mit Merkmalen von Kulten befaßt und konnte in der Kolonie keine echte Abweichung von den typischen Mustern entdecken.

Die Unterkünfte der männlichen und weiblichen Mitglieder lagen getrennt, und selbst rein platonische Beziehungen zwischen den verschiedenen Geschlechtern wurden unterbunden. Die Mitglieder der Kolonie heirateten nicht und mieden Alkohol, Tabak, Zucker und dunkles Fleisch, zum Beispiel vom Rind. Es gab einige ziemlich offenkundige Hinweise auf Drogenmißbrauch, dessen Ausmaß Danni im Augenblick jedoch noch nicht zu beurteilen vermochte. Betont wurden Weisheit, Erleuchtung, Einfachheit, Frieden und Liebe — der Lebensstil der Kolonie. Die jungen Leute waren in allen Entscheidungen vollkommen abhängig von Reverend Ra und seinen Assistenten. Als Zeichen ihrer neuen Identität erhielten die Angehörigen der Kolonie neue Namen, wodurch die geistliche Familie zum Mittelpunkt ihres Lebens wurde. Frühere Bindungen – Familie, Freunde, Schulkameraden – mußten sofort und vollständig gelöst werden.

Die Mehrzahl der Koloniebewohner war unter zwanzig, obgleich Danni gelegentlich ältere Männer und Frauen auf dem Koloniegelände gesehen hatte, zu dem auch Otis Green gehörte, jener kleine Mann, den sie am ersten Tag in dem Kleinbus der Kolonie erspäht hatte. Entgegen ihrer ursprünglichen Vermutung war er kein neuer Angestellter. Stets hatte er ein strahlendes Lächeln und ein freundliches Wort für sie bereit, wenn sie einander begegneten.

Allem Anschein nach besaßen die Schüler keinerlei persönliches Eigentum, schienen es auch nicht besitzen zu wollen. Während Danni die Wohnunterkünfte noch nicht alle von innen zu Gesicht bekommen hatte, war es ihr dennoch gelungen, hier und da einen Blick in eines der Zimmer zu werfen. Sie waren kahl, wie vorauszusehen in Weiß gehalten, und es fehlten selbst die grundlegendsten persönlichen Dinge. Das einzige, was die Mitglieder der Kolonie zu besitzen schienen, waren die notwendigsten Toilettenartikel.

Es herrschte uneingeschränkter, bedingungsloser Gehorsam gegenüber Reverend Ra und den Falken. Danni hatte bereits zwei der sogenannten „Glaubensgottesdienste" besucht, wobei ihr aufgefallen war, wie häufig Wendungen wie „diszipliniert sein", „sich beherrschen", „die Welt meiden", „nach dem Licht des Friedens streben" und andere, ähnlich nebulöse Phrasen erwähnt wurden.

Bisher war ihr nichts begegnet, was sie nicht bereits erwartet hatte, außer den älteren Gästen, die man seltener als die Koloniemitglieder zu Gesicht bekam und für die die meisten Einschränkungen nicht zu gelten schienen. Mit normalen Alltagssachen bekleidet, schien man sie rücksichtsvoll und mit Respekt zu behandeln. Danni war jedoch noch völlig unklar, aus welchem Grund oder zu welchem Zweck sich die älteren Leute in der Kolonie aufhielten.

Während sie weiter über die ersten Wochen seit ihrer Rückkehr nach Red Oak nachdachte, wurde Danni bewußt, daß die größte Überraschung für sie Logan McGarey gewesen war. So hatte sie zum Beispiel, als sie am ersten Abend aus der Kolonie nach Hause gekommen war, die Haustür einen Spaltbreit offen gefunden. Vor dem Haus stand der Wagen einer Glaserei, und trotz des frischen Herbstwetters waren alle Fenster geöffnet. Sie war durch alle Zimmer gejagt und hatte feststellen müssen, daß ein großer Hausputz stattgefunden hatte. Als sie in die Bibliothek kam, fand sie dort Logan McGarey vor, der in abgetragenen Jeans und rotem T-Shirt weit weniger angsteinflößend wirkte und offensichtlich das Einsetzen einer neuen Scheibe überwachte. Die größte Überraschung aber war, er hatte sie tatsächlich *angelächelt!* „Ich dachte, Sie hätten nichts dagegen", erklärte er beiläufig. „Jed Curtis ist ein Freund Ihrer Familie, und als er von dem Fenster hörte, bot er an, sich sofort darum zu kümmern." Er hielt kurz inne, bevor er hinzufügte: „Und er besteht darauf, die Reparatur kostenlos für Sie auszuführen."

Als Danni dagegen protestieren wollte, daß er sich soviel Mühe um sie machte, unterbrach er sie mit einem zwanglosen: „Kein Problem", ehe er auf die andere Seite des Zimmers ging, um einen Luftentfeuchter einzuschalten. „Ich schätze, Sie sind vermutlich kaum scharf darauf, noch eine Nacht im Gefängnis zu verbringen, und so dachte ich, Sie würden ohne zerbrochene Fensterscheibe ein klein wenig besser schlafen."

Danni konnte nicht fassen, was er getan hatte, und starrte ihn an: „Alles ist saubergemacht..."

„Nicht alles", korrigierte er sie. „Ich habe die Zimmer nur gefegt und gelüftet. Es gibt noch eine Menge Arbeit für Sie."

Danach hatte er sich für seine „schlechte Laune" vom vorhergehenden Abend entschuldigt und seine Übermüdung dafür verantwortlich gemacht: „Ich war beinahe achtundvierzig Stunden ununterbrochen im Dienst ohne zu schlafen. Einer meiner Hilfssheriffs hatte die Grippe und ein anderer war bei seiner Frau, weil sie ein Kind zur Welt brachte. Wenn ich nicht genügend Schlaf bekomme, bin ich unausstehlich."

Noch immer über die Veränderung in seinem Verhalten verblüfft, brachte Danni einen stammelnden Dank für seine Hilfe hervor. Als sie ihn dafür bezahlen wollte, lehnte er entrüstet ab. So hatte sie ihn schließlich, zu ihrem eigenen Erstaunen, zum Essen eingeladen. Und was noch erstaunlicher war, er nahm die Einladung an. Dann brachte er sie noch mehr aus der Fassung, indem er sie, ein Grinsen auf dem Gesicht, fragte, ob sie kochen könne.

Nun, er würde es früh genug herausfinden, dachte sie, während sie sich endlich aus ihren Erinnerungen riß. Er wollte heute abend zum Essen kommen, und sie war entschlossen, alle Register zu ziehen, um ihm zu beweisen, daß sie nicht so hilflos war, wie er meinte. Er hatte die Einladung zweifellos nur angenommen, weil sie ihm keine Zeit gelassen hatte, freundlich abzulehnen. Ein Mann wie Logan McGarey — obgleich sie, wie sie zugeben mußte, über Männer wie ihn nicht viel wußte — würde kaum zu beeindrucken sein mit einem schlichten italienischen Essen bei jemandem, den er nicht für besonders fähig hielt. Vermutlich war er aufregendere Verabredungen gewöhnt.

Dies war jedoch keine *Verabredung*, machte sich Danni bewußt. Es war nicht mehr als . . . die Wiedergutmachung einer Dankesschuld.

Genau in diesem Augenblick wurde Danni von Bruder Add überrascht, ihrem schlanken Assistenten mit den traurigen Augen, der plötzlich wie aus dem Nichts aufgetaucht war. Danni fuhr zusammen, als sie ihn in der Tür des Büros stehen sah. Wieder spürte sie Mitleid in sich aufsteigen für den stillen Teenager mit dem schmalen Gesicht. Er besaß eine Art „ausgestorbene" Eigenschaft, eine nahezu herzergreifende Hilfsbereitschaft, die stets von neuem Dannis Neugier — und ihren Beschützerinstinkt — weckte. Add schien nicht aus demselben Guß zu sein wie die meisten der anderen jungen Leute. Reaktionsschnell und sichtlich intelligent, hatte er sich bereits als wertvoller Assistent erwiesen. Er war offensichtlich sowohl schöpferisch als auch technisch begabt, so daß Danni sehr schnell gelernt hatte, sich auf seine Hilfe zu verlassen.

„Ist der Unterricht vorüber?" fragte sie ihn jetzt.

Er lächelte scheu und nickte. „Ja, Schwester — Miss St. John."

Wie den meisten anderen schien es Add Schwierigkeiten zu bereiten, daß Danni darauf bestand, mit ihrem richtigen Namen anstatt des von jedermann in der Kolonie gebrauchten *Bruder* oder *Schwester* angeredet zu werden. Sie hatte Add erklärt, daß sie nur Angestellte und nicht Mitglied der Kolonie war und ihn ermutigt, sie *Danni* zu nennen. Bis jetzt war er jedoch nicht über ein sehr schüchternes *Miss St. John* hinausgekommen.

„Reverend Ra möchte Sie sprechen", teilte er ihr mit. „Er hat mich beauftragt, Sie in sein Büro zu bitten." Der Junge sprach wie gewöhnlich stockend.

Danni seufzte und erhob sich von ihrem Schreibtisch. Bevor sie das Büro verließ, nahm sie ihren Regenmantel. Die Büros und die Druckerei des *Standard* befanden sich in einem kleineren, freistehenden Gebäude hinter dem Hauptgebäude. Es war nicht sehr weit zum Hauptkomplex, doch der kalte Regen, der in der ersten Woche nach ihrer Ankunft herrschte, setzte wieder ein. Danni wußte aus bitterer Erfahrung, daß ihr Asthma es erforderte, Erkältungen, wo immer möglich, vorzubeugen.

An der Tür des Büros von Reverend Ra hielt sie inne, die Begegnung mit ihm bewußt hinauszögernd. Ihre Abneigung gegenüber dem rotgesichtigen, hochgewachsenen Leiter der Kolonie hatte Danni nicht überrascht: Während ihrer Nachforschungen bezüglich dieser Stelle hatte sie ein ziemlich klares Bild von dem erhalten, was sie erwartete. *Nicht* vorausgesehen hatte sie jedoch die Abscheu und das Unbehagen, die zwangsläufig jede Begegnung mit diesem Mann begleiteten.

Es gab wenig Menschen, die Danni einzuschüchtern vermochten. Sie hatte sich daran gewöhnt, dorthin zu gehen, wo es nötig war, und zwar unter dem Banner des Glaubens und Gottes Schutz. Doch dieser Kolonievorsteher stellte eine Ausnahme dar. Mit seinem aalglatten, selbstgerechten, salbungsvollen Lächeln hatte ihr dieser Mann von Anfang an, seit ihrer ersten Begegnung, ein schwer definierbares, jedoch eindeutig beunruhigendes Gefühl von Korruptheit vermittelt. Obgleich sie es nur ungern eingestand, flößte er ihr ein wenig Angst ein.

Schließlich klopfte sie energisch an die Tür, und er rief sie herein. Sie fand ihn in Meditationsstellung vor einem Glasfenster, das von einer Wand bis zur anderen reichte, die Arme nach vorn ausgestreckt, die Augen geschlossen, während er eine Art Sprechgesang murmelte. Danni wollte wieder gehen. Er bedeutete ihr jedoch mit einer Hand zu bleiben, während er die Augen öffnete und sie freundlich anlächelte.

„Kommen Sie herein, Schwester, kommen Sie herein! Ich dachte, wir unterhalten uns noch ein wenig, bevor Sie ins Wochenende gehen. Nehmen Sie bitte Platz." Er ging zu seinem weißen Schreibtisch – er schien mehr zu wallen als zu gehen, dachte Danni angewidert – und setzte sich, wobei er Danni bedeutete, auf dem Stuhl direkt ihm gegenüber Platz zu nehmen.

„Ich wollte Ihnen gern sagen, wie zufrieden ich mit Ihren bisherigen Leistungen bin", erklärte er mit einem breiten Lächeln, während Danni Platz nahm. „Ich sehe, daß Sie die Fähigkeit besitzen, unsere kleine Zeitschrift zu dem Sprachrohr für die Gemeinde zu machen, wie ich es mir schon lange vorgestellt habe."

Unsicher, wie sie auf sein Lob reagieren sollte, antwortete Danni mit einem schlichten: „Danke". Widerwillig, gegen Kälte ankämpfend, die sein Blick in ihr hervorrief, hielt sie ihren Blick auf ihn gerichtet.

„Ich muß zugeben", fuhr er mit einem leisen Lachen fort, „daß einige meiner Assistenten meine Entscheidung hinterfragt haben, eine junge, unbekannte Journalistin einzustellen, die ich selbst nicht kannte."

Er musterte sie noch schärfer, und Danni mußte sich zusammennehmen, ihren Blick nicht abzuwenden, während sie antwortete. „Ich . . . glaube, das hat mich auch verwundert – Reverend Ra."

Er zuckte mit den Schultern und hob die Hände, beide Handteller nach oben gerichtet. „Ihre Unterlagen waren einfach zu beeindruckend, um sie zu ignorieren, meine Liebe. Für jemanden, der so jung ist wie Sie, sind Sie recht erfolgreich. Ich fühlte mich geführt, Ihnen zu vertrauen", erklärte er, die letzten Worte sorgfältig betonend. „Außerdem ist es ziemlich . . . schwierig, . . . eine fähige Person zu finden, die gewillt ist, sich in einer ländlichen Gegend wie dieser niederzulassen. Gewiß ist es", fuhr er glattzüngig fort, „ da Red Oak Ihre alte Heimat ist, verständlich, daß Sie zurückkehren wollten, . . . obgleich es mich zugegebenermaßen auch etwas überrascht hat, da Sie, wie Sie sagten, inzwischen keine Verwandten mehr hier haben."

„Das stimmt", erwiderte Danni rasch, „ich hatte jedoch schon immer vor, mich schließlich wieder hier niederzulassen. Mein Herz hängt an diesem Stück Erde, verstehen Sie, ich bin einfach ein ‚Dixie-Girl' geblieben."

„Nun, das gereicht Ihnen gewiß zum Vorteil, Schwester." Seine süßliche Stimme mochte sie nicht, mußte jedoch zugeben, daß dieser Mann Ausstrahlung besaß. Er mochte falsch sein, doch irgendwie gelang es ihm, eine trügerische Aufrichtigkeit auszustrahlen, so daß seine Anhänger ihm ohne Vorbehalt zu vertrauen schienen. Sie hatte es selbst bereits erlebt, daß er von den Mitgliedern der Kolonie verehrt — ja *vergöttert* — wurde.

Was Danni betraf, so würde sie ihm nicht einmal den Wetterbericht von letzter Woche abnehmen.

„Ich erwarte", fuhr er nunmehr in einem weniger süßlichen Ton fort, „für die Zukunft wirklich Großes von Ihnen und dem *Standard*, Schwester. Wir hoffen, daß wir, wie ich Ihnen bereits bei Ihrer Einstellung erklärte, unsere wöchentliche Ausgabe durch eine tägliche ablösen können. Natürlich interessiert es mich sehr, wie Sie in dieser Richtung vorankommen."

Danni warf ihm einen Blick zu. Warum gaben seine Worte ihr das Gefühl, als würde sie gewarnt? „Ich schätze Ihr Vertrauen in mich, Sir", erwiderte sie ruhig.

Während dies der Wink für sie zu sein schien, daß sie gehen sollte, beunruhigte Danni jedoch noch eine Frage. „Wenn Sie mir die Frage verzeihen, Sir, so verstehe ich immer noch nicht, weshalb Sie sich dafür entschieden haben, mich einzustellen, anstatt eines Ihrer Mitglieder für diese Tätigkeit auszubilden, Bruder Add vielleicht?"

Reverend Ra verzog den Mund zu einem schwachen Lächeln und kniff die Augen zusammen. „Nun, sagen wir es einfach so, wir hoffen, ein neues . . . Image zu schaffen", erklärte er, seine Worte sorgfältig abwägend.

Er erhob sich und begann, die Hände auf dem Rücken verschränkt, im Zimmer auf- und abzugehen, bevor er innehielt, um noch einmal die friedsame Szene durch das Fenster zu betrachten. „Es gibt Leute in der Stadt, die . . . unsere Motive zu hinterfragen scheinen. Wir haben Sie . . .", erklärte er, während er sich wieder Danni zuwandte, „als unseren Good-willbotschafter ausgewählt, als unser Bindeglied zur Gemeinde. Als ein ... objektiverer ... Partner können Sie den Leuten versichern, daß ihre Zweifel in der Tat jeglicher Grundlage entbehren." Danni verbarg, wie sie innerlich erschauderte. Sie kam sich plötzlich wie ein elender Verräter vor.

Reverend Ra kehrte zu seinem Schreibtisch zurück und schenkte ihr einen anerkennenden Blick, bevor er ihr in verschwörerischem Ton zuflüsterte: „Gemeinsam, meine Liebe, können wir sehr viel erreichen." *Warum kommt es mir so vor, als leckte er sich die Lippen?* In der Absicht, dieses Gespräch so schnell wie möglich zu beenden, sprang Danni auf. „Ich habe noch einige Dinge zu erledigen. War das alles, was Sie mit mir besprechen wollten?"

Er erhob sich von seinem Stuhl und reichte ihr, wie er es nach jedem Gespräch zu tun pflegte, die rechte Hand. „Natürlich. Sie müssen abgespannt sein, nachdem Sie diese Woche so viele Überstunden gemacht haben. Ich kann mir vorstellen, daß Sie sich darauf freuen, am Wochenende etwas Ruhe zu finden."

„Ja, ... ja, das stimmt", pflichtete sie ihm bei. Darauf bedacht, schnell von ihm wegzukommen, reichte sie ihm rasch die Hand und eilte in ihr Büro zurück.

Später, als sie sich auf den Feierabend vorbereitete, entdeckte Danni zu ihrer eigenen Überraschung, daß sie sich tatsächlich auf den Abend, auf das Zusammensein mit Logan McGarey freute. Sie führte dies auf die Tatsache zurück, daß die Gesellschaft eines Menschen — und ganz besonders die eines starken, kräftigen Gesetzeshüters — ihr wohltun würde nach der Begegnung mit Reverend Ra und der zwielichtigen Atmosphäre, die seine Gegenwart umgab.

5

Genau fünfzehn Minuten, bevor ihr Gast zum Abendessen eintreffen würde, war Danni bereits unten im Wohnzimmer und wartete. Sie hatte sich mehr als sonst zurechtgemacht für ein einfaches Abendessen zu Hause; sie trug ein schwarzes Seidenkleid und eine mit Perlen besetzte Weste, und sie hatte sich sogar Zeit genommen, ihr Haar mit einer Lokkenbürste zu pflegen. Obgleich sie diesen Abend nicht als *Rendezvous* betrachten wollte, konnte sie dennoch die Tatsache nicht leugnen, daß Logan McGarey ein äußerst attraktiver, faszinierender Mann war. Und obwohl er sie gewiß wieder zur Verzweiflung bringen würde, freute sie sich dennoch, ihn wiederzusehen.

Fünf vor sieben klingelte es, und einen flüchtigen Augenblick fragte sich Danni, ob er wohl so früh kam, weil er sich ebenfalls auf den Abend gefreut hatte.

Als sie die Tür öffnete, brachten sie zwei Dinge sofort aus dem Gleichgewicht: das unerwartete, erfreute Leuchten in seinen Augen und sein offenkundiges Bemühen, adrett gekleidet zu sein. Obgleich sie es nicht wollte, reagierte Danni auf beides.

Darum bemüht, gefaßt zu erscheinen, ertappte sich Danni dabei, wie sie nervös an dem Seidenstoff um ihren Hals herumzupfte. Als er mit einem etwas unbeholfenen Lächeln vor ihr stand, fiel Danni auf, daß er heute abend wesentlich jünger aussah. Sein schwarzes Haar war ebenso sorgfältig geschnitten wie sein Bart. Unter seiner dunkelblauen Jacke trug er einen hellblauen Pullover mit engem, runden Halsausschnitt. In der linken Hand hielt er einen reizenden, aber bescheidenen Strauß Herbstblumen.

Während er eintrat, überreichte er ihr die Blumen. „Ich bitte um Entschuldigung, falls dies ein altmodischer Brauch ist", erklärte er sachlich. „Ich fürchte, ich bin ein wenig aus der Übung, was Einladungen betrifft."

Danni war von seinen Worten überrascht und starrte einen Augenblick auf die Blumen, ehe sie sich wieder faßte. „Es gibt Dinge, die nie altmodisch werden, Sheriff", versicherte sie ihm mit einem Lächeln. „Sie sind reizend — vielen Dank!"

„Wissen Sie", sagte er gedehnt, während er seine Jacke auszog und über einen Stuhl legte, der am Schreibtisch in der Diele stand, „ich *habe* heute abend frei. Ich heiße Logan."

„Oh . . . natürlich", stammelte Danni. „Bitte kommen Sie herein, . . . Logan. Ich muß die Blumen sofort in eine Vase stellen."

Während sie nach einer Vase suchte, folgte er ihr durch das Speisezimmer in die Küche. „Einer meiner Hilfssheriffs wird nachher einige Unterlagen vorbeibringen. Ich wollte sie heute abend mit zur Farm nehmen, doch sie waren noch nicht fertig, als ich das Büro verließ. Ich hoffe, es stört Sie nicht?"

„Nein, nein, natürlich nicht." Auf der Suche nach einer Beschäftigung für ihre Hände hob Danni den Deckel einer großen Pfanne an und spähte hinein. „Ah, es riecht italienisch, stimmt's?"

„Ja, mögen Sie das? Ich fürchte, ich bin nicht sonderlich begabt, was die Kochkunst betrifft, und die meisten Leute mögen Spaghettis . . ." Sie merkte, wie sie dahinschwatzte und fragte sich, weshalb sie sich gegenüber diesem Mann so lächerlich jung und unbeholfen vorkam.

„Und wo liegen Ihre Begabungen, Danni St. John?" fragte Logan, während er auf einem Hocker Platz nahm.

„Was? Oh . . ." Danni lachte kurz auf, dann zuckte sie mit ihren Schultern. „Ich fürchte, der einzige Ort, wo ich wirklich konkurrieren kann, ist vor einem Computer."

Er nickte und deutete auf den Salat, den Danni zu mischen begonnen hatte. „Soll ich das machen?"

Überrascht zögerte sie zunächst. „Nun, wenn Sie möchten. Dann kann ich mich um das Brot kümmern."

Danni wunderte sich, wie mühelos Logan sich in ihrer Küche zurechtfand, Küchengeräte nahm und sie anschließend, nachdem er den Salat gemischt hatte, in den Geschirrspüler steckte. In diesen wenigen Minuten vor dem Essen lernte sie ziemlich viel über ihn, und noch mehr während der Mahlzeit. Die Kontraste, die sich in diesem Mann vereinten, waren faszinierend.

Sie erfuhr, daß er auf einer kleinen Farm lebte, eine Irish Setter Hündin namens Sassy hatte, eine breite Palette von Musik, einschließlich Blue-Grass und Gospel liebte, nach Buttermilch „süchtig" war und einen schwarzen Gürtel in Karate besaß. Mit einem Magister in Kriminaltechnik und einer Spezialausbildung auf dem Gebiet der Toxikologie verfügte er über eine sehr gute Ausbildung. Warum war er, fragte sie sich, mit einer solchen umfassenden Ausbildung in einer kleinen Stadt wie Red Oak geblieben?

Außerdem entdeckte sie, daß er ein Experte in der Kunst der Gesprächsführung war. Bevor ihre Mahlzeit beendet war, hatte Danni ihre Schwäche für Schokoladenkuchen, Pommes Frites mit Essig sowie Bananeneis mit gerösteten Erdnüssen preisgegeben. Sie hatte sogar ihre totale Unbeholfenheit in bezug auf technische Geräte, eine alte Abneigung gegen Schulbücher und ihre neu entdeckte Liebe zu Vivaldi ausgeplaudert.

Sie stellte überrascht fest, wie sie bei seinem stark ausgeprägten Sinn für Humor, den sie nicht erwartet hatte, ungezwungen lachen und an seiner natürlichen, bescheidenen Art Gefallen finden konnte. Während der gesamten Mahlzeit unterhielten sie sich, wobei Logan ab und zu die Speisen lobte und Danni sich danach erkundigte, was sich während ihrer Abwesenheit in Red Oak ereignet hatte.

Später, während sie Kaffee kochte, erbot er sich, den Kamin im Wohnzimmer zu heizen. Er war bei seiner zweiten Tasse „Kaffee mit Charakter", wie er es bezeichnete, als er das Puppenhaus im Viktorianischen Stil entdeckte, das auf einem Tisch neben dem Eingang stand. Er ging hin, um es näher betrachten zu können, wobei er seinen Zeigefinger über die Konturen des Mansardendachs gleiten ließ. Den Kopf gesenkt, betrachtete er die Miniaturmöbel, die in perfekter Ordnung aufgestellt waren.

„Das ist wirklich hübsch", bemerkte er bewundernd. „Ich habe immer gedacht, wenn ich ein kleines Mädchen hätte, dann würde es so ein Puppenhaus bekommen."

Über den beinahe wehmütigen Ton in seiner Stimme war Danni überrascht. Sie trat zu ihm. „Sie ... haben keine Kinder?"

Er sah sie an, dann wandte er seinen Blick ab. „Nein, aber Sie wissen, daß ich verheiratet war ..."

Sie nickte. „Ja." Einen Augenblick später fügte sie hinzu: „Es tut mir sehr leid, Logan, ... was Ihrer Frau zugestoßen ist."

Er wandte sich ihr zu, in ihrem Gesicht forschend. „Sie konnten Teresa nicht kennen. Sie war aus Dallas." Dann beugte er sich wieder nach vorn und schaute in das Puppenhaus. „Wir haben uns kennengelernt, als ich dort studierte. Als ich Polizist war, haben wir geheiratet."

Er lächelte ein wenig. „Sie hätten Teresa gemocht. Sie war ... wunderbar."

Abrupt riß er sich aus seinen Erinnerungen. „Hat das Ihnen gehört, als Sie ein kleines Mädchen waren?" fragte er und zeigte auf das Puppenhaus.

„Nein, es ist noch nicht so alt."

Neugierig betrachtete er sie, dann bemerkte er lachend: „Oh, ich weiß. In Ihrem Herzen sind Sie noch immer ein kleines Mädchen, und das hier ist Ihr Hobby."

„In gewisser Weise", pflichtete Danni ihm lächelnd bei. „Ich habe es gebaut."

Er blickte von ihr zu dem Puppenhaus. „Wirklich?"

Danni nickte. „Mein Vater hat solche Puppenhäuser gebastelt. Es war eines seiner Hobbies, und er hat es mir beigebracht. Ich habe etwa ein Dutzend davon gebaut, für Verwandte und Freunde. Dies ist eines von denen, die ich gemacht habe", sagte sie, „aber oben in meinem Schlafzimmer habe ich eins von meinem Vater, und zwar im Georgianischen Stil und viel größer als dieses. Er hat dafür einen Preis auf einer Ausstellung unseres Bundesstaates gewonnen."

Logans Blick wanderte über ihr Gesicht. In seinen Augen erstrahlte dabei ein Funke, der Belustigung auszudrücken schien, aber auch Wärme und Herzlichkeit und der langsam wieder verschwand. „Sie sind voller Überraschungen, Danni St. John", sagte er sanft.

Er entfernte sich von dem Puppenhaus und ließ sich vor dem Kamin auf einem alten, abgetragenen Kaminkissen nieder. Danni machte es sich auf der Couch gemütlich, indem sie sich, die Beine hochgezogen, in eine Ecke hockte.

Die Arme auf die Knie gestützt, starrte Logan in die Flammen. „Also ... warum sind Sie hierher zurückgekommen?" fragte er, ohne sie anzusehen. „Warum haben Sie die Stelle in der Kolonie angenommen?"

Danni zögerte. Sie spürte, daß er es gewohnt war, Antwort auf seine Fragen zu erhalten, und diese Frage war ganz natürlich.

„Es war eine Chance für mich, nach Hause zurückzukehren", begann sie. Er wandte sich ihr zu und beobachtete gespannt ihr Gesicht. Sein prüfender Blick verwirrte sie. Um einen festen Ton bemüht, räusperte sie sich. „Und die Chance, wirklich selbst eine Zeitschrift herauszugeben. Es ist toll, Reporter zu sein, doch mit der Zeit wird die Lauferei langweilig."

Logan nickte zustimmend, als verstünde er sie. „Ganz gewiß. Etwas scheint mir jedoch ein wenig rätselhaft. Ich erinnere mich, daß Ihre Eltern Christen waren." Er schaute ihr in die Augen. „Macht sich Ihre Mutter keine Sorgen, ... wenn Sie für einen Kult arbeiten?"

Danni spürte, wie Frustration in ihr aufzusteigen begann. Sie wußte, wie das alles für Logan erscheinen mußte, und sie verstand seine Abneigung gegen ihre Tätigkeit. Doch sie konnte ihm nicht die Wahrheit sagen, noch nicht. Sie hatte im Laufe der Zeit gelernt, das Risiko so gering wie möglich zu halten, indem sie allein arbeitete und den Mund hielt. Das hier war möglicherweise die gefährlichste Situation, in der sie jemals gearbeitet hatte. Sie wagte nicht, irgend etwas von dem preiszugeben, was sie in Erfahrung gebracht hatte, nicht einmal einem Polizisten gegenüber. Wenn sie ihre Geschichte erst einmal fertig hatte ... und falls Logan und sie Freunde würden, könnte sie es ihm erzählen. Aber nicht jetzt. Vorerst mußte sie zulassen, daß er das Schlimmste vermutete, daß sie sich bewußt zum Verräter gemacht hatte – ganz gleich, wie sehr dieser Gedanke ihr auch zuwider war.

Den Blick ins Feuer gerichtet, wägte sie sorgfältig ihre Worte: „Ich bin ebenfalls Christ, Logan. Und weil ich das bin, glaube ich, daß meine Arbeit in der Tat . . . ungewöhnlich erscheint. Doch es ist meine Arbeit. Ich muß nicht die Philosophie dieses Kults annehmen, um ihre Zeitschrift herauszugeben. Und das *tue ich auch nicht*!"

An dieser Stelle schaute sie Logan wieder an. Was sie dabei in seinen Augen entdeckte, hätte sie am liebsten in den Erdboden verschwinden lassen: Enttäuschung und einen Hauch von Abscheu.

„*Philosophie*?" stieß er hervor. „Sie nennen das Philosophie, was dort draußen geschieht?!"

Die Fassungslosigkeit und Bitterkeit in seiner Stimme waren nicht zu überhören. Danni nahm allen Mut zusammen und ging in die Offensive: „Und was genau *geht* dort draußen *vor*, Logan?"

Sein Blick verfinsterte sich noch mehr. „Ich bin mir nicht sicher. Noch nicht." Er stand auf und reckte seine langen Glieder. „Das eine kann ich Ihnen jedoch sagen – daß es dort stinkt. Sie können so viele Regeln über gesunde Ernährung und einwandfreien Lebenswandel, über Frieden und Liebe und die *Familie* aufstellen, wie sie wollen", zischte er, „tatsächlich sind sie ein Haufen von gewissenlosen Schurken, und die einzige *Philosophie*, die für sie zählt, ist Habgier!"

Von der Heftigkeit seiner Worte überrascht, konterte Danni: „Woher wissen Sie das? Haben Sie Nachforschungen bezüglich der Kolonie betrieben, oder äußern Sie nur Vermutungen?"

Einen Ellenbogen auf den Kaminsims gestützt, stand er still da und sah sie ernst an. „Ich kann nichts beweisen, noch nicht. Bis jetzt habe ich nichts außer ein paar scheinbar zusammenhanglosen Bruchstücken – Verdachtsmomente. Was ich jedoch *weiß*, ist, da draußen ist irgend etwas faul, sehr faul." Er hielt inne und forschte in Dannis Gesicht. „Warum gehen Sie nicht zu Mike Harris vom *County Herald*? Er würde Sie vermutlich sofort mit Freuden einstellen."

Danni hatte bereits geahnt, daß jemand schließlich genau das vorschlagen würde. „Logan, der *County Herald* hat bereits einen Chefredakteur. Und", fügte sie rasch hinzu, „auch einen Stellvertreter."

Er zuckte mit den Schultern. „Wie wäre es mit Huntsville? Das ist nicht weit von Red Oak entfernt." Er hielt inne. „Warum wollten Sie überhaupt hierher zurückkehren? Was gibt es hier noch für Sie, wo Ihre Familie nicht mehr hier lebt?"

Nachdem Danni einen Augenblick über diese Frage nachgedacht

hatte, wußte sie, daß sie ihm zumindest in diesem Punkt die Wahrheit sagen konnte. „Ich liebe diese Stadt. Ich liebe Alabama. Mir war immer klar, daß ich eines Tages zurückkehren würde." Sie schenkte ihm ein flüchtiges Lächeln. „Warum sind Sie noch hier? Mit Ihrer Ausbildung und Erfahrung würden Sie überall im Land eine Anstellung bei einer Justizbehörde finden."

Er erwiderte ihr Lächeln und zuckte wiederum mit den Schultern. „Ich glaube, ich habe beinahe dieselben Gründe wie Sie. Hier ist mein Zuhause. Ich möchte im Grunde nicht irgendwo anders leben. Natürlich müßte ich", fügte er trocken hinzu, „falls ich nicht wiedergewählt werde, einige andere Möglichkeiten ins Auge fassen."

„Wäre das möglich?" fragte Danni, überrascht, wie sehr dieser Gedanke sie beunruhigte.

Bevor er antwortete, trank er seinen Kaffee. „In der Politik ist so etwas *immer* möglich. Der Bursche, der bei den Wahlen im nächsten Jahr gegen mich antreten wird, verfügt über recht beeindruckende Fähigkeiten – und er hat eine ganze Reihe von Anhängern."

Danni runzelte die Stirn. „Wer *tritt* denn gegen Sie an?"

„Carey Hilliard", erwiderte Logan, während er sich mit einer Hand den Nacken rieb. „Er ist Anwalt, hat vor etwa zwei Jahren eine Praxis hier in der Stadt aufgemacht. Er steht einigen wichtigen Ausschüssen vor und scheint eine Reihe einflußreicher Freunde zu haben."

„Machen Sie sich Sorgen?"

Er holte tief Luft. „Ein wenig beunruhigt er mich schon. Er schien einfach ... aufzutauchen, wie aus dem Nichts. Und dann war er im Handumdrehen eine einflußreiche Persönlichkeit, eine echte VIP."

Dannis nächste Bemerkung überraschte sie selbst, ebenso wie Logan vermutlich auch. „Kann ich Ihnen irgendwie helfen?" Als er fragend seine dunklen Augenbrauen hochzog, erklärte sie: „Ich habe mir während meiner Collegeausbildung mit dem Schreiben von Wahlkampfreden Geld dazu verdient."

Einen Augenblick lang schien er echt interessiert zu sein, doch dann nahm sein Gesicht einen ernüchterten Ausdruck an. „Vielleicht sollten Sie Ihr Angebot noch einmal überdenken. Hilliard ist ein echter Liebling Ihres Chefs, *Reverend Ra*."

Zutiefst verletzt, schluckte Danni einen scharfen Vorwurf hinunter. „Ich bin bei der Kolonie angestellt, Logan. Das ist alles. Ich *gehöre* ihnen nicht."

Sein Blick durchbohrte sie. „Früher oder später, Danni", sagte er leise, „gehört denen jeder, der sich mit ihnen einläßt. Bitte, seien Sie vorsichtig!"

Er trat zu ihr. „Wechseln wir das Thema, ja? Ich wollte mit Ihnen noch über etwas anderes sprechen." Er setzte sich neben sie auf die Couch, nahe genug, daß sie sich hätten berühren können. Wiederum fühlte sich Danni von seiner gewaltigen Größe und seinem betörend guten Aussehen irritiert.

„Können Sie sich einen bestimmten Grund vorstellen, weshalb jemand in Ihr Haus einbrechen sollte? Gibt es irgend etwas Besonderes, für das sich jemand interessieren könnte?"

Danni sah ihn an. „Nein, es gibt hier nichts, hinter dem jemand her sein könnte. Warum fragen Sie?"

Er strich sich mit einer Hand über das Haar, bevor er seinen Arm auf die Lehne der Couch legte. „Als ich das Haus durchsuchte, habe ich etwas gefunden. Vielleicht hat es keinerlei Bedeutung, aber ich muß immer wieder daran denken."

Sofort war Danni auf der Hut. „Was?"

„Ein Sammelalbum. Ich entdeckte es in dem kleinen Arbeitszimmer. Es enthielt eine Menge Dinge über Sie – es sah aus, als hätten Ihre Eltern es für Sie aufbewahrt."

Danni lächelte und nickte. „Ich glaube, ich weiß, was Sie meinen", erwiderte sie. „Meine Mutter hatte ein Sammelalbum für mich angelegt – seit meiner Highschoolzeit, glaube ich."

Logan schien noch immer beunruhigt. „Es sah jedoch so aus, als fehlte etwas ..."

„Es fehlte etwas?" Danni sah ihn verwundert an.

Er nickte. „Auf den letzten Seiten schienen einige Zeitungsausschnitte entwendet worden zu sein – einfach herausgerissen. Haben Sie eine Ahnung, was das gewesen sein könnte?"

Danni schüttelte den Kopf. „Nein, aber ich bin sicher, daß es nichts Wichtiges war. Wahrscheinlich irgend etwas vom College. Wo ist das Album jetzt?"

„In der untersten Schreibtischschublade, neben einigen Photoalben." Er hielt inne. „Es überrascht mich, daß Ihre Mutter diese Dinge nicht mitgenommen hat, als sie nach Florida umgezogen ist."

Danni zuckte die Schultern. „Sie hat auch noch andere persönliche Dinge zurückgelassen. Sie sagte, ich solle sie haben." Sie erhob sich von der Couch und nahm seine leere Tasse vom Kamin. „Holen Sie doch das Album, während ich Ihnen Kaffee nachfülle. Vielleicht kann ich herausfinden, was fehlt."

Wenige Augenblicke später folgte er ihr in die Küche. Er zog sich einen Stuhl heran und setzte sich neben sie, während sie das Album auf der Seite aufschlug, wo offensichtlich etwas herausgerissen worden war. „Ja, Sie haben recht", sagte Danni leise, offensichtlich erregter, als sie zuzugeben bereit war. „Es fehlt ganz bestimmt etwas, aber ich kann mir nicht denken, was es sein sollte." Sie blickte auf. „Meinen Sie, daß dies irgend etwas mit dem Einbruch zu tun hat?"

„Ich denke, es ist möglich. Sind Sie sicher, daß Sie keinen Anhaltspunkt dafür finden, was fehlen könnte?" fragte er, auf das Album weisend, das geöffnet vor ihnen lag.

„Nein", beharrte Danni. „Es könnte alles mögliche sein. Ich fürchte, meine Mutter hat jeden kleinen Artikel oder jedes Bild ausgeschnitten, die auch nur im entferntesten etwas mit meiner Karriere zu tun haben."

Als Danni ihre Tasse absetzte und sich Logan wieder zuwandte, bemerkte sie, wie er sie gedankenverloren musterte. Sein Gesicht war ihrem sehr nahe und einen flüchtigen Augenblick lang vermochte sie nicht mehr zu denken.

„Sie hatten das Vorrecht, in einer wunderbaren Familie aufzuwachsen, nicht wahr?" fragte er sanft.

„Warum — ja, ja natürlich", stammelte Danni, während sie überrascht und ein wenig verstört in seinem Gesicht das Gefühl zu identifizieren suchte, das sie in seiner Stimme gehört hatte. Was immer jedoch seine Frage hervorgerufen haben mochte, es war bereits wieder verschwunden, nur noch einen Funken herzlichen Interesses in seinen dunklen Augen zurücklassend.

Sie fuhren beide zusammen, als es an der Tür läutete. „Das ist vermutlich Phil", erklärte Logan, der sich von seinem Stuhl erhob und Danni aus der Küche in den Flur folgte.

Danni öffnete die Tür. Vor ihr stand, in einer gelbbraunen Uniform, ein gutaussehender Hilfssheriff mit markanten Gesichtszügen. Ein wenig unbeholfen lächelnd, blickte er neugierig von Danni zu Logan, der hinter ihr stand.

„Entschuldigen Sie bitte die Störung, Madam, aber ich habe etwas abzugeben für den Sheriff."

Danni trat zur Seite und bedeutete ihm einzutreten. Logan stellte den Hilfssheriff als Philip Rider vor.

„Sehr erfreut, Madam", sagte Rider, die Mütze abnehmend. Bevor er seine Aufmerksamkeit Logan zuwandte, ruhte sein kesser Blick einen Moment auf ihr.

Die Herzlichkeit, mit der Logan seinen Hilfssheriff empfing, war offenkundig, doch irgend etwas an Riders Verhalten gegenüber Logan erschien ihr rätselhaft. Irgend etwas in seinem Benehmen schien fast Verachtung auszustrahlen. Als er jedoch zu sprechen begann, war sein Ton von höflichem Respekt gekennzeichnet.

„Es tut mir leid, daß ich störe, Logan, aber ich sollte das vorbeibringen."

Logan nickte und nahm von Rider einen dünnen, braunen Hefter entgegen. „Hast du heute abend schon die Bushaltestelle kontrolliert?"

„Wie du es mir gesagt hast. Es ist jedoch niemand angekommen, und ich habe auch niemanden von der Kolonie dort gesehen."

„So ist also alles ruhig?" erkundigte sich Logan, wobei er in dem Hefter blätterte.

„Die gewöhnlichen Dinge, wie an jedem Freitagabend, nichts Besonderes." Er schaute Danni an. „Ich werde jetzt gehen. Es war wirklich nett, Sie kennenzulernen, Miss St. John. Ich hoffe, Sie bald einmal wiederzusehen."

Als Danni die Tür hinter ihm geschlossen hatte, sah sie, wie Logan seine Jacke anzog. „Es ist spät", erklärte er. „Sie möchten bestimmt noch ein wenig Ruhe haben."

Einen Augenblick lang betrachtete er sie, und in seinem Blick lag Besorgnis. „Passen Sie gut auf sich auf, dort draußen in der Kolonie, ja?"

Sein Interesse an ihrem Wohlergehen erfreute Danni mehr, als sie es wollte. „Auf mich aufpassen? Ich ... verstehe nicht."

Er runzelte die Stirn, unternahm jedoch keinen Versuch der Erklärung. Er hob eine Hand, als wolle er ihre Wange berühren, ließ seinen Arm jedoch wieder sinken. „Das Essen war großartig", bemerkte er. „Ich würde Sie gern anrufen. Morgen?"

Das war eine gezielte Frage. Verstört beeilte sich Danni zu antworten. „Ich werde zu Hause sein. Ich habe keine besonderen Pläne, außer ein wenig sauberzumachen und Wäsche zu erledigen."

Dann war er verschwunden und hatte Danni von neuem mit vielen Rätseln über seine Person zurückgelassen. Logan McGarey war für sie kompliziert und undurchschaubar, fast ein echtes Rätsel! Vor Energie sprühend und voller Tatendrang, schien er es einerseits ausgezeichnet zu verstehen, Ruhe und Vertrauen zu vermitteln, wenn es nötig war. Mit einem Temperament, das sich im Handumdrehen von grimmig in liebenswürdig umkehren konnte, erschien er furchteinflößend, dann aber wieder auch aufgeschlossen und zugänglich. Seine körperliche Stärke und seine Tüchtigkeit waren offenkundig, Danni glaubte jedoch ebenso eine natürliche Zartheit, vielleicht sogar einen sanften Geist bei ihm gespürt zu haben. Dennoch, falls er an irgendeinem Punkt verletzlich war, verstand er es ausgezeichnet, dies zu verbergen. Sie hatte jedoch oft genug mit Beamten der Justiz zu tun gehabt, um zu wissen, daß nur wenige fähig waren, ihre Verletzlichkeit einzugestehen. Trotz der furchtbaren Tragödie, die Logan erlebt hatte, war seine Selbstbeherrschung außerordentlich.

Während Danni weiter damit beschäftigt war, ihre widersprüchlichen Gefühle für Logan McGarey zu analysieren, fragte sie sich, worin der Zynismus begründet lag, der sein Handeln so oft beeinflußte. War er wirklich so hart, so argwöhnisch, wie es schien? Oder verbarg sich hinter dieser harten Schale ein Herz, daß zu oft verletzt, zu tief verwundet worden war, um sich anderen voll zu offenbaren?

Kurzum, sie erkannte, daß sie außergewöhnliches Interesse an dem Sheriff mit den dunklen Augen hatte und daß sie gut daran tun würde, ihre Neugier zu zügeln, wenn es Neugierde war – und es konnte kaum etwas anderes sein. Diesen Gedanken auf den Fuß folgte die noch beunruhigendere Erkenntnis, daß das Zimmer – in der Tat das ganze Haus – trotz seiner lästigen Fähigkeit, sie zu verwirren und sogar zu verärgern, jetzt, da er gegangen war, plötzlich kalt und leer erschienen.

6

Danni hatte beinahe vergessen, daß es in ihrem Heimatstaat selbst im November noch warme Tage geben konnte, die selbst in den härtesten Herzen Gedanken an den Frühling aufkeimen ließen. Dies war einer von diesen Tagen. Von der milden Wärme des Tages wurde sie am Nachmittag zu Tagträumen angeregt. So sehr sie auch dagegen anzukämpfen versuchte, immer wieder schienen sie um Logan McGarey zu kreisen wie der Hund um die Herde.

Sie hatte ihn über eine Woche lang, seit jenem Abend, als sie ihn zum Essen eingeladen hatte, nicht wiedergesehen. Er hatte sie am nächsten Tag angerufen, jedoch nicht gefragt, wann er sie wiedersehen könnte.

Und sie war verletzt, ja sogar verärgert gewesen — nicht über Logan, sondern über sich selbst, weil sie einem Mann gestattet hatte, ihre Gefühle derart zu beherrschen.

Danni wußte, daß sie in bezug auf Romanzen schrecklich unerfahren war. Sie hatte im Grunde noch keine Zeit gehabt, irgendeine dauerhafte Beziehung aufzubauen. Außer ein oder zwei Freunden in ihrer Highschoolzeit, hatte sie sich bewußt davon distanziert, weil sie neben dem Studium zur Deckung der Kosten teilzeitlich und anschließend mit vollem Einsatz an ihrem steilen beruflichen Aufstieg gearbeitet hatte. Bislang war sie deshalb noch keinem Mann begegnet, der ihre Gedanken über ein gelegentliches Treffen hinaus inspiriert hätte.

So war die Art und Weise, wie sie sich zu Logan McGarey hingezogen fühlte, für sie nicht nur rätselhaft, sondern regelrecht entnervend. Sie konnte im Augenblick in ihrem Leben keinerlei Komplikationen gebrauchen und besonders keine solche wie Logan. Sie hatte eine Aufgabe zu erfüllen — eine Aufgabe, die sie schließlich völlig in Beschlag nehmen würde. Je intensiver sie jedoch versuchte, nicht an ihn zu denken, desto mehr schien er sich in ihren Gedanken einzunisten.

Bis jetzt waren ihr in der Kolonie ein frustrierender Mangel an Informationen — und keinerlei Überraschungen — begegnet. Sie hatte ein paar Aufnahmen von dem Gelände gemacht, und es war ihr sogar gelungen, an einige Aufzeichnungen von den „Glaubensgottesdiensten" heranzukommen. Was sie bisher in Erfahrung gebracht hatte, war jedoch nicht einmal genug, ihr ein Stirnrunzeln zu entlocken, geschweige denn einen Enthüllungsbericht zu schreiben.

Sie *wußte*, daß die Geschichte existierte. Doch wie sollte sie sie aufdecken?

Das schrille Klingeln des Telefons riß sie aus ihren Gedanken. Als sich herausstellte, daß der Anrufer Philip Rider, Logans Hilfssheriff, und nicht Logan selbst war, versuchte sie, das Gefühl der Enttäuschung abzustreifen. Ihre Enttäuschung war jedoch nichts gegen die Überraschung, als sie den Grund seines Anrufs erfuhr.

„Zum Abendessen?" wiederholte sie, bereits krampfhaft nach einer Ausrede für ihre Ablehnung suchend. Dann fragte sie sich, warum diese Einladung so uninteressant für sie war. Philip Rider war ein gutaussehender, lediger, junger Mann – Danni *nahm zumindest* an, daß er ledig war, weil er sie um eine Verabredung bat. Außerdem war sie seit Monaten nicht mehr eingeladen worden. Sie hätte also allen Grund gehabt, seine Einladung gern anzunehmen.

Statt dessen fühlte sie sich überaus erleichtert, einen ehrlichen Grund zu haben, um ablehnen zu können. „Das ist echt nett von Ihnen, aber ich kann leider nicht kommen. Wir hatten heute Probleme mit der Druckerpresse, so daß ich länger arbeiten muß."

„Geht es vielleicht morgen? Ich habe zur Abwechslung einmal zwei Tage frei."

„Nun ..." *Warum in aller Welt sagte sie nicht einfach ja?* „Es tut mir leid, ich kann wirklich nicht."

Sie vernahm ein Seufzen auf der anderen Seite der Leitung. „Kann ich es noch einmal versuchen?" fragte er sichtlich enttäuscht. „Es sei denn, dieser mein Cousin hat Sie bereits beschlagnahmt."

Danni runzelte die Stirn. „Cousin?"

„Logan."

Er sprach ungezwungen. Nachdem Danni sich von ihrer Überraschung erholt hatte, konnte ihr der leicht gereizte Unterton in seiner Stimme jedoch nicht entgehen.

„Da spielt er also wieder einmal seinen Dienstgrad aus", scherzte er.

„Ich – ich habe nicht gewußt, daß Sie verwandt sind", erwiderte Danni, der die Angelegenheit immer peinlicher wurde.

„Ja, wir sind Cousins", erklärte er. „Logan war jedoch immer mehr wie ein großer Bruder für mich. Hey, Danni – Sie haben zu tun, so will ich Sie nicht länger aufhalten. Falls Sie nichts dagegen haben, werde ich Sie jedoch auf jeden Fall wieder anrufen!"

Nachdem sie noch einmal eine halbherzige Entschuldigung gemurmelt hatte, legte Danni auf. Im selben Augenblick fiel ein Schatten auf ihren Schreibtisch, und als sie aufblickte, erlebte sie die nächste Überraschung. In der Tür zu ihrem Büro stand Logan McGarey. Er war in Hemdsärmeln, das dunkle Haar leicht zerzaust, die Fliegersonnenbrille auf dem recht markanten Nasenbein nach unten geschoben. Dannis überraschter Blick schien ihn ein wenig zu amüsieren.

Verblüfft und über sein Erscheinen viel zu sehr erfreut, fragte sich Danni, wieviel er von dem Gespräch mit seinem Cousin mitgehört hatte. „Oh, — hallo", sagte sie zaghaft. *Warum schien es ihr in seiner Gegenwart die Sprache zu verschlagen?* Er nahm die Sonnenbrille ab und hakte sie an der Brusttasche seines Hemdes fest. „Fleißig bei der Arbeit?"

„Nun, eigentlich nicht. Ich müßte es sein, man kann sich jedoch schwer konzentrieren an einem Tag wie diesem."

„Es ist ein wunderschöner Herbsttag", pflichtete er ihr bei, während er zu ihr an den Schreibtisch trat. „Wie ist es Ihnen ergangen?"

Einige Augenblicke tauschten sie Belanglosigkeiten aus, bevor er ihr gegenüber Platz nahm. „Ich hatte gerade eine nette Unterredung mit Ihrem Chef. Er ist ein richtiger Schwätzer, nicht wahr?" Logan lächelte noch immer, doch in seinen Augen stand ein Hauch von Unbehagen.

„Wie meinen Sie das?" fragte sie vorsichtig.

Er zuckte mit den Schultern. „Sagen wir einfach, der *Erleuchtete Meister* ist auch ein Meister der Ausflüchte."

„Ich verstehe nicht."

Unter dem forschenden Blick seiner zusammengekniffenen Augen wurde ihr zunehmend unbehaglich. „Wieviel Kontakt mit Ra haben Sie? Überwacht er Ihre Tätigkeit sehr genau?"

Danni schaltete den Computer aus, bevor sie sich, die Ellenbogen auf den Schreibtisch gestützt, nach vorn lehnte. Die Hände ineinander verschränkt, stützte sie ihr Kinn darauf und musterte den Sheriff neugierig, ehe sie seine Frage mit einer Gegenfrage beantwortete. „Warum empfinden Sie eine so starke Abneigung gegen ihn?"

Er wandte seinen Blick von ihr ab. „Vielleicht liegt es an meinem Polizisteninstinkt? Ich weiß es nicht." Dann betrachtete er sie mit einem entwaffnenden Lächeln. „Also, . . . wessen Herz haben Sie gerade gebrochen, als ich kam?" Dabei deutete er auf das Telefon.

Danni spürte, wie ihr heiß im Gesicht wurde, während sie sich noch einmal fragte, wieviel er mitgehört hatte. „Es war . . . Ihr Cousin, falls Sie es genau wissen wollen."

„Philip?" Er lächelte immer noch, doch Danni glaubte, daß seine Stimme einen leicht gereizten Klang angenommen hatte. „Nun, er erhält kaum eine Absage. Mal sehen, wie er das überlebt!"

Sie lachte kurz. „Er ist beliebt, nicht wahr?"

„Kann man so sagen. Er hat Ihnen erzählt, daß wir verwandt sind?"

„Ja, ich hatte den Eindruck, daß er Sie beschuldigt, den Chef herauszukehren."

Er lächelte. „Nur wenn es sein muß. Ich hörte, wie Sie sagten, daß Sie heute abend zu tun haben . . ." Er zögerte einen Augenblick, bevor er fortfuhr: „Ich hatte gehofft, Sie würden mit mir nach Huntsville fahren. Ich muß dort ein paar Unterlagen abholen, und dann, dachte ich, könnten wir auf dem Rückweg Essen gehen. Dies ist der erste freie Abend für mich in dieser Woche."

Danni war äußerst enttäuscht und gleichzeitig erleichtert, zu erfahren, daß er aus gerechtfertigten Gründen noch nicht wieder angerufen hatte. „Oh, Logan — ich würde so gern mitkommen! Ich werde jedoch mindestens bis um zehn hier zu tun haben."

Er runzelte die Stirn. „Warum so lang?"

Danni zögerte, wußte sie doch, daß ihn jegliche Diskussion über ihre Arbeit in der Kolonie nur reizen würde. „Wir bringen morgen eine Sonderausgabe heraus, und die Druckerpresse war defekt. So muß ich bleiben, bis die Zeitung in Druck gegangen ist."

Die Arme auf der Brust verschränkt, schaute er sie forschend an. „Eine Sonderausgabe?" fragte er. Sein Ton war beiläufig, sein Gesichtsausdruck eher das ganze Gegenteil. „Warum?"

Danni zuckte die Schultern. „Es ist eine Jubiläumsausgabe, wissen Sie — ‚Höhepunkte der vergangenen fünf Jahre' — und ähnliche Dinge."

Sie zuckte innerlich zusammen, als sie die Verachtung sah, die seine Züge verdunkelte. Lange Zeit sagte er nichts und starrte statt dessen schweigend auf den Briefbeschwerer mit Blumenmotiv auf ihrem Schreibtisch. „Als kleine Wochenzeitschrift hat der *Standard* eine ungewöhnlich hohe Auflage, nicht wahr?"

„Er ist eine gute Zeitschrift, Logan. Und ich sage das nicht, weil ich Chefredakteurin bin. Es hatte bereits jemand ausgezeichnete Arbeit geleistet, bevor ich eingestellt wurde."

„Gewiß", erwiderte er gleichförmig. „Ich finde diese Anstrengungen, sich der Stadt mitzuteilen, nur ein wenig sonderbar. Normalerweise leben Kulte von ihrer Umgebung streng abgeschirmt. Sie isolieren sich eher, als sich den Gemeinden zu öffnen, es sei denn, es gibt irgend etwas abzuschöpfen."

Er beugte sich in seinem Stuhl nach vorn. „Einige Kulte geben interne Rundbriefe nur für die eigenen Mitglieder heraus. Das hat nichts mit dem gemein, was hier gemacht wird. Sie sind sogar mit dem *County Herald* in Konkurrenz getreten."

„Es stimmt, daß man versucht, die Auflage zu erhöhen", räumte Danni ein. „Ich wurde mit diesen Zielvorstellungen angestellt. Was ist daran falsch?"

„Vielleicht nichts", erwiderte er schulterzuckend. „Ich bin jedoch gespannt, wozu das alles dienen soll. Offen gestanden kann ich mich des Eindrucks nicht erwehren, daß es ihnen um politische Einflußnahme und die Macht geht, die damit verbunden ist."

„Und das bereitet Ihnen Sorgen?"

Er lehnte sich in dem weißen Stuhl zurück, der beinahe zu klein für ihn war, und sagte ruhig und gefaßt: „Es gibt nur wenige Dinge hier in der Kolonie, die mir *keine* Sorge bereiten, sehr wenige."

„Nun", sagte Danni mit einem zaghaften Lachen, „weiß ich vermutlich, was Sie von *mir* halten."

„Das bezweifle ich", erklärte er leise. Langsam erhob er sich von seinem Stuhl. „Sie werden heute abend nicht allein hier arbeiten, nicht wahr?"

Danni runzelte die Stirn. „Nein, Add wird bei mir sein."

„Add?"

„Mein Assistent. Hier in der Kolonie wird er Add genannt."

Logan nickte. „Ist er gewöhnlich bei Bewußtsein?"

„Was soll *das* denn heißen?" fragte Danni in scharfem Ton.

„Nun, falls Sie es noch nicht bemerkt haben sollten", erklärte er betont langsam, „Ihre Freunde hier draußen sind meistens nicht voll da."

Natürlich war dies Danni aufgefallen, doch sie war nicht gewillt, *darüber* mit Logan zu diskutieren. „Sie sind nicht fair. Die Leute hier sind sehr ... ruhig, ganz friedsam."

„Völlig zugekifft", erwiderte er trocken.

In Wahrheit hatte Logan nur das ausgesprochen, was sie längst vermutet hatte.

„Zugekifft?"

„Falls Sie nicht total naiv sind — was ich irgendwie nicht glauben kann —, wissen Sie genau, was ich meine", forderte er sie heraus. Ohne jede Vorwarnung wechselte er plötzlich das Thema. „Gibt es im Hauptgebäude ein Restaurant oder einen Speiseraum?"

„Es gibt dort eine Cafeteria, ja", entgegnete Danni, darum bemüht, seinen Gedankensprüngen zu folgen. „Warum?"

„Ist es Ihnen erlaubt, eine Pause zu machen?"

„Natürlich."

„Prima, dann trinken wir doch dort einen Kaffee." Dann fügte er lächelnd hinzu, als würde es ihm Spaß machen, sie in Rage zu bringen: „Gibt es hier überhaupt Kaffee? Oder muß ich mich vielleicht auf Kohlrübentee oder etwas Ähnliches einstellen?"

Danni erhob sich. „Sie können eine äußerst schwierige Person sein, wissen Sie das?"

Noch das gleiche schelmische Lächeln auf dem Gesicht, nahm er Danni am Arm. „Das gehört zu den netteren Dingen, die man je über mich gesagt hat, *Miss* St. John. Sie schmeicheln mir."

„Vielleicht", pflichtete Danni ihm bei.

*   *   *

Als sie Logan in der blendend weißen Cafeteria gegenübersaß, versuchte Danni, sich von dem Bann seines Anblicks loszureißen. Trotzdem konnten ihr sein brauner Teint, die hohen, stark hervorstehenden Wangenknochen und die fast schwarzen Augen nicht entgehen. *Mutiger Adler,* dachte sie schmunzelnd.

„Gibt es in Ihrem Stammbaum zufällig irgendwo Indianer?"

In dem Augenblick, als ihr die Frage herausgerutscht war, hätte Danni im Erdboden versinken mögen. Sie war noch nie für ihr Taktgefühl berühmt gewesen, doch gewöhnlich gelang es ihr, sich im letzten Augenblick zurückzuhalten. „Entschuldigung", murmelte sie.

Er strahlte amüsiert. „Es ist nicht zu übersehen, daß Sie vor Ihrer Tätigkeit als Redakteurin Reporterin gewesen sind! Sie haben übrigens recht, meine Großmutter war eine Cherokee." Er hielt inne, und in sein Gesicht trat etwas Spitzbübisches. „Sie soll ein Nachfahre von Tascalusa gewesen sein."

Danni suchte in ihrem Gedächtnis nach diesem Namen, fand jedoch keinen Anhaltspunkt.

„Tascalusa war der Häuptling, den De Soto bei der Schlacht von Mabila besiegte", erläuterte er. „Der Name bedeutet *Schwarzer Krieger.* Man sagt, daß er schwarzes Haar, schwarze Augen und eine Größe von zwei Meter zehn hatte." Seine Augen funkelten. „Und er war gemein. *Wirklich* gemein."

Danni zog die Brauen hoch. „Nun, ein Sprichwort sagt, der Apfel fällt nicht weit vom Stamm."

Er lachte, dann nippte er an seinem Kaffee. „So ... teilen Sie also nicht meine Meinung bezüglich der Drogen? Meinen Sie nicht, daß die Leute hier ... ein bißchen neben sich selbst stehen?"

Unruhig ließ Danni ihren Blick durch den Raum schweifen, es war jedoch niemand hier außer Logan und ihr. „Nun, ich habe eigentlich kaum Kontakt mit den Studenten — wie man sie *nennt.* Schauen Sie mich doch nicht ganz so böse an, Logan. Ich verbringe die meiste Zeit in meinem Büro oder in der Druckerei. Nur während der Mittagspause bekomme ich noch andere Leute zu Gesicht, oder wenn ich einmal einen Gang durch das Gelände mache."

„Nun, ich bin kein Fachmann", erklärte Logan, in seine Kaffeetasse starrend, „doch ich glaube, ich erkenne sehr wohl, wenn der Geist eines Jugendlichen durch Drogen vernebelt ist. Ich habe gute Gründe anzunehmen, daß es hier draußen eine ganze Reihe von Teenagern gibt, deren Geist kaputtgespielt wird." Als er aufschaute, sah Danni, wie hart seine Züge wurden und der Ausdruck seines Gesichts noch finsterer war als sonst. „Und ich bin mir nicht sicher, ob das alles ist."

„Wie meinen Sie das?"

„Ich weiß es nicht", räumte er mit einem tiefen Seufzer ein. „Im Augenblick ist es nur eine Ahnung." Er überraschte sie, indem er seinen Arm ausstreckte und ihre Hand berührte.„Bitte, . . . seien Sie vorsichtig, ja?"

Danni schluckte hart und brachte nur ein kurzes Nicken zustande. Seine Hand, die beinahe zweimal so groß war wie ihre, lag immer noch auf der ihren. Sie räusperte sich. „Sie sagten, Sie waren hier, um mit Reverend Ra zu sprechen?"

„Routineangelegenheiten", erwiderte er, ihre Hand schließlich loslassend. „Ich muß die Angehörigen eines älteren Mannes ausfindig machen, der vor einigen Wochen verstorben ist — ein gewisser *William Kendrick.* Sagt der Name Ihnen irgend etwas?"

Danni dachte einen Augenblick lang nach. Dann fiel es ihr ein. „Das ist der Name, den ich im Radio gehört habe — in den Todesanzeigen —, und zwar an jenem ersten Abend während meiner Rückkehr nach Red Oak. Seitdem habe ich diesen Namen nicht wieder gehört."

Logans Blick wanderte über ihr Gesicht. „Bei den anderen beiden war es genauso."

„Welche anderen beiden? Wovon sprechen Sie?"

Mit einem Finger zeichnete er den oberen Rand der Kaffeetasse nach. „Die Kolonie liest an der Bushaltestelle bedürftige Menschen auf und bringt sie hier heraus, angeblich, um sie mit Nahrung und Unterkunft zu versorgen, bis sie wieder ‚auf eigenen Füßen stehen' können." Sein Mund wurde schmal wie ein Strich. „William Kendrick war der dritte dieser ‚Gäste', die innerhalb von fünf Monaten hier in der Kolonie einen Herzinfarkt erlitten haben", erklärte er, die Augen auf Danni gerichtet. „Meinen Sie nicht auch, daß hier ein bißchen zuviel Zufall ins Spiel gebracht wird?"

Als Danni nichts erwiderte, fuhr er fort: „Alle drei waren offensichtlich verarmt. Wir konnten weder überlebende Familienangehörige ausfindig machen, noch haben wir eine Kreditkarte, eine Fahrerlaubnis oder sonst irgend etwas gefunden. Der erste von ihnen wurde in dem Wald hinter der Kolonie tot aufgefunden. Man verwies auf Anzeichen von Alzheimer und behauptete, er hätte die Gewohnheit gehabt, nachts umherzuirren. Der zweite Mann starb sechs Wochen später und wurde tot in seinem Bett in den Gästezimmern gefunden." Er hielt inne und holte tief Luft.

„Und danach Kendrick. Er wäre angeblich bei einem Spaziergang plötzlich umgefallen."

„Hat man die Todesursachen nicht untersucht?" fragte Danni, der leicht übel geworden war.

„Natürlich haben wir Untersuchungen angestellt", erwiderte Logan. „Wir haben getan, was wir konnten. Die Leichen wurden von dem für unter verdächtigen Umständen eingetretene Todesfälle zuständigen Beamten untersucht. Die Kolonie verweigerte jedoch in jedem Fall ihre Zustimmung zu einer Autopsie, und wenn es keine Angehörigen gibt, die ihre Zustimmung geben könnten . . ." er hielt inne, ungehalten die Schultern hebend. „Es sah in allen drei Fällen wie Herzschlag aus."

„Sie sind jedoch nicht davon überzeugt?"

Er sah sie an. „Wären Sie es denn?"

Danni schüttelte den Kopf. „Was, glauben Sie, hat das zu bedeuten? Sie haben offensichtlich eine ganz bestimmte Vermutung."

Er war im Begriff zu antworten, schien es sich jedoch anders zu überlegen. Einen Augenblick lang herrschte peinliches Schweigen, das Danni brach, indem sie aufstand und auf die Uhr schaute. „Ich glaube, ich muß zurück an meine Arbeit."

Logan nickte und erhob sich ebenfalls. Nachdenklich schaute er Danni an. „Wann kann ich Sie wiedersehen?"

Danni war von der Frage überrascht, aber noch mehr darüber, wie sehr sie diese Frage ersehnt hatte. Dennoch gelang es ihr, ihre Gefühle zu verbergen. „Nun, ich weiß nicht genau . . ."

„Sie arbeiten heute abend", erklärte er, ehe Danni weiterreden konnte. „Ich habe morgen abend Dienst. Dann wäre Sonntag."

Danni überlegte einen Augenblick. „Wir könnten zum Gottesdienst gehen und anschließend zu Mittag essen."

Er wandte seinen Blick ab. „Ich glaube nicht."

Danni wußte nicht, was sie denken sollte, und schaute ihn fragend an. Als er keinerlei Versuch der Erklärung unternahm, fragte sie ihn geradeheraus: „Sie gehen nicht zur Kirche?"

An seinem rechten Augenwinkel erschien ein leichtes Zucken. „Im Augenblick nicht, nein."

„Sie haben doch dieselbe Gemeinde wie ich besucht", drängte Danni weiter. „Ich erinnere mich . . ."

„Ist das ein Interview, Miss St. John, oder steht die Frage außerhalb des Protokolls?"

Danni spürte, wie sie rot wurde. „Es tut mir leid, Berufskrankheit vermutlich. Ich wollte Ihnen nicht zu nahe treten."

„Aber?" Er wartete.

„Ich war einfach nur neugierig, das ist alles", erklärte Danni, dann fügte sie hinzu: „Ich weiß, es geht mich nichts an."

Seine dunklen Augen verrieten keinerlei Gefühl, seine Stimme klang jedoch sarkastisch, als er fragte: „Hat Reverend Ra nichts dagegen, wenn Sie irgendwo außerhalb der Kolonie zum Gottesdienst gehen?"

„Niemand", entgegnete Danni, jedes Wort sorgfältig betonend, „schreibt mir vor, wo ich den Gottesdienst besuche."

Er nahm einen Kaugummi aus seiner Brusttasche und bot auch Danni einen an, die jedoch ablehnte. „Das überrascht mich eigentlich nicht", sagte er schmunzelnd. „Es scheint mir, Sie lassen sich von niemandem *irgend etwas* vorschreiben."

Danni zog nur die Augenbrauen hoch und grinste ihn an. „Nun, ich meine, wir haben Ihre Frage eigentlich noch nicht beantwortet, oder?"

„Ich glaube, ich habe vergessen, was ich gefragt habe", erwiderte er und lachte sie an.

„Sie hatten gefragt, wann Sie mich wiedersehen könnten", erinnerte sie ihn.

„Richtig. Wie wäre es, wenn ich Sie am Wochenende anrufe und wir uns dann etwas einfallen lassen?"

„In Ordnung." Danni zögerte, dann beschloß sie, sich ihre Frage einfach vom Herzen zu reden. „Warum *wollen* Sie mich wiedersehen?"

Bevor er irgend etwas erwidern konnte, fuhr sie fort, und ihre Worte überschlugen sich beinahe. „Es ist offensichtlich, daß Sie etwas gegen meine Tätigkeit hier einzuwenden haben. Sie mögen die Leute nicht, für die ich arbeite. Sie trauen niemandem, der auch nur im entferntesten irgend etwas mit der Kolonie zu tun hat. Worin besteht also Ihr Interesse an mir?"

Er schaute ihr in die Augen, und für einen kurzen Moment nahm sein Gesicht einen nüchternen, beinahe nachdenklichen Ausdruck an. Doch dann kehrte das schelmische Lächeln zurück. „Vielleicht möchte ich mir einfach nur Ihre Stimme für die Wahlen warmhalten", sagte er leise. „Auf der anderen Seite", fuhr er betont langsam und mit gespieltem Ernst fort, „könnte es an Ihrem Kinn liegen. Sie haben zweifellos das eigenwilligste kleine Kinn, das ich jemals gesehen habe."

Dabei tippte er leicht an die Spitze ihres kleinen, eigenwilligen Kinns und ging. Danni blieb, was ihr noch nicht oft passiert war, absolut sprachlos zurück.

7

An diesem Abend war Danni völlig erschöpft. Doch die Jubiläumsausgabe war fertig gedruckt und sah gut aus. Außer Add und ihr waren alle Mitarbeiter der Druckerei bereits gegangen. Sie schenkte Add ein mattes Lächeln, bevor sie das Licht ausschaltete und die Tür ihres Büros abschloß.

„Deine Ausgangsverlängerung ist bereits wieder abgelaufen, Add", erinnerte ihn Danni auf dem Weg zum Parkplatz. „Soll ich mitkommen, um die Verspätung zu erklären?"

„Wenn Sie das tun würden?" Er warf ihr einen dankbaren Blick zu. „Wenn Sie meinem Gruppenleiter mitteilen könnten, weshalb ich zu spät komme ..."

„Aber natürlich." Danni lächelte ihm aufmunternd zu. „Das ist das wenigste, was ich tun kann, um mich ein wenig dafür zu bedanken, daß du mir den ganzen Abend geholfen hast."

„Sie arbeiten sehr viel, Miss St. John."

„Die Arbeit macht mir Spaß", erwiderte sie, ohne zu zögern. „Mein Vater hat immer gesagt, ich hätte Druckerschwärze im Blut."

Der junge Mann nickte zustimmend. „Leben Ihre Eltern hier in der Gegend?"

Dieses Interesse verwunderte Danni. Bislang waren alle ihre Versuche, mit dem Teenager näher ins Gespräch zu kommen, erfolglos geblieben.

„Nein, Sie haben früher hier in Red Oak gewohnt, meine Mutter ist jedoch zu ihrer Schwester nach Florida gezogen, nachdem mein Vater verstorben war. Und was ist mit deiner Familie, Add?" fügte sie einen Augenblick später hinzu.

Er zuckte mit den Schultern, den Blick zu Boden gewandt, während sie weiter in Richtung Hauptgebäude gingen. „Wir haben keine Verbindung mehr. Ich bin schon sehr lange nicht mehr zu Hause gewesen."

„Wo ist dein Zuhause", forschte sie sanft.

„Tuscaloosa."

„Lauf nicht so schnell, Add. Ich kann dir nicht folgen", bemerkte sie. „Nun, ... wie hießt du, bevor du in die Kolonie kamst? Oder sollte ich dich lieber nicht danach fragen?"

„Nein, das ist kein Problem", erwiderte er ruhig, seine großen Schritte sofort Dannis langsamerer Gangart anpassend. „Mein Name war Jerry, Jerry Addison."

Danni entging nicht, daß er in der Vergangenheit gesprochen hatte. „Weiß deine Familie, wo du bist?"

Er schüttelte den Kopf. „Ich weiß nicht – wahrscheinlich nicht. Meine Eltern sind geschieden. Wo meine Mutter ist, weiß ich nicht, und meinen Vater würde es nicht interessieren, selbst wenn er wüßte, wo ich bin", stieß er hervor, den Blick noch immer von Danni abgewandt.

„Das tut mir leid, Add", entgegnete Danni teilnahmsvoll, die den Schmerz, den er so sorgfältig zu verbergen suchte, in seiner Stimme vernommen hatte.

„Es ist schon gut so", murmelte er, als wollte er sich verteidigen. Als er Danni anschaute, entdeckte sie einen trotzigen Schimmer in seinen dunklen Augen. „Ich habe jetzt eine *richtige* Familie – hier in der Kolonie."

„So, jetzt bist du glücklich?"

„Ja, ich bin glücklich", erwiderte er, vielleicht ein wenig zu schnell, dachte Danni. „Sie sollten sich uns anschließen. Alle wundern sich, warum Sie das bis jetzt noch nicht getan haben."

„Ich glaube, das könnte ich nicht tun, Add", erklärte Danni. „Für mich ist das hier nur eine Arbeitsstelle. Ich würde mich . . . nicht wohlfühlen als Mitglied der Kolonie. Ich würde niemals meinen Glauben aufgeben, nur wegen meiner Arbeit. Ich habe schon an verschiedenen Stellen gearbeitet, und überall war es anders. Doch mein Glaube an Gott bleibt derselbe, wo immer ich auch bin."

Er warf ihr einen seltsamen Blick zu, dann sah er sich verstohlen um. „Man erwartet jedoch von Ihnen, daß Sie der Kolonie beitreten. Man wird es merkwürdig finden, falls Sie es nicht tun."

„Add, mein Glaube würde es niemals zulassen, Mitglied der Kolonie zu werden", erwiderte Danni fest entschlossen. Sie wechselten von dem schmutzigen Pfad auf die Straße, bevor Danni fortfuhr: „Add, was lehrt man euch hier eigentlich von Gott?"

Der Junge schickte einen flüchtigen Blick in ihre Richtung. „Eine ganze Menge. Man lehrt uns Liebe . . . und Frieden . . . und gute Werke."

Der rechtfertigende Unterton in Adds Stimme war Danni nicht entgangen. „Und wie ist es mit Jesus?" fragte sie weiter. „Ist auch von ihm die Rede?"

Er wandte seinen Blick ab. „Wie meinen Sie das?"

Danni hielt inne und wartete, daß auch er stehenbleiben würde. Sie hatte gespürt, wie seine Stimmung abrupt umgeschlagen war. Er war jetzt nicht mehr ihr fröhlicher, hilfsbereiter Assistent. Er war vorsichtig geworden, vielleicht hatte er sogar Verdacht geschöpft. Deshalb formulierte sie ihre nächste Frage mit äußerster Sorgfalt. „Jesus ist der Sohn Gottes. Lehrt man das hier in der Kolonie, Add? Daß er zu uns auf die

Erde gekommen ist, um uns vorzuleben, wie Gott ist – und wie sehr er jeden von uns liebt?"

„Die Weihnachtsgeschichte, meinen Sie. Das habe ich alles gelernt, als ich klein war", erwiderte Add mit einer kurzen, ablehnenden Handbewegung.

„Kennst du auch die Ostergeschichte?" fragte Danni ruhig.

Als er sie schließlich wieder ansah, entgingen Danni nicht die Zweifel und das Mißtrauen in seinen dunklen Augen.

„Hast du gehört, wie das Kind in der Krippe zu einem Mann heranwuchs, um am Kreuz für die Sünde der Welt zu sterben? Für meine Sünde – deine Sünde – für die Sünde der gesamten Menschheit, Add. Das war derselbe Jesus." Sie hielt inne. „Hast du jemals etwas von ihm gehört, hier in der Kolonie?"

Sie spürte förmlich, wie sich der Junge zurückzog. „Das habe ich alles in der Sonntagschule gehört", erklärte er angespannt.

„Aber du glaubst es nicht?" forschte Danni weiter.

„Ich, ... ich weiß nicht mehr viel davon."

„Ich verstehe. Ihr sprecht also hier in der Kolonie nicht viel vom Kreuz? Vielleicht überhaupt nicht?"

Danni kannte die Antwort bereits, hoffte jedoch, zumindest ein Fragen, einen Funken von Interesse in seinem Herzen wecken zu können. Er schaute sie lange an, und Danni hätte weinen mögen angesichts der Zweifel und der Verwirrung – und der Sehnsucht –, die aus seinen Augen sprachen. „Warum sollte jemand so etwas tun. Ich meine, falls es wirklich *wahr* ist, warum hat er das getan?"

Danni atmete tief durch. „Weil er dich liebt, Add."

Der Junge stieß mit der Spitze seiner Sandalen gegen den Beton. „Sie sprechen von ihm, als sei er wirklich da", murmelte er.

„Oh, er ist wirklich da, Add. Das kann ich dir versichern. Er lebt tatsächlich!"

„Aber er ist doch gestorben ..."

„Ja", räumte Danni ein. „Er ist gestorben, aber er ist nicht im Grab geblieben. Deshalb habe ich dich nach der Ostergeschichte gefragt. Das ist die Ostergeschichte – die Auferstehung Christi. Er lebt, heute und allezeit."

„Das ist nicht möglich", gab Add widerwillig zurück. „Das begreife ich nicht, es ergibt keinen Sinn."

„Nein", stimmte Danni ihm zu, „eigentlich ist es unbegreiflich, nicht wahr? Es geht aber nicht darum, daß wir Jesu Tod und Auferstehung begreifen, sondern allein darum, daß wir sie im Glauben annehmen und danach leben."

„Das mag für Sie so richtig sein, Miss St. John. Mit mir hat das jedoch nichts zu tun."

Danni sah den gequälten Blick des Jungen, den Schmerz des Abgelehntseins und der Einsamkeit, die so deutlich aus seinen Augen sprachen, und sie wünschte sich im Augenblick nichts sehnlicher, als ihn zu trösten, ... ihm Heil und Heilung anzubieten.

„Oh Add", sagte sie sanft, „es hat *alles* auch mit dir zu tun! Jesu Opfertod am Kreuz galt nicht nur einigen wenigen, sondern gilt uns allen. Gottes Sohn ist genauso für dich wie für mich gestorben. Er liebt dich so sehr, daß er, selbst wenn es keinen anderen Menschen auf dieser Welt gäbe, dennoch ans Kreuz gegangen wäre — für *dich*."

Mit schmerzerfülltem Blick stand der Junge vor ihr, aber er hatte sie gehört, dessen war sie sicher. Er hatte zugehört — ganz genau. Überwältigt von der Erkenntnis, wie schwierig es war, einem Kind von der Liebe eines *himmlischen* Vaters zu erzählen, das offenbar nie die Liebe eines *irdischen* Vaters erfahren hatte, sprach Danni im stillen ein verzweifeltes Gebet für den jungen Menschen, der so hilflos und verwirrt vor ihr stand.

*   *   *

Später, nachdem sie in ein Informationsblatt für den Gruppenleiter eine Begründung für Adds Verspätung eingetragen und unterzeichnet hatte, ging Danni und sie sehnte sich danach, zu Hause zu sein. Ihre Gedanken kreisten um den Rest Pizza im Kühlschrank, und bei der Aussicht auf Pizza und frisch gepreßten Orangensaft — ihrem Lieblingsessen — lief ihr das Wasser im Mund zusammen. Sie würde auf die Couch sinken und essen und lesen ...

Da fiel ihr der Hefter mit den Vorschlägen für die Werbung ein, die sie vor morgen früh noch durchsehen mußte, und der noch auf ihrem Schreibtisch lag.

Mit einem müden Seufzer lenkte sie ihre Schritte zu dem Gebäude, in dem sich ihr Büro befand. Es war inzwischen beinahe elf Uhr, und das Gelände der Kolonie lag völlig im Dunkeln, bis auf wenige Sicherheitsleuchten, die auf der gesamten Einrichtung verteilt waren. Es war so still, daß selbst das kühle Lüftchen, das ihr plötzlich entgegenwehte, laut erschien. Danni blickte zu dem sternenlosen Himmel empor, überrascht, wie schnell das milde Wetter von heute nachmittag von einer Kälte abgelöst worden war, die mehr der Jahreszeit entsprach.

Als sie mit dem benötigten Hefter aus ihrem Büro zurückkam, war aus dem kühlen Lüftchen ein scharfer Wind geworden. Deshalb lief sie zu ihrem Auto. Sie hatte beinahe das Klinikgebäude neben dem Parkplatz erreicht, als sie plötzlich Stimmen vernahm, die aus der Richtung vom Eingang der Klinik kamen. Als sie eine kleine Gruppe von Männern ausmachte, die aus dem Krankenhaus kamen, blieb sie stehen. Sofort war sie auf der Hut und drückte sich gegen die Wand am Ende des Gebäudes, um möglichst ungesehen zu bleiben.

Aus dem Inneren der Klinik drang ein schwacher Lichtschein nach draußen, und die Nachtleuchte, die in der Nähe stand, ließ sie die Gestalten, die die Treppe herunterkamen, deutlich erkennen. Sie waren zu viert, und sofort erkannte Danni zwei von ihnen als die Pfleger, die auf der Krankenstation und im Labor arbeiteten. Sie rahmten die beiden anderen Männer ein, die beide schon älter zu sein schienen – der eine von ihnen groß und hager, der andere eher klein mit großen, abstehenden Ohren. *Otis Green*, dachte sie. Die Gruppe schien sich zum Hauptgebäude zu begeben.

Ohne sich zu bewegen, spähte Danni um die Ecke, und ihr Interesse wurde noch geschärft, als sie bemerkte, wie die beiden älteren Männer teilnahmslos vorwärtsschlurften und sich von den beiden Pflegern führen ließen. Als plötzlich ein Windstoß durch die hohen Kiefern hinter der Klinik fuhr, drehte sich einer der Pfleger um und schaute in ihre Richtung. Danni drückte sich noch dichter gegen die Wand und hielt den Atem an. Er hielt jedoch nur einen kurzen Augenblick inne, bevor er sich wieder umwandte und weiterging. Sein weißer Kittel flatterte im Wind, während er dem anderen Pfleger irgend etwas zuraunte.

Sobald die vier Männer das Hauptgebäude betreten hatten, eilte Danni zu ihrem Wagen und sprang förmlich hinter das Steuer. Die Szene, deren Zeuge sie soeben geworden war, ließ sie während der gesamten Fahrt nach Hause nicht mehr los. Nachdem sie in ihre Auffahrt eingebogen war, schaltete sie den Motor ab und betrachtete das Haus, während sie still auf ihrem Sitz verharrte. Die Hoflaterne tauchte die Vorderfront des Hauses in ein freundliches Licht, während die Nachtleuchte ihr von innen ein gedämpftes Willkommen zuzuleuchten schien. Doch Dannis Stimmung wollte sich nicht aufhellen. Sie konnte das, was sie vor der Klinik gesehen hatte, nicht einfach abschütteln. Könnten die Männer betrunken gewesen sein, fragte sie sich? Das glaubte sie kaum. Sie hatten eher den Anschein gemacht, als würden sie schlafwandeln.

Und eigentlich, waren sie überhaupt gelaufen oder hatten die Pfleger die beiden älteren Männer regelrecht fortgeschleift? Kopfschüttelnd öffnete sie die Wagentür. Zu viele Überstunden zehrten an ihren Kräften und vernebelten ihren Geist. Sie war erschöpft, sie war hungrig, sie fror. Sie würde sich den Vorfall morgen noch einmal genau durch den Kopf gehen lassen. Dann konnte sie hoffentlich wieder klarer denken.

8

Im Haus war es kalt. Danni ging sofort zum Thermostat und wünschte sich, sie hätte die Heizung angelassen.

Die Hand am Regler, stand sie einen Augenblick lauschend da, instinktiv auf der Hut, ohne zu wissen, warum. Es war still im Haus, außer dem lauten Zischen und Rumpeln des alten Heizkessels, der zum Leben erwachte.

Plötzlich stand die Szene von ihrer Ankunft hier in Red Oak wieder vor ihren Augen, als sie das Arbeitszimmer völlig verwüstet vorgefunden hatte. Es schien jedoch alles in Ordnung zu sein. Warum in aller Welt bekam sie plötzlich das große Zittern!

Sie holte tief Luft, dann begab sie sich auf Tour durch das gesamte Haus. Das Licht ein- und ausschaltend, ging sie von einem Zimmer zum anderen, um sich zu vergewissern, daß alles in Ordnung war. Bis sie in die Küche kam, hatte sie nichts entdeckt, und sie war versucht, ihren Kontrollgang zu beenden und die Pizza in die Mikrowelle zu schieben. Sie war jedoch zu aufgewühlt, um irgend etwas zu tun, bevor sie nicht geduscht hatte.

Fünfzehn Minuten später war sie in ihren Morgenmantel geschlüpft – er war aus pfirsichfarbenem Velour, ein Geschenk von ihrer Mutter zu ihrem letzten Geburtstag – und sie begann sich bereits besser zu fühlen. Sie kniete sich vor der Kommode nieder, doch wie gewöhnlich ging die abscheuliche untere Schublade wieder einmal nicht auf. Nach einem letzten kräftigen Ruck gab der Kasten schließlich nach und Danni fiel beinahe nach hinten. Grollend nahm sie einen kleinen Recorder heraus, den sie unter einem Stapel Wäsche versteckt hielt. Rasch drückte sie den obersten Knopf, um die Batterie zu überprüfen. Dann bückte sie sich, um den unteren Kasten wieder hineinzuschieben, hielt aber inne, als ihr Blick plötzlich auf ein kleines, silbern glänzendes Metallstück fiel.

Danni hob es auf und rollte es zwischen den Fingern. Sie wußte nicht, was es sein sollte. Sie besah sich den Recorder, wo jedoch nichts abgebrochen zu sein schien. Dann hielt sie das Metall ins Licht, um es besser betrachten zu können. Was immer es auch war, sie konnte es nicht herausfinden, und so steckte sie es schließlich in die Tasche ihres Morgenmantels. Ungeduldig stieß sie mit dem Fuß gegen den unteren Kasten, der zu ihrer großen Überraschung mit einem lauten Knall zuging.

Als sie, im Schlafzimmer auf- und abgehend, auf den Recorder sprach, kehrte die Anspannung zurück. Eilig zeichnete sie die einzelnen Ereignisse des heutigen Tages auf, wobei sie sich besonders auf die unerklärliche Szene in der Kolonie von heute abend konzentrierte.

Dann ging sie durch das Zimmer zu dem stattlichen Georgianischen Puppenhaus, das auf einem Nußbaumständer neben dem Fenster stand, und zog die mit Blumen bedruckten Vorhänge ein wenig beiseite, um aus dem Fenster zu schauen. Erschrocken entdeckte sie die Rücklichter eines Wagens, der gerade aus der Einfahrt vor ihrem Haus wegfuhr.

Danni ließ ihr kleines Diktiergerät in die Tasche ihres Morgenmantels gleiten, bevor sie einen Augenblick lang wie angewurzelt vor dem Fenster stehenblieb. Als sie in ihre Auffahrt eingebogen war, hatte sie nirgends ein Auto gesehen, dessen war sie ganz gewiß.

Verwirrt entfernte sie sich vom Fenster und hob eine zierliche kleine Porzellanpuppe in einem extravaganten Ballkleid auf, die auf den Fußboden des Wohnzimmers gefallen war.

„Es tut mir leid, Cassandra, mein Schatz – du hast dir vermutlich eine Beule am Kopf zugezogen", murmelte Danni zerstreut. Sorgfältig setzte sie die Puppe auf ihren ursprünglichen Platz auf den Klavierhocker zurück, wo sie Cassandra erst heute morgen in einem Anflug von spielerischer Laune hingesetzt hatte.

Ihre Gedanken kreisten noch immer um das Auto, das sie gesehen hatte, als es ihr plötzlich wie Schuppen von den Augen fiel. Das Puppenhaus . . . irgend etwas stimmte nicht . . . stand nicht mehr an seinem alten Platz.

Sie wirbelte herum, eilte zum Puppenhaus zurück und beugte sich vor, um das Innere genau inspizieren zu können. Es dauerte einen Augenblick bis sie fand, was sie gesucht hatte. Nicht nur die Puppe war heruntergefallen, sondern in dem kleinen Schlafzimmer genau darüber lag eine kleine Nachttischlampe auf dem Fußboden, und auch ein kleiner Schaukelstuhl war umgekippt.

Logan hatte gar nicht so unrecht mit seiner Feststellung, daß sie in ihrem Herzen noch ein kleines Mädchen geblieben war. Das kleine Mädchen in ihr war sogar noch *sehr* wach, zumindest was Puppenhäuser betraf.

Die heruntergefallene Puppe, die am Boden liegende Lampe und der umgekippte Schaukelstuhl im Puppenhaus – sie waren heute morgen noch alle an ihrem Platz – dessen war sie gewiß.

Die Gedanken an das Essen waren verschwunden, der Appetit verflogen. Sie lief in ihrem Schlafzimmer auf und ab, in Gedanken eine Möglichkeit nach der anderen abwägend und wieder verwerfend. Schließlich zog sie den Recorder und das kleine Metallstück aus der Tasche, das sie gefunden hatte. Während ihr Blick von dem Stück Metall in ihrer Hand zu dem Puppenhaus wanderte, begann sie einen kurzen Bericht auf Band zu sprechen über das Auto, dessen Rücklichter sie gesehen, das Stück Metall, das sie in der Schublade entdeckt hatte, sowie die Dinge, die im Puppenhaus heruntergefallen waren. Sie schloß mit der Vermutung, das jemand in ihrer Abwesenheit in das Haus eingedrungen war.

Nachdem sie ihr Diktat beendet hatte, verstaute sie das Gerät wieder an seinem Platz unter der säuberlich gestapelten Wäsche in der unteren Schublade der Kommode. Sie würde heute nacht kein Auge zutun, bevor sie nicht das gesamte Haus kontrolliert hatte. Doch bei dem Gedanken an die kalte Dunkelheit in den unbenutzten Zimmern krampfte sich ihr Magen zusammen. Dann faßte sie sich jedoch ein Herz und verließ ihr Schlafzimmer. Vorsichtig schlich sie den Flur entlang, stieß dann behutsam die erste Tür auf und schaltete das Licht an. Sie zögerte nur einen kurzen Augenblick, bevor sie das Zimmer betrat und mit den Augen absuchte. Mit einem Seufzer der Erleichterung stellte sie fest, daß alles in Ordnung war.

Das Zimmer gegenüber war das Schlafzimmer ihrer Eltern gewesen. Sie ging über den Flur und öffnete die Tür. Als sie dann an der Wand nach dem Lichtschalter tastete, fiel ihr ein, daß es in diesem Zimmer keine Deckenbeleuchtung gab. Sie schluckte ihr Unbehagen nieder und wollte zunächst eine Taschenlampe holen, tastete sich aber statt dessen auf der Suche nach der Nachttischlampe zu dem großen Ehebett. Sie hatte die Lampe schnell gefunden. Nachdem sie den schlüsselförmigen Schalter betätigt hatte, nahm sie das Zimmer unter die Lupe.

Selbst im Dämmerlicht erkannte Danni sofort, daß etwas nicht stimmte. Sie bekam Gänsehaut, als sie sich den Wäschestapeln näherte, die wahllos auf dem Fußboden verstreut lagen. Die Kästen der hohen Kommode waren noch immer herausgezogen. Lose Blätter bedeckten den Teppich neben dem Spinett, die Türen des großen Kleiderschranks standen offen, und man sah, wie Kleidungsstücke von den Bügeln gerissen worden waren.

Dannis Atem ging flach und viel zu schnell, während ihr Herz so wild gegen ihren Brustkorb hämmerte, daß es beinahe schmerzte. Dann sah sie einen Stoffetzen aus dem geschlossenen Deckel der Bettentruhe heraushängen. Die Hände am Morgenmantel trocknend, ging sie zum Fußende des Ehebetts und hob den mit Scharnieren befestigten Deckel an. Die darin sonst säuberlich gestapelte Wäsche mit dem Bettzeug war durchwühlt und in diesem Zustand zurückgelassen worden.

Langsam ließ sie den Deckel nach unten gleiten. Still und regungslos lauschte sie dann nach irgendwelchen ungewöhnlichen Geräuschen in dem alten Haus. Doch sie hörte nichts außer dem Rumpeln des Heizkessels und einem gelegentlichen Knacken in den Rohren. Danni zwang sich, langsam und gleichmäßig zu atmen.

Wer immer das auch getan hatte, könnte noch im Haus sein ...
Dieser Gedanke traf sie wie ein Schlag. Von plötzlicher Panik erfaßt, sprang sie auf, um die Tür zum Flur zu schließen. Ihr Blick fiel dabei auf das alte Schlüsselloch unter dem Türgriff. Mit zitternder Hand drehte sie den Schlüssel herum.

Ruckartig wandte sie sich um, und ihr Blick fiel auf das Telefon auf dem Nachttisch. Alles in ihr schrie danach, Logan anzurufen, doch die Notwendigkeit, ihre Aufgabe geheimzuhalten, ließ sie zögern.

In dem Augenblick schrillte das Telephon. Danni schrie laut auf, bevor sie um das Bett herum stolperte und nach dem Hörer griff.

„Danni?"

Als sie Logans Stimme hörte, hätte sie vor Erleichterung weinen mögen.

„Danni — ist alles in Ordnung?"

„Ich, ... hm Logan? Hallo?"

„Ich habe angefangen, mir Sorgen zu machen. Ich habe mehrmals angerufen, und es hat niemand gehört."

Sie fragte sich, ob er das Zittern in ihrer Stimme hörte. „Ich bin ... noch nicht lange zu Hause. Ich mußte länger arbeiten, als ich angenommen hatte."

Einen Augenblick lang herrschte Schweigen zwischen ihnen. „Ich wollte mich nur überzeugen, daß alles in Ordnung ist", erklärte er sanft. „Ich habe mir Sorgen gemacht, Sie so spät dort draußen zu wissen."

„Nun, ... es ist nett von Ihnen, ... daß Sie so um mich besorgt sind", erwiderte sie schwach. Nach kurzem Zögern fragte sie: „Logan? Sind Sie ... heute abend ... hier gewesen?"

„Bei Ihnen zu Hause? Nein. Warum?"

„Ich habe ... vor wenigen Minuten ein Auto vor meinem Haus wegfahren sehen, und ich kann mir nicht denken, wer es gewesen sein sollte. Nicht daß ich irgendeinen Grund gehabt hätte anzunehmen, daß Sie es waren", fügte sie eilig hinzu. „Ich habe mich nur gefragt ..."

„Sie konnten nicht sehen, wer am Steuer saß?" unterbrach er sie.

„Nein, ich bin mir nicht einmal sicher, wo das Auto herkam. Es sah jedoch so aus, als hätte es vor dem Haus geparkt, und nachdem ..."

„Was nachdem?"

Dannis Finger tasteten nach ihrer Brille, konnte sie jedoch nicht in ihrem Haar entdecken. Sie gab die Suche auf. „Nichts."

„Irgend etwas stimmt nicht." Seine Stimme hatte den altbekannten, harten Klang angenommen.

Wieder zögerte Danni, doch sie konnte nicht länger an sich halten. Sie mußte es ihm sagen. „Ich glaube ... ich weiß ... daß jemand hier im Haus war."

„*Was*? Sind Sie sicher?"

„Ja." Dann begann sie zu erzählen, was sie vorgefunden hatte.

„Ich komme!" sagte er, noch ehe sie ausgeredet hatte.

„Nein, Logan! Ich mußte es Ihnen nur sagen. Es ist nicht nötig ..."

„Wo sind Sie jetzt?" unterbrach er sie von neuem.

„Wo *ich bin*? Oh, ich bin oben, im Schlafzimmer meiner Eltern. Aber warum ..."

„Ist die Tür abgeschlossen?"

„Ja, ... ich habe sie abgeschlossen. Aber ..."

„Gut, bleiben Sie dort, bis ich komme. Ich rufe von zu Hause aus an. Es wird etwa fünfzehn Minuten dauern, bis ich bei Ihnen bin."

„Logan, ich habe beinahe das ganze Haus durchsucht, und ich bin sicher, daß niemand ..." Sie schluckte, außerstande, ihren Satz zu vollenden. Seine Eindringlichkeit hatte sie wieder total in Unruhe versetzt.

„Lassen Sie mich das machen", sagte er kurz angebunden. „Sie bleiben einfach, wo Sie sind, bis ich bei Ihnen bin, bitte!"

Ohne sich zu verabschieden, legte er auf. Wortlos starrte Danni auf das Telefon, dann legte sie den Hörer mit einem Knall auf. Sie schaute zur Tür, dann an sich selbst herunter. Trotz Logans Warnung ging sie zur Tür und öffnete sie. Nach einem prüfenden Blick in den Flur, eilte sie in ihr Schlafzimmer zurück – die Tür hinter sich abschließend – und zog sich ein Paar Jeans und einen Pulli über. Ein Blick in den Spiegel erinnerte sie daran, daß sie sich nach dem Duschen noch nicht gekämmt hatte, und einen flüchtigen Augenblick wünschte sie sich, nicht ihr gesamtes Make-up entfernt zu haben. Dann wurde ihr bewußt, wie dumm ihre Gedanken waren, und sie schüttelte sie ab. Als ob ihr Äußeres nach allem, was heute geschehen war, irgendeine Bedeutung hätte!

Sie zitterte noch immer, während ihr Geist krampfhaft versuchte, die Ereignisse dieses Abends zu erfassen. In diesem Augenblick fühlte sie das Schweigen im Haus und ihr Alleinsein deutlicher als zu irgendeinem anderen Zeitpunkt, seitdem der Alptraum begonnen hatte. Im stillen wünschte sie, Logan würde sobald wie möglich hier sein.

Es schien eine Ewigkeit vergangen zu sein, bis sie das Kreischen seiner Reifen vernahm, gefolgt von einem heftigen Klopfen an der Haustür. Er rief ihren Namen, dann noch einmal, viel lauter.

Danni riß die Tür ihres Schlafzimmers beinahe aus den Angeln, als sie sie aufstieß, und die Treppe hinunterjagte. Als sie die Tür aufriß, rief er zum dritten Mal ihren Namen. Soviel Größe — und Würde — aufbringend, wie es unter den gegebenen Umständen möglich war, schnippte sie eine feuchte Haarsträhne aus den Augen und begegnete seiner düsteren Miene, indem sie ihn ebenfalls finster anblickte.

„Um Himmels willen, Logan, Sie brauchen nicht so zu schreien!"

9

Logan schob Danni beiseite und eilte ins Haus. „Haben Sie das gesamte Haus kontrolliert?" fragte er angespannt, während er sie, Lichtschalter anknipsend, in Richtung Wohnzimmer drängte.

„Bitte, kommen Sie doch herein, Logan", erklärte Danni trocken. Aufreizend gleichgültig ihrem Spott gegenüber, warf er seine Lederjacke im Gehen über einen Stuhl und ließ Danni hinter sich her in die Küche flitzen. „Seit wann sind Sie zu Hause?" fragte er, ohne sie anzuschauen.

„Seit wann? Ich weiß nicht genau — seit einer Stunde, vielleicht auch weniger."

Er wandte sich um und schaute Danni an. Dabei fiel ihr auf, daß er in Jeans und Sweatshirt nicht ganz so furcherregend groß und bedrohlich wirkte wie in Uniform, besonders mit dem vom Wind zerzausten Haar. Unwillkürlich fuhr sie sich durch ihr ungekämmtes Haar.

Seine Augen folgten ihrer Handbewegung. „Was haben Sie außer der Verwüstung im Schlafzimmer Ihrer Eltern noch entdeckt?"

Danni holte tief Luft. „Nun . . . das Puppenhaus . . . das große in meinem Schlafzimmer . . ." Während sie es ihm zu erklären versuchte, beobachtete sie ihn genau, auf der Hut vor seinem Spott.

Er stand jedoch regungslos da, den Blick seiner dunklen Augen auf ihre gerichtet.

„Sehen Sie, ich weiß noch genau, wo Cassandra — das ist die Mutter der Puppenhausfamilie — heute morgen war", fuhr Danni fort. „Sie saß am Klavier. Heute abend war sie jedoch zu Boden gefallen. Der Schaukelstuhl und eine Lampe im Schlafzimmer waren auch nicht mehr an ihrem alten Platz."

„Im Puppenhaus", wiederholte er tonlos.

„Ja. Ich weiß, daß Sie das wahrscheinlich schwer verstehen können, aber ich erinnere mich immer genau, wo was gewesen ist, in den Puppenhäusern, meine ich. Sonst weiß ich das nie so genau . . ." Sie hielt inne, um Luft zu holen, dann fügte sie hinzu: „Und dann war noch das Auto . . ."

Er nickte, und Danni war erleichtert, daß er sie offenbar ernst zu nehmen schien.

„Ich könnte eine Tasse Kaffee vertragen", sagte er. „Möchten Sie vielleicht etwas Kaffee kochen, während ich mir die oberen Zimmer ansehe?"

Danni hörte, wie er über ihr hin und her lief, Sachen umherschob und Türen ins Schloß fallen ließ, und sie fand diese Geräusche merkwürdig beruhigend. Als er in die Küche zurückkehrte, war der Kaffee fertig, und sie hatte ein paar Butterkekse aus ihrer Keksdose auf einem Teller angerichtet.

„Außer der Verwüstung, die sie hinterlassen haben, konnte ich absolut nichts finden", erklärte er, auf die Kekse spähend.

Rittlings auf einem Stuhl sitzend, verschlang er einen halben Keks mit einem Biß. Auf die andere Hälfte in seiner Hand blickend, fragte er: „Sind sie selbstgebacken?"

Danni war zunächst versucht zu flunkern, doch dann schüttelte sie den Kopf. „Nein, aus Thomas' Bakery."

Er grinste sie an.

Sie ging zum Büfett, um Kaffee und Sahne zu holen. „Es tut mir leid, daß Sie umsonst die ganze Strecke hierher gefahren sind."

Er schüttelte den Kopf. „Das macht gar nichts", erwiderte er, sich weiter mit Keksen bedienend.

„Ich bin wirklich dankbar, daß Sie gekommen sind", sagte Danni, während sie ihm gegenüber am Tisch Platz nahm.

„Nun", entgegnete er lächelnd, „ich fürchte, ich muß die Gelegenheiten ergreifen, wie sie sich bieten, wenn ich Sie sehen will."

Von dem forschenden Blick verunsichert, der seine Worte begleitete, gelang Danni nur ein verschämtes Lächeln, bevor sie sich mit einem weiteren Keks bediente.

Sie sprachen einige Augenblicke über belanglose Dinge, bevor Logans Stimmung plötzlich umschlug. „Also, ... können Sie sich irgendeinen Grund vorstellen, weshalb jemand in Ihrem Haus herumwühlt?" Er beobachtete sie gespannt.

„Nein, absolut nicht." Dann kam ihr plötzlich ein Gedanke, der ihr Angst einflößte. „Wie glauben Sie, sind sie hereingekommen?"

„Ganz einfach", erwiderte er. „Ihr Schlafzimmerfenster ist offen."

Danni starrte ihn an. „Aber es liegt im Obergeschoß ..."

„Und genau davor steht ein riesiger Baum", beendete er den Satz für sie.

Sie schaute ihn bestürzt an. „Aber sie haben nicht in meinem Zimmer herumgewühlt ..."

„Ich weiß", erwiderte er nachdenklich. „Vielleicht sind Sie nervös geworden und haben sich davongemacht, noch ehe sie gefunden hatten, was sie suchten. Das Telefon hat immer wieder geklingelt — ich habe mehrmals versucht, Sie anzurufen. Vielleicht hatten sie Angst, daß jemand kommen könnte, um nach Ihnen zu sehen. Ich frage mich jedoch, warum sie das Schlafzimmer Ihrer *Eltern* verwüstet haben?"

Danni war tatsächlich ratlos. „Ich habe keine Ahnung. Es gibt dort nichts außer ein paar alten Kleidungsstücken, die meine Mutter nicht mehr wollte — von ihr und von meinem Vater —, ein paar Sachen von mir und eine Wäschetruhe."

„Nun, es könnte jemand einfach darauf abgesehen haben, Sie einzuschüchtern. Doch ich glaube nicht, daß es allein darum geht."

„Und was *glauben* Sie dann?" fragte sie, krampfhaft bemüht, die kalte Angst zu ignorieren, die sich in ihrem Nacken wieder festsetzen wollte.

„Ich habe den Eindruck", erwiderte er langsam, „jemand meint, hier gibt es etwas, was er oder sie haben will. Oder", fuhr er nachdenklich fort, ohne sie anzusehen, „vielleicht versucht jemand, mehr über Sie herauszufinden." Als er aufblickte und sie ansah, konnte Danni förmlich sehen, wie sich in seinem Kopf die Gedanken jagten. „Sind Sie sicher, daß nicht noch etwas durchsucht wurde oder fehlen könnte?"

„Nein . . . Oh, warten Sie." Danni fiel das kleine Metallstück ein, das sie in der unteren Schublade der Kommode gefunden hatte. „Ich habe etwas *gefunden*, aber ich glaube kaum, daß es von Bedeutung sein könnte."

„Was?" forschte Logan.

Danni sagte es ihm, und er bat sie, es oben zu holen. Als Danni zurückkam und ihm das seltsame Fundstück reichte, prüfte er es genau und ließ es in seinem Handteller hin und her rollen. „Es kommt mir so bekannt vor", murmelte er, das Metallstück gegen das Licht haltend. „Lassen Sie es mich eine Weile behalten, ja? Vielleicht fällt es mir ein." Damit steckte er das kleine Metallteil in die Tasche seiner Jeans. „Wo sagten Sie, haben Sie das gefunden?"

„In der unteren Schublade meiner Kommode."

„Was bewahren Sie dort auf?"

Danni wollte ihm weder von dem Diktiergerät noch von ihrer Unterwäsche erzählen, und sie spürte, wie sie rot wurde. „Hm, . . . nichts Besonderes."

Er warf ihr einen seltsamen Blick zu, dann grinste er. „Nun, ich glaube, Sie müssen sehr vorsichtig sein", sagte er fest, und sein Gesicht nahm wieder einen nüchternen Ausdruck an, während er sich, die Arme vor der Brust verschränkt, zurücklehnte. „Und ich möchte, daß Sie mir versprechen, mich anzurufen, falls noch irgend etwas passiert — *irgend etwas*. Wenn ich nicht in der Stadt bin, finden Sie mich draußen auf der Farm." Er ignorierte ihren Versuch zu protestieren und fügte hinzu:

„Falls Sie mich aus irgendeinem Grund nicht erreichen, dann wenden Sie sich bitte an Phil Rider."

Danni war ein wenig überrascht, wie unwohl sie sich fühlte bei dem Gedanken, Philip Rider um Hilfe zu bitten. Sie biß sich auf die Lippen, unsicher, ob sie einen Gedanken äußern sollte, der sie seit einigen Tagen beschäftigte. Die Ereignisse von heute abend schienen jedoch dafür einen Ansatzpunkt zu bieten.

„Logan . . .", wagte sie einen Vorstoß. „Was Vorsicht anbelangt – hatten Sie nicht davon gesprochen, daß Sie einen Karatekurs an der Highschool geben?"

Er nickte und zog fragend die Augenbrauen hoch. Danni nahm seine Tasse, um ihm Kaffee nachzugießen. „Ich habe gedacht, ich würde gern lernen, mich selbst zu verteidigen", erklärte sie, während sie ihm seine Tasse reichte und wieder ihm gegenüber Platz nahm. „Würden Sie es mir beibringen? Ich meine, könnte ich an einem Ihrer Kurse teilnehmen?"

Einige Augenblicke dachte Danni, er würde zu lachen anfangen, dann hatte er es sich jedoch offensichtlich anders überlegt. „Ich werde Sie natürlich bezahlen, ich möchte keinerlei Vergünstigungen."

„*Falls* ich gewillt wäre, Sie als Schülerin aufzunehmen", unterbrach er sie. „Die Antwort lautet jedoch nein." Er erhob sich von seinem Stuhl und lehnte sich locker gegen das Büfett.

„Würden Sie mir zumindest sagen, warum? Ich könnte es genauso schnell lernen wie jeder andere auch. Das wissen Sie genau."

Sein ungezwungenes Lachen brachte sie in Rage. „Oh, das bezweifle ich keine Minute! Das ist nicht das Problem."

Danni warf ihm einen wütenden Blick zu. „Und worin *besteht* dann das Problem, wenn ich fragen darf?"

Gemächlich nahm er einen Schluck Kaffee. „Ich fürchte", erklärte er beiläufig, „daß bei Ihrer Hartnäckigkeit – und Ihrem Temperament – ein paar Stunden Karate genügen würden, um sie in eine vernichtende Waffe zu verwandeln." Er schaute ihr direkt in die Augen und grinste sie an. Es war nicht zu übersehen, wie sehr er sich amüsierte. „Ich könnte ein Monster hervorbringen."

Danni stieß einen empörten Seufzer aus und warf ihm einen Blick zu, der auch einen schwächeren Mann im Erdboden hätte versinken lassen. Erst als sein selbstgefälliger Gesichtsausdruck von einem herzlichen Lachen abgelöst wurde, begriff Danni, worauf er hinauswollte. „Sie machen Späße über mich!"

„Ja", gab er zu. „Doch jetzt meine ich es ernst. Sie sagen mir, warum Sie glauben, sich selbst verteidigen zu müssen, und dann können wir über ein paar Stunden Unterricht reden." Seine dunklen Augen sahen sie ernst an.

„Ich glaube nicht, daß dies nötig ist", erwiderte Danni herablassend. „Jede Frau sollte heutzutage wissen, wie sie sich schützen kann."

„Das können Sie sich sparen", gab er zurück. „Beantworten Sie einfach meine Frage."

„Ich möchte es nur lernen, das ist alles", zischte sie ihn förmlich an. Sie hätte ihn durchschütteln können, weil er sich absichtlich so dumm stellte. „Schließlich haben Sie mir Angst eingeflößt mit Ihrer Warnung, vorsichtig zu sein und Sie anzurufen, wenn ich Hilfe brauche ..."

„Sie könnten sich jederzeit einen Hund halten", erklärte er, ihre finstere Miene ignorierend. „Und außerdem", fügte er, rasch das Thema wechselnd, hinzu, bevor sie etwas erwidern konnte, „haben Sie gar keine Angst, Ihren Glauben zu verraten?"

Nicht auf den Themenwechsel vorbereitet, sah Danni ihn verdutzt an. „Wovon sprechen Sie?"

Er zuckte die Schultern, dann erklärte er: „Einige Leute — zumindest einige *Christen* — halten nichts von Kampfsport."

„Warum? Es ist doch nur eine Methode der Selbstverteidigung, oder?"

„Ja, aber es kann trotzdem zu einer Art Kampf kommen, wenn die Situation es erfordert."

„Ich glaube dennoch nicht, daß es falsch ist, wenn man weiß, wie man sich verteidigen oder jemandem helfen kann, der in Schwierigkeiten ist."

Wieder zuckte er die Schultern. „Nicht alle denken so. Es ist viel einfacher, sich unwissend zu stellen — und nichts zu unternehmen."

Danni hörte den Zynismus in seiner Stimme. „Warum werde ich das Gefühl nicht los, daß Sie von mehr sprechen als nur von Karate?" fragte sie leise.

Logan sah sie nachdenklich an. „Sie haben vermutlich recht."

„Wollen Sie es mir nicht erzählen?" drängte sie.

Er schüttelte den Kopf. „Ich glaube nicht. Sie würden mir ohnehin nicht zustimmen."

„Manchmal ... glaube ich, können Sie sehr hart über Menschen urteilen, Logan", sagte sie behutsam. „Hat das etwas mit Ihrer Tätigkeit als Sheriff zu tun?"

„Nein", gab er in unerwartet hartem Ton zurück. „Es hat eher mit der Tatsache zu tun, daß ich sehe, wie sich zu viele Menschen einfach in ihre kleine, heile Welt zurückziehen, solange ihre geruhsame Existenz nicht bedroht wird. Wenn sie dann danach schreien, Maßnahmen zu ergreifen, ist die Schlacht meist schon verloren!"

Von der Vehemenz seines Vorwurfs getroffen, schwieg Danni. „Es tut mir leid", sagte er, ihrem Blick ausweichend, „wir hätten dieses Thema nicht berühren sollen."

„Bin ich in der Verallgemeinerung, die Sie eben geäußert haben, mit eingeschlossen?" Er zögerte nur einen kurzen Augenblick. „Reden wir im Klartext, Danni. Ich mag die Leute nicht, für die Sie arbeiten — das wissen Sie. Ich behaupte auch nicht, zu begreifen, weshalb Sie sich eingelassen haben mit diesem Haufen von . . ." Er machte eine abwertende Handbewegung. „Ich *muß* es ja auch nicht verstehen. Es ist Ihre Angelegenheit, für wen Sie arbeiten. Ich *möchte* jedoch, daß Sie folgendes begreifen: Die Kolonie hat . . ." fuhr er fort, und sein Ton wurde wieder hart, „diese ganze Stadt und das Leben einer ganzen Reihe von Menschen verändert." Er hielt inne, nahm einen kräftigen Schluck Kaffee und starrte auf den Boden.

Als er fortfuhr, war sein Ton weniger angespannt, aber immer noch sehr bestimmt: „Sie haben irgend etwas Unheimliches im Sinn. Ich kann es noch nicht beweisen — aber ich weiß, daß es so ist. Während der letzten beiden Jahre haben sie sich in Gebiete vorgewagt, von denen die wenigsten Menschen eine Ahnung haben. Sie schleichen sich langsam und geschickt in wichtige Positionen ein. Sie lehren mich, offen gestanden, das Fürchten. Ja, das stimmt", erklärte er mit einem bekräftigenden Nicken als Antwort auf ihren überraschten Blick. „*Sie machen mir Angst.* Und das war von Anfang an so."

Er kniff die Augen zusammen. „Ich möchte Ihnen jedoch sagen, was mir noch viel mehr Sorge bereitet als Reverend Ra und seine kleinen Roboter. In dieser Stadt leben viele liebe Leute — und viele von ihnen sind Christen —, die in ihrer Gleichgültigkeit die Tore ihrer Stadt für dieses Gesindel weit geöffnet haben. Nur zwei Familien — die übrigens nicht mehr hier leben; ihre Häuser wurden niedergebrannt — haben sich mit mir an den Rat der Stadt gewandt, um den Vortrupp aufzuhalten, der hierhergekommen war, um das Land der Gundersons zu kaufen." Er rieb sich mit einer Hand den Bart, und es war offenkundig, daß diese Erinnerung ihn noch immer schmerzte. „Man sagt, daß die Gundersons das Dreifache von dem bekommen haben, was ihr Land wert ist. Es war ein Privatgeschäft, und die Stadtverwaltung lehnte jegliche Diskussion über die Aufteilung des Geländes ab, die sie den neuen Besitzern gewährt hatte. Ich glaube, die Aussicht auf mehr Einnahmen für die Stadtkasse — war einfach zu verlockend."

„Deshalb gaben wir unsere Bemühungen bei der Stadtverwaltung auf", fuhr er fort, seine Stimme noch immer voller Groll, „und wandten uns an die Kirchen, an *alle* Kirchgemeinden. Wir haben versucht, ihnen zu erläutern, wer diese Leute sind und was geschehen kann, wenn man ihnen nicht Einhalt gebietet. Ich hatte mich gut vorbereitet, Danni", versicherte er. „Bevor ich auch nur zu einem Menschen in der Stadt irgend etwas gesagt habe, habe ich mich zunächst einmal darum gekümmert, daß ich wußte, *wovon* ich sprach." Er schüttelte den Kopf, und Danni spürte noch etwas von der Enttäuschung, die er damals erlebt haben mußte.

„Wissen Sie, was man uns in den Kirchgemeinden gesagt hat — jedenfalls in den meisten? Sie sagten, sie könnten sich da nicht einmischen. Diese Angelegenheit ginge sie nichts an — das müsse die Stadtverwaltung tun. Einige, die begriffen hatten, worum es ging, wollten Widerstand leisten. Wir waren jedoch nicht genug. Man *kann* nicht gegen das Rathaus kämpfen, fürchte ich."

Sein Versuch zu lächeln mißlang. „Kennen Sie den Ausspruch: ‚Die einzige Voraussetzung für den Triumph des Bösen ist, daß gute Menschen tatenlos zusehen.'? Und genau das ist in Red Oak geschehen. Alle waren so damit beschäftigt, ihre Lieblingssendungen im Fernsehen zu sehen und in ihre Bibelstunden, Vereinsversammlungen und Vorstandssitzungen zu gehen, daß man sie nicht noch mit irgend etwas anderem belästigen konnte. So hat das Böse einfach Einzug gehalten, dauerhaften Besitz beanspruchend. Die Kolonie hat das Land bekommen. Sie haben ihre Gebäude errichtet, und ihre ‚Gläubigen' und ihre ‚Lehrer' hierhergebracht. Jetzt holen sie sich ihre älteren ‚Gäste'. Es scheint", fuhr er leise fort, „daß nichts sie aufhalten kann."

Er sah sie wieder an, doch diesmal war sein Gesichtsausdruck verschlossen. „Wir hätten es verhindern können. Ein wenig Unterstützung nur von den Verantwortlichen der Stadtverwaltung und der Kirchgemeinden, und wir hätten sie schlagen können. Jetzt . . . ist es vermutlich zu spät. Und ich kann diesen Gedanken nicht ertragen, weil ihre Korruption immer weiter um sich frißt — je länger, je mehr. Eines Tages wird ihnen die Stadt gehören — und vermutlich auch der Bezirk. Sie werden zerstören, was gut ist, um es zu ersetzen durch ihren . . ." Er ließ seinen Satz unvollendet. „Und ich kann nichts dagegen tun — zumindest jetzt nicht", fügte er matt hinzu.

Die Hände tief in die Taschen steckend, wanderte sein Blick durch die Küche. „Ich liebe diese Stadt, das wissen Sie. Und ich glaube, auf meine Art liebe ich auch die Menschen, die hier wohnen. Doch ich verstehe sie nicht", erklärte er kopfschüttelnd. „Ich verstehe einfach nicht, wie sie das zulassen konnten!"

Danni fühlte sich elend. „Sie halten mich also für einen schrecklichen Menschen, weil ich dort arbeite?" sagte sie mit dünner Stimme. Er stand ganz still da, den Blick lange Zeit zu Boden gerichtet. Als er schließlich wieder aufschaute, sah sie überrascht, daß aller Zorn und jede Spur von Groll aus seinem Gesicht gewichen war. Er lächelte nur leicht verlegen und sah sie an, wie er es noch nie getan hatte, mit einem Blick, der an Zärtlichkeit grenzte. „Es würde mir sehr schwerfallen, fürchte ich", sagte er sanft, „mich selbst davon zu überzeugen, daß Sie eine schreckliche Person sind."

Sie schauten einander in die Augen. In dem Augenblick geschah etwas zwischen ihnen, etwas, das Danni noch nie erlebt hatte. Etwas, das ihn genauso aufzuwühlen schien wie sie. Sie suchte krampfhaft nach einer Möglichkeit, die Spannung zu lösen. „Die Situation bezüglich der Kolonie", bemerkte sie, „hat sie etwas damit zu tun, daß Sie nicht mehr zum Gottesdienst gehen? Sind Sie den Leuten so gram?"

Einen Augenblick lang glaubte sie, er würde nicht antworten. Als er es schließlich doch tat, war in seinem Gesicht mehr Schmerz als Groll zu lesen. „Ich weiß es nicht", sagte er. Dabei ballte er eine Hand zur Faust und rieb sich damit am Kinn. „Ich weiß es einfach nicht."

Danni spürte ein unerklärliches Verlangen, zu ihm zu gehen und ihn aufzumuntern. Mit aller Gewalt kämpfte sie dieses Gefühl nieder. „Können Sie nicht irgendwie ein wenig Toleranz aufbringen, Logan. Vielleicht sogar Vergebung für die Stadt? Es klingt banal, . . . aber es sind nur Menschen. Und oft merken die Menschen nicht einmal, welchen Schaden ihre Gleichgültigkeit anrichten kann. Nicht, bevor es zu spät ist."

„Sie meinen, sie werden es am Ende selbst sehen, vielleicht wenn einige von ihren Kindern Opfer dieser . . ." Er hielt inne, eine Hand erhoben. „Lassen wir das, ja? Ich wollte dieses Thema überhaupt nicht berühren."

Danni spürte, er hatte recht. Sie mußten das Thema wechseln, zumindest im Augenblick. Sie räusperte sich. „Was den Karateunterricht betrifft . . ."

Er sah sie überrascht an, dann ließ er ein kurzes Lachen folgen. „Ich gebe nach. Seien Sie nächsten Dienstag um vier an der Highschool. Der Kurs am Donnerstag ist nur für Teenager, ich beginne jedoch am Dienstag mit einem Kurs, der allen offen steht. Es kann jeder teilnehmen, der sich bis dahin angemeldet hat." Mit einem kurzen Lächeln fügte er hinzu: „Und vergessen Sie nicht Ihre Anzahlung — fünfundzwanzig Dollar!"

„Wieviel kostet der gesamte Kurs?"

Er schien über ihre Frage nachzudenken. „Nun, wir werden sehen. Vielleicht können wir ins Geschäft kommen."

„Welche Art von Geschäft", erwiderte Danni, sofort argwöhnisch. Er grinste, als wüßte er, daß sie das Schlimmste erwartete. „Zehn Prozent Abzug, wenn Sie mir eine durchschlagende Wahlkampfrede schreiben. Und", fuhr er fort, ihren Versuch ignorierend, ihn zu unterbrechen, „zwanzig Prozent Rabatt, wenn Sie morgen abend mit mir essen gehen." Danni blieb der Mund offen stehen, doch sie erholte sich schnell. „Die Rede wäre schon möglich, aber Sie sagten doch, daß Sie morgen abend arbeiten müssen."

„Ab um acht Uhr habe ich frei."

„In Red Oak schließen vermutlich alle Restaurants um neun."

„Wir werden schnell essen", beharrte er.

Sie hätte auch gleich zustimmen können. Die Wahrheit war, daß sie mit ihm zusammensein wollte. Die Frage war nur, warum.

„In Ordnung, ich möchte nur, daß wir uns genau verstanden haben. Wenn ich morgen abend mit Ihnen ausgehe und die Rede für Sie schreibe, bekomme ich dreißig Prozent Rabatt auf die Gesamtkosten des Lehrgangs."

„Das habe ich nicht gesagt ..."

„Aber doch, Sheriff. Zehn für die Rede, zwanzig für das Essen. Das macht insgesamt dreißig. Kommen wir nun ins Geschäft oder nicht?"

Die Finger ineinander verschränkend, konterte er: „Ich nehme nicht an, daß Sie noch bis fünfzig feilschen wollen?"

Ihr Blick brachte ihn zum Lächeln. „Gut, lassen wir es bei dreißig Prozent. Ich werde Sie kurz nach acht abholen."

An der Haustür angekommen, wandte er sich noch einmal um und betrachtete Danni mit einem Blick, wie ihn Danni noch nie gesehen hatte. Seine große Hand sanft auf ihre Schulter legend, schaute er ihr in die Augen. „Gehen Sie keinerlei Risiko ein, Danni", befahl er. „Die Sache von heute abend beunruhigt mich sehr. Geben Sie mir die Chance, mir ein Bild zu verschaffen, okay? Und seien Sie in der Zwischenzeit auf der Hut!"

Danni hatte kaum noch Kraft zu widersprechen und versuchte, seinem Blick auszuweichen. „Mir wird bestimmt nichts passieren, Logan."

„Dessen möchte ich ganz sicher sein", erwiderte er, kurz ihre Schulter drückend, ehe er sich zum Gehen wandte.

10

Ein heftiger Anflug von Nostalgie übermannte Danni, als sie den verlassenen gekachelten Flur entlangging, den sie aus den Jahren an der Highschool kannte. Jetzt war alles still, doch sie konnte förmlich das laute Zuschnappen der Schließfächer und das fröhliche Lachen von Teenagern aus vergangenen Zeiten hören.

Nachdem sie den funkelnagelneuen Karateanzug, den sie eigens für diesen Kurs gekauft hatte, angezogen hatte, ging sie in die Turnhalle, und ihre Stimmung hellte sich ein wenig auf. Sie kam sich ein wenig komisch vor, wie sie barfuß, in den weiten Gummizughosen und dem langärmeligen Oberteil, das sie an einen Schlafanzug erinnerte, vor Fremden erschien. Trotzdem öffnete sie selbstbewußt und voller Schwung die Doppeltüren, darauf vorbereitet, dem Kursleiter ein bezauberndes Lächeln zu schenken – der jedoch nirgends zu sehen war.

Enttäuscht, bliebt sie nahe der Wand in der Turnhalle stehen und betrachtete die anderen Teilnehmer, während sie wartete. Der Kurs setzte sich aus etwa zwölf Teilnehmern zusammen, sowohl Männern als auch Frauen. Einige standen in kleinen Gruppen zusammen und unterhielten sich, während einige andere bereits Erwärmungsübungen zu machen schienen.

Während Danni so dastand, kam ein schlanker, junger Mann, vermutlich Ende zwanzig, mit blondem Haar und einem freundlichen Lächeln auf Danni zu. Er stellte sich als Logans Assistent und Lehrer für Naturwissenschaften an der Highschool vor. Sie sprachen ein paar Minuten miteinander, dann ging er weiter.

Danni wünschte, Logan würde sich beeilen. Sie wollte ihm nicht nur zeigen, daß sie es ernst meinte, indem sie zeitig zur ersten Stunde gekommen war. Sie vermißte ihn.

Es war eigentlich kein richtiges Rendezvous gewesen an jenem Abend. Logan hatte erst nach neun freibekommen, und so hatten sie sich für eine Pizza bei Miller's entschieden und dabei beinahe zwei Stunden damit verbracht, einen Entwurf für Logans Wahlkampfrede zu erstellen.

Logan war kein einfacher Kandidat, eigenwillig und nicht gerade aufgeschlossen und lernbegierig.

„Nun, womit *rechnen* Sie eigentlich?" hatte Danni schließlich gefragt, frustriert, wie ein Mann, der doch klug zu sein schien, derart schwer von Begriff sein konnte.

„Mit einem sehr niedrigen Budget", hatte er nüchtern erwidert, während er von seiner Pizza aufschaute. Als sie sich dann nach den *Opfern* seiner Kampagne erkundigte, erfuhr sie nur, daß er kein bestimmtes Publikum vor Augen hatte. Logan wollte anscheinend nur etwas bereit haben, um eventuell später im Verlauf des Wahlkampfs darauf zurückgreifen zu können.

„Ha! Sie führen keine Wahlkampfkampagne, Logan McGarey", schleuderte sie ihm ins Gesicht. „Sie schaufeln sich Ihr eigenes Grab!" Während Danni innerlich vor Wut kochte, hatte er nur gelächelt. Dann reichte er mit seiner Serviette über den Tisch, um ein Stück Mozzarella abzuwischen, das an ihrem Kinn hing. Das machte es Danni sehr schwer, ihre Strafpredigt fortzusetzen.

Trotz seines Widerstands war es ihr am Ende doch gelungen, alle Informationen zusammenzubekommen, die für ein Konzept nötig waren. Sie hatte es heute abend mitgebracht, in der Hoffnung, daß sie es noch einmal durchgehen konnten, bevor sie an die Reinschrift ging.

Als eine der Turnhallentüren ins Schloß fiel, drehte sich Danni mit einem Ruck um. Sie mußte sich bemühen, Logan nicht mit offenem Mund anzustarren, als er im weißen Karateanzug, einen schwarzen Gürtel lose um die Hüfte geschlungen, die Turnhalle betrat. Während sie sich in ihrem Outfit reichlich seltsam vorkam, mußte sie Logan allen Respekt zollen. Barfuß und im einfachen Karateanzug wirkte er beeindruckend – *sehr* beeindruckend.

Sie beobachtete ihn mit vorsichtiger Bewunderung und wartete ungeduldig darauf, daß er sie bemerkte. Und er hatte sie bemerkt, dessen war sie sicher! Als er jedoch nicht die geringste Andeutung eines Grußes erkennen ließ, begann es in Danni zu kochen.

Ignoriere mich nur weiter so . . . und schreib dir deine Wahlkampfrede selbst!

Nur ein einziges Mal glaubte sie die Andeutung eines Lächelns in seinen Augen zu erkennen, und zwar kurz nachdem sie mit den Erwärmungsübungen begonnen hatten – um die Gelenke zu lockern und die kaum benutzten Muskeln zu dehnen. Dabei war Danni zu der Erkenntnis gekommen, daß sie hoffnungslos steif war.

Danni war stolz darauf, recht gut in Form zu sein. Sie joggte zwar nicht und trieb auch sonst keinen speziellen Sport, doch sie ging oft längere Strecken zu Fuß, besuchte gelegentlich einen Fitnessclub, und sie hielt ihr Gewicht mit einer Abweichung von zwei bis drei Pfund im Bereich ihres Idealgewichts. Jetzt aber kam sie sich jedoch eher wie ein zäher Klumpen Leim vor. Ihr einziger Trost war, daß nur wenige der anderen Kursteilnehmer besser zurechtzukommen schienen als sie.

Ihr großer, dunkler *Sensei* — das ist der japanische Titel für Lehrer, den Logan während des Unterrichts trug — schien sich aber offensichtlich wohlzufühlen, während er zu diesem brutalen Mißbrauch des menschlichen Körpers seine Anleitung gab. Er und sein Assistent Mark Clifford gerieten bei diesen Erwärmungsübungen nicht einmal außer Puste.

Als sie schließlich die Dehnungsübungen für ihre Beine und das Aufsetzen aus der Rückenlage beendet hatten, war Danni vollkommen überzeugt, dies hier war nichts für sie. Sie war mit der Absicht hierhergekommen, Selbstverteidigung zu erlernen, statt dessen brachte sie sich selbst um. Das einzige, was sie davon abhielt, aus der Turnhalle zu gehen — nein zu *rennen* —, war die Tatsache, daß sie Logan irgendwie festhielt.

Sie erhielt eine Einführung in die Techniken der Grundstellung, der Reitstellung und der Katzenstellung. Sie lernte etwas über High Block, Low Blocks und Middle Blocks. Dann übten sie den Karateschrei, und Danni war der Meinung, daß dies das Leichteste von dem ganzen Wahnsinn war. Sie empfand sogar ein wenig boshafte Befriedigung darin, den Schrei jedesmal anzuwenden, sobald Logan in ihre Nähe kam. Man demonstrierte ebenso Schläge und Würfe: Front Kicks und Side Kicks, High Kicks und Round Kicks sowie Stöße mit dem Ellbogen. Vor allem aber begann sie zu begreifen, was echter körperlicher Schmerz bedeutete: heftiger, quälender Schmerz im Nacken, im Rücken und in den Beinen.

Als Logan mit seinen großen Händen sanft ihre Hüfte umfaßte, um zu demonstrieren, wie das Beugen und Blocken stets etwas mit seiner Berührung oder seiner Nähe zu tun hatten, spürte Danni, daß ihr Herz plötzlich schneller zu schlagen begann. Sie war schließlich vollkommen erschöpft, oder? Ihr rasender Puls war gewiß das Ergebnis der Anstrengungen.

Kurz vor Ende des Unterrichts beendete Logan die Übungen und fing an zu sprechen. Danni war hingerissen, und das nicht zum ersten Mal, von der unwiderstehlichen Anziehungskraft dieses Mannes. Er schien die Luft unverkennbar mit Energie zu laden. Wieder staunte sie über dieses Rätsel von einem Mann, der vermutlich den schlimmsten Verbrechern Angst einflößen und dennoch in einem Augenblick, da man es am wenigsten erwartete, eine ungewöhnliche Zärtlichkeit an den Tag legen konnte.

Ihre eigene Reaktion auf ihn war ihr ebenso rätselhaft wie sein Verhalten *ihr* gegenüber. Meistens würde sie ihn am liebsten verprügeln, doch dann gab es auch jene seltenen, beunruhigenden Momente, wo sie sich für das Lächeln in seinen Augen erwärmte und sich an seinem sanften, tiefen Lachen oder einer flüchtigen Berührung ihrer Schulter erfreute.

Danni war sich nicht sicher, ob Logan ebenso mit widersprüchlichen Gefühlen zu kämpfen hatte. Sie mußte zugeben, daß sie ihn meist zu belustigen schien. Doch ab und zu beobachtete sie, wie er sie mit einem Blick ansah, der ein tiefes Gefühl widerzuspiegeln schien.

Es sollte sie beunruhigen, dachte sie, daß sie seit kurzem sogar eine Spur von Zärtlichkeit in seinen liebenswürdigen Spötteleien zu entdekken glaubte.

Logans Worte brachten sie in die Realität zurück. „Sie wissen bereits, daß *Karate* ‚offene Hand' bedeutet", erläuterte er gerade. „In diesem Kurs liegt der Schwerpunkt allein auf Verteidigung. Ich arbeite nicht mit Ihnen, um Ihnen zu zeigen, wie man anderen Schmerz zufügen kann, sondern um Ihnen zu helfen, nicht selbst zum Opfer zu werden."

Er kniff die Augen leicht zusammen, als er fortfuhr: „Etwas müssen Sie sich genau merken. Das Wichtigste bei Karate — wie auch bei vielen anderen Dingen im Leben — ist die Reaktion. Sie warten zu lang, und schon ist der günstige Augenblick verloren. Es gibt einen Zeitpunkt, wo Sie im Vorteil sind, wo Sie die Möglichkeit haben, zu siegen." Sein Blick war hart und gebietend, als er der Reihe nach bewußt mit jedem einzelnen Blickkontakt aufnahm, und Danni wußte, wie an jenem Abend in ihrer Küche, daß er weit mehr im Sinn hatte als Karate. „Wenn Sie nicht zum rechten Zeitpunkt reagieren, wenn Sie zu lange warten, dann fordern Sie eine Niederlage heraus!"

Er legte bewußt eine Pause ein, ehe er fortfuhr: „Manchmal werden Sie eine Konfrontation nicht vermeiden können. Dann ist es wichtig, daß Sie die richtigen Mittel einsetzen, und zwar genau zur richtigen Zeit. Dieser Kurs wird Ihnen hoffentlich dazu helfen."

Sein Ton hellte sich plötzlich auf: „Einige von Ihnen hatten mich noch um eine Demonstration gebeten. Wenn Sie möchten, können Mark und ich Ihnen kurz noch einige Techniken demonstrieren, bevor Sie gehen."

Während sie die beiden Männer in ihrem Kampf beobachtete, wurde Danni klar, daß Logan, einmal entfesselt, mit seiner rhythmischen Anmut und seinen flüssigen Bewegungen unbestreitbar zu einer vernichtenden Waffe werden konnte.

Regungslos sah sie zu, wie die beiden Männer blitzschnell zuschlugen, die Schläge mit Perfektion abfingen. Der dumpfe Aufprall ihrer Schläge hallte durch die Turnhalle. Die Enden von Logans schwarzem Gürtel wirbelten lose um seine schlanke Hüfte, während seine Bewegungen schneller wurden, seine Hände die Luft mit unsichtbaren Schlägen durchschnitten, seine kräftigen Schultern sich unter dem weißen Stoff auf und ab bewegten und seine langen Beine gewandt nach einem flüssigen, aber unberechenbaren Muster tanzten.

Ihr Ärger war verflogen; an seine Stelle waren Bewunderung und noch ein anderes Gefühl getreten, daß sie zu überwältigen drohte, als er, nachdem er die Demonstration beendet und die Teilnehmer entlassen hatte, schließlich auf sie zukam.

„Süß", bemerkte er trocken, und seine Augen strahlten, während er Danni von Kopf bis Fuß musterte. „In dem Anzug sehen Sie aus wie gerade vierzehn, Sie halbes Persönchen!"

„Sie können mir glauben, *Sensei*", stieß Danni bissig hervor, „daß ich mich im Augenblick wesentlich älter fühle als vierzehn — eher wie eine Hundertjährige!"

„Oh," sagte er mit offensichtlich gespielter Anteilnahme, „Sie haben Schmerzen, nicht wahr?"

„Möchten Sie wirklich wissen, wie ich mich fühle, Logan?"

Er lachte. „Ich glaube, ich kenne die meisten Standardbeschwerden. Warten Sie erst einmal bis morgen — dann wird es noch schlimmer!"

Sie stöhnte. „Vielleicht sollte ich mir doch lieber einen Hund kaufen, wie Sie es selbst vorgeschlagen hatten."

„Sie werden doch nicht so schnell aufgeben?" widersprach er.

„Ich werde es Ihnen morgen mitteilen."

Er berührte ihre Schulter. „Ich wollte Sie fragen, ... ob Sie bereits Pläne für Thanksgiving Day gemacht haben?"

„Thanksgiving Day?" wiederholte Danni, leicht die Stirn runzelnd.

„Thanksgiving ist übermorgen, erinnern Sie sich?" Er lächelte über ihr offensichtliches Versäumnis.

Danni schlug sich mit einer Hand leicht an den Kopf. „Unbegreiflich, daß ich einen Tag wie Thanksgiving, unser traditionelles Erntedankfest, vergessen habe!"

„Gut, dann haben Sie also frei. Ich dachte, vielleicht könnten Sie hinaus auf die Farm kommen und mit Tucker und mir essen."

„Tucker?"

„Oh ja, richtig. Sie haben Tucker noch nicht kennengelernt? Tucker Wells — er ist das, was die alten Plantagenbesitzer einen Aufseher nannten. Natürlich habe ich keine Plantage, sondern nur eine kleine Farm, so daß ich nicht richtig weiß, wie ich ihn genau bezeichnen soll. Er kümmert sich jedenfalls um die Farm und macht fast alles, einschließlich des Kochens. Sonst würde ich möglicherweise verhungern." Es schien ihm noch ein Gedanke zu kommen, und sein Lächeln wurde noch breiter. „Möchten Sie wirklich einen Hund haben?"

Einen Augenblick schaute Danni ihn fragend an. „Einen Hund? –
Nun, ich glaube schon. Ich habe daran gedacht. Könnte ich den Karateunterricht vergessen, wenn ich mir einen Hund anschaffe?"
Er schüttelte den Kopf mit gespielter Enttäuschung. „Sie überraschen
mich. Wissen Sie", erklärte er, ein spitzbübisches Lächeln in den Augen,
„daß im Mittleren Westen vor kurzem eine Dame von neunzig Jahren
ihren schwarzen Gürtel erhalten hat?"

Danni zögerte nur einen kurzen Augenblick, dann gurrte sie mit
unschuldigem Augenaufschlag: „Das ist eine großartige Idee, *Sensei*. Ich
komme in sechzig Jahren wieder, okay?"

Er lachte laut. „Was den Hund betrifft: Sassy, meine Irish Setter Hündin, hat vor ein paar Wochen acht Junge geworfen. Falls Sie wirklich
einen Hund haben möchten, können Sie sich am Donnerstag einen aus-
suchen, und wenn er entwöhnt ist, gehört er ihnen." Er lachte. „Sie sind
aus gutem irischen Blut, das garantiere ich Ihnen."

„Hm, wie Sie, nehme ich an."

Sein Lächeln verschwand unerklärlicherweise, und er wich ihrem
Blick aus. „Falls Sie die Duschen benutzen möchten, sie sind dort",
erklärte er trocken, auf eine Tür hinter Danni weisend.

Danni nickte, von seiner plötzlichen Veränderung überrascht. „Ich
weiß, ich bin hier zur Schule gegangen. Was Thanksgiving betrifft, so
würde ich gern kommen, wenn Sie es ernst gemeint haben. Was kann ich
mitbringen?"

„Absolut nichts außer sich selbst", erwiderte er, und sein Lächeln
kehrte zurück. „Ich werde Sie jedoch abholen, damit Sie abends nicht
allein nach Hause fahren müssen. Wir werden vermutlich erst so gegen
sechs Uhr essen."

„Oh, das brauchen Sie nicht zu tun. Ich bin daran gewöhnt, abends
allein von der Kolonie nach Hause zu fahren ..."

„Ich werde Sie um fünf abholen", entgegnete er in einem Ton, der
keine weitere Diskussion zuließ.

11

Dies war noch eine weitere Seite, die sie an Logan entdeckte, dachte Danni, diese verspielte Art. Neben der wachsamen, mahagonibraunen Setterhündin und ihren munteren Jungen kniend, wirkte er in seinen abgetragenen Jeans und dem Flanellhemd glücklich und entspannt. Während er ein zappelndes, kupferbraunes Hündchen nach dem anderen aufhob und Danni zur „Besichtigung" reichte, lächelte er jedesmal stolz wie ein Vater.

Sie konnte sich lange nicht entscheiden, bis Logan schließlich ungeduldig wurde. „Ich dachte immer, Welpe sei Welpe, du nicht auch, Tucker? Vermutlich habe ich mich getäuscht."

Seine Worte waren an den Mann mit dem silbergrauen Haar gerichtet, der neben ihnen stand – Tucker Wells.

Tucker lächelte Danni an, und wieder wurde sie von der natürlichen Freundlichkeit berührt, die aus dem Gesicht dieses Mannes sprach.

Auf dem Weg zur Farm hatte Logan ihr ein wenig von seinem Freund erzählt. Tucker war ein ehemaliger SWAT-Sergeant, Sergeant einer Elitetruppe aus Dallas, mit dem sich Logan als junger Polizist unmittelbar nach seiner Ausbildung an der Polizeiakademie angefreundet hatte.

Der Mann war vor einigen Jahren während einer Drogenrazzia offenbar schwer verletzt worden – nicht lange nach dem Tod von Logans Frau Teresa. Tucker war gezwungen, in Invalidenrente zu gehen, und Logan, der nicht mehr in dem Haus wohnen wollte, wo ihn alles an Teresa erinnerte, hatte diese kleine Farm gekauft und seinen Freund überzeugt, mit ihm dorthin zu ziehen und ihm bei der Bewirtschaftung zu helfen.

Diese Lösung hatte sich nach Logans Worten für beide als vorteilhaft erwiesen. Er sagte, Tucker sei ein „Ordnungsgenie", das dafür sorgte, daß auf der Farm alles lief und „der auch ihn immer wieder zurechtrückte".

Danni konnte sich nicht vorstellen, daß irgend jemand Logan „zurechtrücken" könnte, doch nachdem sie eine Stunde in der Gegenwart von Tucker Wells verbracht hatte, war sie davon überzeugt, daß dem ehemaligen SWAT-Polizisten genau das gelang. Ein faszinierender Mann, der eher wie ein Collegeprofessor in den mittleren Jahren und nicht wie ein ehemaliger Sergeant eines Sondereinsatzkommandos der Polizei wirkte. Er hatte den weichen, gedehnten Akzent von Texas sowie einen unverkennbaren trockenen Humor. Schlank, mit vornehmen Gesichtszügen, verliehen ihm sein silbernes Haar und die Nickelbrille sogar in Arbeitskleidung ein würdiges, beinahe vornehmes Aussehen. Danni mochte ihn sofort.

Er lächelte ihr weiter zu, während sie sich den Kopf zerbrach, welches Hündchen sie nehmen sollte. Schließlich nahm sie den dunkelsten und kleinsten Welpen des Wurfs in die Arme. Er zappelte und schlug mit seinen kleinen, strammen Beinchen um sich, dann drückte er Danni einen dicken, feuchten Kuß auf die Nasenspitze.

„Diesen hier!" rief sie überzeugt.

Logan sah sie überrascht an. „Dies ist der Kümmerling dieses Wurfs, obwohl er meint, er sei der Chef."

„Logan hat ihn einen Tag, nachdem er zur Welt gekommen war, ‚Chief' − Häuptling − genannt", sagte Tucker, leise vor sich hinlachend. „Er meint, daß er ein echt harter Bursche ist, der Kleine."

„Der Kümmerling, huh?" sagte Danni zu Logan gewandt, der sie noch immer mit dem Welpen beobachtete.

„Genau wie Sie, kleines halbes Persönchen", scherzte er.

„Falsch gedacht!" konterte sie. „Ich *war der Wurf*, als einziges Kind!"

„Verwöhnt?"

„Ist das eine Frage oder eine Feststellung?"

Ein breites Lächeln war seine einzige Antwort.

„Und wie steht es mit Ihnen?" fragte sie Logan. „Erzählen Sie mir nicht, daß *Sie* der Kümmerling waren!"

Tucker lachte über ihre Spötteleien, doch Logans Lächeln verblaßte, während er aufstand. „Nein", entgegnete er kurz. „Ich war der Älteste und der Größte."

„Von wieviel Geschwistern?" forschte Danni weiter.

„Sechs."

„Ich beneide Sie. Ich wollte immer das Haus voller Geschwister haben."

Er reichte ihr eine Hand, um ihr beim Aufstehen zu helfen, schickte sich jedoch nicht an, ihre letzte Bemerkung zu bestätigen.

„Warum halten Sie die Welpen hier?" fragte Danni, während sie sich in der geschlossenen Veranda umsah. „Ich hätte gedacht, Sie halten sie in der Scheune."

Logan hielt ihre Hand fest und führte sie ins Wohnzimmer des Farmhauses. „Die neue Scheune ist noch nicht ganz fertig. Und nachdem die alte abgefackelt wurde, hätte ich keine Ruhe, Sassy mit ihren Jungen dort draußen zu lassen."

„*Abgefackelt?*" Danni schaute verwundert zu ihm auf. „Sie meinen, es war vorsätzlich? Ich dachte, sie wäre ... nur abgebrannt."

„Sie ist niedergebrannt, nachdem jemand ein wenig nachgeholfen hatte." Er nahm Dannis Jeansjacke vom Haken und hielt sie ihr hin. „Ich zeige Ihnen das Gelände, wenn Sie möchten. Nicht, daß es viel zu sehen gäbe, aber ich muß mir Tuckers Kekse ablaufen." Er zog sich ebenfalls seine Jeansjacke über, dann nahm er sie von neuem bei der Hand.

An der Tür wandte sich Danni noch einmal um zu Tucker, der gerade das Feuer im Wohnzimmer schürte. „Wie lange dauert es noch, bis ich Chief mit nach Hause nehmen kann, Tucker?"

Tucker richtete sich auf. „Nicht länger als zwei oder drei Wochen. Ich werde in der Zwischenzeit versuchen, ihn für Sie stubenrein zu bekommen."

„Der Mann ist einfach Spitze", sagte sie, Logan nach draußen folgend.

Auf dem Weg zur Scheune legte er einen Arm um ihre Schulter. Danni wußte, daß es nur eine flüchtige Geste war, doch ihre Gefühle waren alles andere als flüchtig. Sie *reagierte* einfach auf diesen Mann, beinahe gegen ihren Willen. Und es war nicht nur ein körperlicher Reiz, obgleich sie sich zu ihm *hingezogen fühlte*. Ihre Reaktion schien vielmehr etwas mit der Gegenwart dieses Mannes zu tun zu haben, mit den Eigenschaften, die ihn zu dem machten, was er war: den Kontrasten und Widersprüchen, den Launen und Fragen, den Geheimnissen und Rätseln, die ihn zu ... *Logan* machten.

„Warum sollte jemand Ihre Scheune niederbrennen?" fragte sie ihn. Sie befanden sich inzwischen in der Scheune, Logan bequem gegen eine der Boxen gelehnt, während Danni sich gebückt hatte, um die Schnürsenkel ihrer Tennisschuhe zuzubinden.

„Sie haben mehr genommen als die Scheune", erklärte er bitter. „Vor etwa einem Jahr haben Tucker und ich einen schönen Charolaisbullen gekauft — ein echtes Prachtexemplar. Er war die Grundlage für eine kleine Herde, die Qualitätsrindfleisch liefern sollte." Sein Mund verzog sich, als er hinzufügte: „Der Bulle war, zusammen mit zwei Färsen, in der Scheune eingesperrt. Wir konnten keines der Tiere retten."

„Oh, Logan — das tut mir leid! Wie furchtbar für euch!"

Ein Hauch von Schmerz, gemischt mit Zorn huschte über sein Gesicht. „Wir konnten nichts tun. Es war spät. Wir hatten beide geschlafen. Als wir nach draußen eilten, war von der Scheune kaum noch etwas übrig. Sie ging hoch wie ein Pulverfaß."

„Und Sie haben keine Ahnung, wer das gewesen sein könnte?"

Er starrte zu Boden, sein Gesicht wurde hart. „Oh, eine Ahnung habe ich schon", erwiderte er. „Ich kann es nur nicht beweisen. *Noch nicht!*"

Einen Augenblick später schien seine Stimmung sich wieder aufzuhellen.

„Ist Ihnen kalt, Kleines?"

Danni nickte. „Ein wenig, ich könnte noch etwas von Tuckers Kaffee vertragen."

„Gute Idee", stimmte er zu, während er sie hochzog. Dann hielt er sie eine Armlänge von sich entfernt und schaute ihr in die Augen. Sie waren einander nahe, sehr nahe, und Danni spürte, wie ihr Herz unter seinen Blicken wie wild zu hämmern begann. Einen irren Augenblick lang war sie sicher, daß er sie küssen würde, und sie erkannte, daß sie es sich wünschte. Doch er tat es nicht. Der Augenblick ging vorüber und ließ sie ratlos – und enttäuscht zurück. In dem Moment, da sie einander so nahe waren, hatte sie jedoch eine Fülle von Gefühlen in seinem Gesicht widergespiegelt gesehen, und sie fragte sich, ob er genauso bewegt war wie sie.

Als sie in das Farmhaus zurückkehrten, brannte im Kamin ein wohliges Feuer, und auf dem Ofen stand eine frische Kanne Kaffee. Tucker trug einen Nußkuchen auf, den er vor einigen Stunden gebacken hatte, und die drei setzten sich an den Tisch, tranken Kaffee, aßen Kuchen und unterhielten sich angenehm.

„Ich dachte, Ihr Cousin Philip würde heute abend auch hier sein", bemerkte Danni.

„Nein, Phil läßt sich hier nie sehen. Er ist ein ausgesprochener Stadtmensch. Er hat mich für verrückt gehalten, das Anwesen hier draußen zu erwerben." Logan runzelte die Stirn. „Hatten Sie *gehofft*, er würde hier sein?"

Von der plötzlichen Schärfe seines Tons überrascht, schüttelte Danni schnell den Kopf. „Nein, natürlich nicht. Ich hatte nur gedacht, weil Thanksgiving ist und Sie verwandt sind, . . . verstehen Sie . . ." Sie ließ ihren Satz unvollendet ausklingen, dann wechselte sie das Thema. „Tucker, ich weiß nicht, was mir am besten schmeckt – Ihre Kekse oder Ihr Kuchen. Sie können wunderbar backen!"

„Nun, es tut gewiß gut, zur Abwechslung einmal eine freundliche Bemerkung über meine Bemühungen in der Küche zu hören." Tucker warf Logan einen vielsagenden Blick zu.

Danni wandte sich Logan zu. „Ich hoffe, Sie wissen diesen Mann zu schätzen", schalt sie. „Tucker ist ein besserer Koch als meine Mutter – und das ist kein geringes Lob!"

„Und er wird in den nächsten zehn Tagen echt unausstehlich sein", entgegnete Logan knurrend.

„Das steht Ihnen zu, Tucker", erklärte Danni, während sie ihre Augen bewundernd durch das Landhaus schweifen ließ. „Ihr Haus gefällt mir echt", sagte sie zu Logan. „Stand es bereits, als Sie die Farm gekauft haben?"

Er schüttelte den Kopf. „Nein, wir haben es gebaut. Tucker hat das meiste gemacht. Er ist der Handwerksmeister. Ich kann nur Nägel einschlagen und Farbe auftragen."

Das gesamte Haus schien Logans Persönlichkeit widerzuspiegeln, dachte Danni. Es war schlicht und rustikal, aber nicht spartanisch, und es war weiträumig angelegt. Das Wohnzimmer und die Küche vereinten sich zu einem großen Raum, und von der Küche führten Stufen zu einem Dachzimmer auf der Rückseite des Hauses. Die geschlossene Veranda, wo die Hunde vorübergehend ihr Domizil gefunden hatten, war gleichzeitig Tuckers Wohn- und Schlafzimmer. Die Wände waren alle mit Holz verkleidet und die Holzdielen nur durch wenige farbenfrohe Läufer geschmückt.

Logan erwähnte, daß Tucker auch alle Regale selbst gezimmert hatte, in denen eine Reihe schöner Tonkrüge und andere Gefäße aufbewahrt wurden. Eine Wand wurde von einem Bücherregal ausgefüllt, indem auch moderne Unterhaltungsliteratur zu finden war.

Über dem gewaltigen Kamin befand sich ein Sims aus grob behauenen Steinen und darüber hing eine Bundesflagge − kein Wunder hier, dachte Danni mit einem schiefen Lächeln. Die Fenster, die keine Vorhänge trugen, waren mit Fensterläden versehen. Das Haus trug deutlich die Handschrift von Männern, ließ jedoch an Gemütlichkeit und Charme nichts vermissen.

Tucker räumte das Geschirr ab, dann entschuldigte er sich, weil er noch ein Stück spazierengehen wollte. Danni war überrascht, wie schnell und geschickt er sich bewegte, obwohl seine gesamte rechte Seite von der Hüfte abwärts steif, beinahe unbeweglich zu sein schien.

Einen Augenblick später stand Danni ebenfalls vom Tisch auf. „Ich sollte langsam gehen, Logan. Ich muß morgen früh zeitig zur Arbeit."

Während Logan die Hintertür abschloß, ging Danni auf die andere Seite des Zimmers zu einem großen, leicht abgeschrammten Schreibtisch mit Rollverschluß, der neben dem Fenster stand. Auf dem Schreibtisch stand eine eingerahmte Photographie, und Danni nahm sie in die Hand, um sie näher zu betrachten. Ihr Herz begann zu klopfen, als sie einen jüngeren Logan sah, der ihr entgegenlächelte − mit kürzerem Haar und ohne Bart, den Arm um eine große, hübsche Frau in einem weißen Kostüm gelegt. Sie schaute zu dem Mann neben ihr auf mit einem Blick, der deutlich sagte, daß er ihr ein und alles war. Auch aus Logans Gesicht sprach Glück, ein Leuchten und eine überschwengliche Freude, die Danni noch nie bei ihm gesehen hatte.

Ein Gefühl der Eifersucht überfiel sie. Da stand Logan neben ihr. Sie fühlte sich plötzlich schuldig und stellte das Bild rasch auf den Schreibtisch zurück.

„Das war unser Hochzeitsbild", sagte er leise.

„Ihre Frau ... Teresa ... sie war sehr schön."

Er erwiderte nichts, lächelte jedoch ein wenig – ein Lächeln, das Dannis Herz traf beim Anblick der Traurigkeit, die sich in Logans Augen widerspiegelte. Jegliche Eifersucht verschwand, die sie gegenüber der Frau, die Logan so glücklich gemacht hatte, verspürt hatte.

Auf dem Weg in die Stadt schwiegen beide eine lange Zeit. Logan schien das Schweigen gelegen, und Danni vermochte nicht, die beunruhigenden Fragen abzuschütteln, die sie zu quälen begonnen hatten. Fragen darüber, was Logan ihr inzwischen bedeutete, und was, wenn überhaupt irgend etwas, sie ihm bedeuten mochte.

Die Dunkelheit und der dichte Nebel der Nacht ergänzten das Schweigen. Danni erschrak, als sie plötzlich spürte, wie er sanft ihre Hand berührte. „Ich freue mich, daß Sie heute abend gekommen sind", sagte er, während er Danni anschaute. „Tucker gefielen Sie sofort."

„Er ist so ein netter Mann, Logan. Und er scheint Sie abgöttisch zu lieben."

Logan hielt ihre Hand weiter fest und fuhr ein wenig langsamer. „Tucker ist ein großartiger Bursche." Er hielt inne, dann fügte er hinzu: „Eigentlich ist er eine Art Vater für mich."

Seine Offenheit überraschte Danni. „Was ist mit Ihrem richtigen Vater? Lebt er noch?"

Um seinen Mund erschien ein Zucken. „Nein", erwiderte er kurz. „Beide Elternteile sind tot."

„Es tut mir leid, das wußte ich nicht", murmelte sie. „Was ist mit dem Rest Ihrer Familie? Sie sagten, Sie waren sechs Geschwister, nicht wahr?"

Er antwortete nicht sofort. Als er schließlich zu sprechen begann, war sein Ton unerwartet rauh. „Sie müssen meine Familie doch kennen – Sie sind hier aufgewachsen." Ohne ihr Zeit für eine Erwiderung zu geben, fuhr er fort: „Wir waren die letzten der alten Teilpächter. Weißes Gesindel nannte man uns, als ich Kind war." Er warf einen Blick in Dannis Richtung. „Mein Vater hat sich zu Tode getrunken", erklärte er tonlos. Dann stieß er einen tiefen Seufzer aus. „Und ich glaube, meine Mutter hat sich zu Tode gearbeitet. Das wäre meine Familiengeschichte, kurz zusammengefaßt."

War der rauhe Tonfall seiner Stimme Zorn oder Scham? Vielleicht beides, dachte Danni. „Ich ... glaube, ich war einfach zuviel jünger als Sie, als daß ich mich noch an Ihre Familie erinnern könnte", erklärte sie behutsam.

Er lachte gequält auf. „Sie hätten sie vermutlich ohnehin nicht kennengelernt." Abrupt zog er seine Hand zurück, dann ließ er seine Finger am Hinterkopf durch das Haar gleiten.

„Logan ..."

„Ich hatte vier Schwestern und einen Bruder", fuhr er im selben harten Tonfall fort. „Mein Bruder ist vor einigen Jahren in einer Haftanstalt unseres Bundesstaates umgekommen. Er wurde erstochen ... bei einer Revolte. Meine Schwestern sehe ich selten. Eine ist weggelaufen, als sie fünfzehn war. Sie kam nie wieder zurück. Die älteste, Julie, ist damit beschäftigt, ihre Ehemänner zu wechseln, und sie wohnt im Augenblick in Scottsboro."

„Und die anderen beiden?" fragte Danni leise, als sie spürte, daß er zu Ende bringen mußte, was er einmal begonnen hatte.

„Sie sind okay", entgegnete er ein wenig froher. „Carrie – sie ist die jüngste – hat ein paar Jahre das College besucht. Sie hat einen sehr netten Mann geheiratet, wohnt jetzt in Shreveport und hat zwei kleine Jungs. Joanne ist nicht verheiratet. Sie arbeitet als Krankenschwester in einem Veteranenhospital in Georgia." Seine Hände entspannten sich etwas am Lenkrad, doch starrte er weiter geradeaus, als nähme er Dannis Gegenwart nicht mehr wahr.

„Ich glaube, bei jedem von uns gibt es Dinge in der Familie, die wir am liebsten vergessen möchten, Logan."

Er seufzte. „Danni, mein *Hund* hat einen besseren Stammbaum als ich, und das ist nicht gerade ..."

Plötzlich schlug etwas hart gegen das Auto, und Danni schrie auf. Logan versuchte noch auszuweichen und trat auf die Bremse, doch es war zu spät. Vom Scheinwerferlicht geblendet, starrte sie ein Waschbär wütend aus funkelnden Augen an. Dann taumelte er und schleppte sich über das Pflaster in den Wald, der die Straße säumte.

Entsetzt schaute Logan ihm nach. „Bleiben Sie hier. Ich gehe ihm nach." Noch ehe er seinen Satz vollendet hatte, sprang er aus dem Jeep und rannte in den Wald, Danni allein in der kalten Dunkelheit zurücklassend.

Als sie ihn aus dem dichten Wald wieder heraustreten sah, wußte Danni, daß er den Waschbären nicht gefunden hatte. Sein Gang war schwer, und seine Zügen wirkten angespannt, als er sich wieder hinter das Steuer setzte.

Er schüttelte schweigend den Kopf. Die Augen geschlossen, lehnte er sich einen Augenblick gegen den Sitz, bevor er zu sprechen begann. „Ich konnte ihn nicht finden", sagte er. „Er ist entweder schwer verletzt und hat sich irgendwo verkrochen, um zu sterben, oder er war kaum verletzt und ist zum Abendessen nach Hause gegangen."

„Es geht ihm bestimmt gut", beruhigte ihn Danni. „Es war nicht Ihr Fehler, Logan. Sie hätten nicht rechtzeitig anhalten können."

„Es war mein Fehler", entgegnete er entschlossen. „Wenn ich meine Augen auf der Straße gehabt hätte, wo sie hingehören, wäre das nicht passiert."

Danni schaute ihn genau an. „Seien Sie nicht so hart gegen sich selbst!" sagte sie ruhig. „Sie erwarten zu viel von sich, Logan, ganz bestimmt!"

Noch immer gegen den Sitz gelehnt, wandte er sich Danni zu und schaute sie an. „Wird diese seelsorgerliche Beratung extra berechnet, oder ist sie inklusive, Kleines?" fragte er leise, während sich sein Blick ein klein wenig aufzuhellen begann.

Plötzlich spürte Danni einen unerklärlichen Drang, ihn zu streicheln – jetzt, da seine Züge noch unkontrolliert und verletzlich waren. Sie streckte ihre Hand tatsächlich aus, hielt jedoch inne, kurz bevor ihre Finger sein Gesicht berührten.

„Sie sind ein Schwindler, Logan McGarey", sagte sie sanft, und in ihre Stimmung klang Überraschung, als hätte sie gerade eine wichtige Entdeckung gemacht.

Er schaute sie an, dann bedeckte er ihre kleine Hand mit seiner viel größeren. Dabei schaute er auf die Finger, die er festhielt, als wüßte er nicht genau, was er mit ihnen anfangen sollte, bevor er mit einer langsamen Bewegung ihre Hand hob und sie an sein Gesicht führte, wo er sie, gegen seine bärtige Wange gepreßt, festhielt.

„Und was bedeutet das?" fragte er, während ein flüchtiges Lächeln um seinen Mund huschte.

Danni blickte auf ihre Hand, verwundert, wie weich sich der dichte, glänzende Bart zwischen ihren Fingern anfühlte. Sie spürte einen Kloß im Hals und bemühte sich, daß ihre Stimme fest blieb. „Sie wissen genau, was ich meine. Sie machen jedem vor, so ein harter Bursche zu sein."

Sein Lächeln wurde breiter, es wirkte gelöst. „Sie wollen mir also sagen, ich habe meine Tarnung preisgegeben?"

Danni nickte, während sie weiter versuchte, den Kloß in ihrem Hals hinunterzuschlucken. Plötzlich konnte Danni die Intensität, mit der er sie aus seinen dunklen Augen ansah, nicht mehr ertragen. Sie wandte ihren Blick ab und starrte in die Dunkelheit, die sie umgab. „Falls Sie wissen möchten, was ich denke, so teile ich Ihnen mit, daß ich Sie für so hartherzig halte wie ein Stück Erdnußbutter."

„Stimmt das?" fragte er leise. Einen Augenblick später hörte sie, wie sein Sitz unter seinem Gewicht knarrte. „Nun, wenn Sie mich so genau kennen, dann wissen Sie auch, daß ich mit Ihnen auch noch über etwas anderes zu reden habe."

Als Danni ihn wieder anschaute, erstarb die Frage, die sie auf der Zunge hatte. Er hatte die Distanz zwischen ihnen überwunden, und in seinen Augen stand etwas, das sie noch nicht gesehen hatte ... etwas Sanftes, Zärtliches und unendlich Liebevolles.

Er sah ihr tief in die Augen, während er ihre Hand von seinem Gesicht zur Schulter führte, um sie dann in den wärmenden Schutz seiner Arme zu schließen. Er lächelte immer noch, sein Mund nur einen Atemzug von Danni entfernt. „Ich habe versucht, mir einzureden ... und vielleicht auch Ihnen ...", flüsterte er, „daß Sie nichts anderes als ein Dorn in meinem Auge sind." Er flüsterte seine letzten Worte so nahe an ihrem Mund, daß sie kaum zu hören waren. „Die Wahrheit ist jedoch, Danni, daß du für mich wie ein Schmerz in meinem Herzen geworden bist."

Und dann küßte er sie, und es schien plötzlich nicht mehr Nacht zu sein. Es gab keine Dunkelheit mehr, weder draußen noch im Auto ... nur das sanfte Leuchten in Logans Augen und der warme, gleichbleibende Schein, der von ihrem Herzen zu seinem aufstieg. Noch nie war Danni so geküßt worden, von niemandem. In seiner Umarmung, in der Berührung seiner Lippen lagen eine Zärtlichkeit, die ihr das Gefühl gaben, einmalig zu sein, ... geachtet ... wie das kostbarste Geschenk auf der Welt. Sie war sicher, daß er hörte, wie ihr Herz hämmerte. In ihren Ohren klang es jedenfalls so, als würde es jeden Augenblick zerspringen.

Als er schließlich seine Hände auf ihre Schultern sinken ließ und sie sanft ein Stück weit von sich wegschob, glaubte Danni ein Zögern in seinem Gesicht zu entdecken. Sie war sicher, daß ein Hauch Überraschung in seinen Zügen lag.

Sie spürte seine Hände auf ihren Schultern zittern, und forschte in seinen Augen nach etwas, das ihr helfen könnte, seine Gefühle besser zu verstehen. Die Stärke der Gefühle, die ihr dort begegneten, ließ sie jedoch beinahe zurückschrecken.

„Was hast du mit meinem Leben gemacht, Kleines?" fragte er zärtlich, während er ihr immer tiefer in die Augen sah. „Nichts ist mehr wie früher, seitdem ich dich zum erstenmal gesehen habe, als du dort bei Ferguson's in einer Pfütze standst — wie ein trauriges kleines Kätzchen, das gerade ans Ufer gespült worden war."

89

„Was du mit Worten auszudrücken vermagst, Logan", flüsterte Danni, die kaum zu atmen wagte, als er ihr zärtlich eine Haarsträhne hinter das Ohr strich.

„Danni ... ich habe dir von meiner Familie erzählt, weil ich wollte, daß du es von mir erfährst. Ich möchte, daß du genau weißt, wo ich herkomme, was ich bin." Seine Züge wurden immer nüchterner. „Ich möchte nicht, daß es zwischen uns Geheimnisse gibt."

Danni spürte eine Woge der Schuld über sich zusammenschlagen. Wußte er, daß sie etwas vor ihm verbarg? So sehr sie dieses Ausweichen auch haßte, sie mußte ihr Geheimnis noch hüten, zumindest im Augenblick. Unfähig, seinem prüfenden Blick standzuhalten, wandte sie sich ab. „Du mußt mir nichts von deiner Familie sagen, was du nicht möchtest, Logan", sagte sie mit unsicherer Stimme.

Mit einem Finger hob er ihr Kinn, so daß sie ihn wieder anschauen mußte. „Wenn ein Mann schon so völlig verrückt ist, sich vor einer Frau zum Narren zu machen, dann kann er zumindest ehrlich sein, nicht wahr?"

Danni schaute ihn mit weit aufgerissenen Augen an. Unfähig, die Gefühle aufzuhalten, die auf sie einstürmten, machte sie die Zärtlichkeit in seinem Lächeln, die sanfte Wärme in seinen Augen wie benommen. „Ich ... ich verstehe nicht ganz ..."

Er küßte sie einmal leicht auf die Wange. „Ach Danni, du wirst es verstehen ...glaub es mir, das wirst du ganz bestimmt." Seine Finger berührten ihre Wange dort, wo er sie gerade geküßt hatte, und während seine Augen in den ihren forschten, verschwand sein Lächeln. „Ich glaube nicht, daß du mir gestatten würdest, dich in einer meiner Zellen einzuschließen, damit du in Sicherheit bist, nicht wahr?"

„Was ...?"

Während er sanft durch ihr Haar fuhr, wurde sein Gesicht noch ernster. „Ich mache mir Sorgen um dich", flüsterte er, während er sie mit seinen Blick zu durchdringen versuchte, als wollte er ihre Gedanken lesen. „Es ist irgend etwas – Flüchtiges – an dir, und ich kann das Gefühl nicht abschütteln, daß du eines Nachts wie im Nebel verschwinden könntest, wenn ich dich nicht festhalte."

Plötzlich, beinahe mit Gewalt, nahm er Danni wieder in die Arme. Seine große Hand drückte ihren Kopf gegen seine Brust, seine Worte waren kaum vernehmbar, als er in ihr Haar flüsterte: „Wovor fürchte ich mich, Danni? Warum glaube ich, dich ganz fest bei mir halten zu müssen, damit du mir nicht entschlüpfst?"

Ohne zu antworten schloß Danni fest die Augen und ließ sich, für einen kurzen Augenblick nur, in die Wärme seiner starken Arme versinken.

Oh, Logan! Ich hoffe, du wirst es wirklich tun . . . ich hoffe, du wirst mich ganz fest bei dir halten, weil ich nicht von dir weichen . . . weil ich dich nicht verlieren will . . .

Sie hatte den Gedanken kaum zu Ende gebracht, als er von einer Frage abgelöst wurde, einer Frage, die Danni bis zu diesem Augenblick sich selbst nicht zu stellen gewagt hatte: Was würde es bedeuten, wenn Logan plötzlich die Wahrheit über sie erfuhr?

Was würde ihre Täuschung für einen Mann bedeuten, der so darauf bedacht war, daß kein Geheimnis sie trennte.

12

Eine Woche später fragte Danni sich immer noch, wieviel Stunden Karateunterricht sie nehmen müßte, bevor sie sich nicht mehr nach jedem Unterricht fühlte, als wäre sie unter die Räuber gefallen. Zugegeben, gestern war erst das zweite Mal Unterricht, doch sie hatte während der Woche wie wild trainiert, in der Hoffnung, den Schmerzen etwas entgegenzuwirken.

Soviel zu dieser Theorie, dachte sie, während sie am Fenster ihres Büros stand und sich kräftig – aber vorsichtig – dehnte.

Während sie in den trüben Dezembertag hinausschaute, spürte sie noch etwas von dem Glanz der wenigen Minuten, die sie mit Logan gestern nach dem Karatekurs verbracht hatte. Seit Thanksgiving hatten sie sich jeden Abend gesehen, auch wenn Logans Dienstplan nur Zeit für ein oder zwei Stunden zuließ. Gestern abend hatte er sie zu ihrem Wagen begleitet und ihr dabei erklärt, daß er das kommende Wochenende frei hätte und gern mit ihr am Samstagabend nach Huntsville zum Essen fahren würde.

„Wir brauchen Zeit, um uns in Ruhe unterhalten zu können", hatte er gesagt, bevor er ihr einen Kuß auf die Stirn gab.

Danni ertappte sich dabei, wie sie noch immer in Vorfreude lächelte, während sie über seine geheimnisvolle Andeutung nachdachte. Der quälende Gedanke, daß Logans Interesse erlahmen könnte, wenn er erfuhr, daß sie nicht vollkommen ehrlich zu ihm gewesen war, trübte schnell ihre fröhliche Stimmung.

Als sie in der Nähe der Klinik eine Bewegung wahrnahm, wurde sie aus ihren Gedanken gerissen. Sie trat näher an das Fenster, und sie sah, wie Dr. Sutherland und einer der Pfleger aus der Klinik kamen. Zwischen ihnen liefen zwei ältere Frauen.

Der Arzt war Mitglied der Kolonie und wohnte hier auf dem Gelände. Soweit Danni bekannt war, entfernte er sich nie von der Kolonie, zumindest nicht tagsüber. Er gehörte zu jenen Menschen, die Danni ohne erkennbaren Grund eine Gänsehaut über den Rücken jagten. Dicklich und mit aalglatter Haut sah er eigentlich harmlos aus, doch Danni hatte hinter den dicken Brillengläsern in seinen haselnußbraunen Augen etwas gesehen, was sie erschaudern ließ. Es war der Ausdruck – oder besser die Ausdruckslosigkeit – seiner Augen, die sie immer wieder an Photos verschiedener Kommandanten von Konzentrationslagern erinnerte, die sie gesehen hatte.

Nachdenklich und auch ein wenig beunruhigt beobachtete Danni, wie die vier zum Hauptgebäude gingen. Das Bild kam ihr vertraut vor, und sie wußte, warum. Die beiden Frauen schlurften ebenso leb- und ziellos dahin wie die beiden älteren Männer, die sie vor einigen Tagen spätabends beobachtet hatte. Sutherland und der Pfleger schienen sie zu begleiten.

Irgend etwas stimmte nicht in der Klinik. Danni konnte es nicht genau definieren, ihr Reporterinstinkt sagte ihr jedoch, daß das, was dort mit den älteren „Gästen" geschah, – zumindest – sehr fragwürdig war. Sie wußte, daß sie Logan von ihrem Verdacht erzählen sollte. Er war jedoch so davon besessen herauszufinden, was in der Kolonie in Wahrheit vor sich ging, daß sie Angst hatte, er würde mit Anschuldigungen oder vielleicht sogar Verhaftungen dazwischenplatzen und somit ihre Hoffnung zerstören, jemals die ganze Geschichte zu erfahren.

Und das war Grund genug, daß sie sich ein wenig mehr bemühte, die Geschichte so schnell wie möglich *fertigzubekommen*. Die Geschichte fertigbekommen und dann fort von hier. Vielleicht könnte sie dann Logan helfen.

Sie beschloß, daß es an der Zeit war, die Klinik näher unter die Lupe zu nehmen. Vielleicht hätte sie ein wenig einfallsreicher sein können, doch der einfache Vorwand, Kopfschmerzen zu haben, funktionierte gut genug.

„Ich habe gewöhnlich Aspirin in meiner Handtasche oder im Schreibtisch", sagte sie zu dem Pfleger im Tonfall eines kleines Mädchens, daß es sie beinahe würgte. Sie schaffte es sogar, etwas von dem gedehnten Alabamaakzent in ihre Stimme zu legen, den sie bereits vor Jahren verloren hatte.

Der Pfleger war groß und stämmig, und Danni hatte darauf spekuliert, daß er ein wenig schwer von Begriff wäre. Sie mußte jedoch erkennen, daß er sich sofort bemühte, ihr zu helfen. Er verschwendete keine Zeit, ihr in einen mit PVC beschichteten Stuhl zu helfen und ihr zwei Aspirintabletten und ein Glas Wasser zu reichen.

Dann stand er da, die Arme über seiner kräftigen Brust verschränkt, und strahlte, als hätte er gerade ein Allheilmittel entdeckt.

Danni belohnte ihn mit einem schwachen Lächeln. „Ich bin Ihnen wirklich sehr dankbar. Ich hätte sonst nicht gewußt, wie ich über den Nachmittag kommen soll."

„Möchten Sie sich nicht eine Weile hinlegen? Wir haben viele freie Betten", erklärte er mit einer großmütigen Geste.

„Oh, das wäre wunderbar. Aber macht es wirklich keine Umstände?"

„Natürlich nicht, dazu sind wir doch da."

Das bezweifle ich, dachte Danni. „Nun … wenn es wirklich keine Umstände macht, würde ich mich gern hinlegen, aber nur kurz."

Sie streckte sich auf dem makellos sauberen, schmalen Bett aus und zog, eine Schwäche vortäuschend, die sie nicht wirklich empfand, die Decke hoch. Während der Pfleger mit dem Rücken zu ihr am Waschbekken stand und eine Reihe von Röhrchen und Flaschen leerte und frisch auffüllte, machte sich Danni in Gedanken Notizen von dem Raum, in der Hoffnung, soviel Details wie möglich zu behalten. Er sah ganz gewöhnlich aus, vollkommen steril und nur mit dem Notwendigsten ausgerüstet. Einige Vorratsschränke, ein großes Waschbecken, zwei Untersuchungstische, ein halbes Dutzend leerer Betten, ein kleiner Schreibtisch sowie ein High-Tech-Computersystem befanden sich in ihm.

In diesem Augenblick wandte sich der Pfleger um und kam zu ihr. Danni schloß die Augen und gab vor, halb eingeschlafen zu sein. Einen Augenblick später hörte sie, wie die Tür zum Wartezimmer geschlossen wurde und anschließend die Tür nach draußen ins Schloß fiel. Trotzdem wartete sie noch, still auf ihrem Bett liegend.

Schließlich öffnete sie die Augen, warf die Decke von sich und ging zum Wartezimmer, um nach draußen zu schauen. Erleichtert sah sie, wie der Pfleger zum Hauptgebäude ging. Doch sie konnte sich keinerlei Aufschub gestatten. In der Klinik herrschte ein ständiges Kommen und Gehen, so daß sie so schnell wie möglich handeln mußte.

Sie ging unverzüglich zum Computer und startete ihn. Während sie darauf wartete, daß er sich hochlud, nahm sie einen Rezeptblock zur Hand, der auf dem Schreibtisch daneben lag. Eine Reihe von Rezepten schienen bereits ausgeschrieben zu sein, und es fehlte nur noch die Unterschrift des Arztes. Sie blätterte den Rezeptblock durch, sich im Geist einige Namen notierend: Cooper, Major, Green und andere.

Als sie den Block umdrehte, fand sie auf der Rückseite einen einzigen Namen gekritzelt. Sie setzte ihre Brille auf, die sie in ihr Haar geschoben hatte, und studierte den beinahe unleserlichen Namenszug: *Kendrick*.

Wiederum William Kendrick — der ältere „Gast", über den Logan Informationen einzuholen versuchte. Sie starrte noch einen Augenblick auf den Namen, dann legte sie den Block zurück und ging zum Computer, der ein Kennwort forderte. Danni verzog das Gesicht. Sie hätte es wissen müssen, versuchte es mit einigen simplen Paßwörtern, erhielt jedoch immer wieder die Antwort: „Zugang verwehrt". In einer plötzlichen Eingebung versuchte sie es mit dem numerischen Code für Reverend Ra's zivilen Namen — und sie war drin!

Sie hatte gerade eine Datei für Gäste geöffnet und darin ein alphabetisches Verzeichnis gefunden, als ein Ton ihr signalisierte, daß jemand draußen war. Was sollte sie tun? Es würde mindestens einige Minuten in Anspruch nehmen, eine Datei zu kopieren. Sie konnte es nicht riskieren, daß der Pfleger oder sonst irgend jemand hier hereinkam. So faßte sie blitzschnell den Entschluß, heute abend nach der Sperrstunde zurückzukommen. Sie hatte ohnehin noch lange im Gelände zu tun; so würde sie einfach abwarten, bis sich alle zur Ruhe begeben hatten, und dann eine Möglichkeit suchen, in die Klinik zu gelangen.

Rasch beendete sie das Computerprogramm und eilte durch den Raum, um ihre Handtasche vom Nachttisch neben dem Bett zu holen. Als sie sich zum Gehen wandte, erspähte sie über dem Waschbecken ein hohes, schmales Fenster. Ein Gedanke schoß ihr durch den Kopf. Auf Zehenspitzen stehend, streckte sie sich nach oben und entriegelte es.

Als sie im Wartezimmer Stimmen hörte, blieb sie einen Augenblick regungslos stehen. Tief durchatmend, straffte sie die Schultern, den Riemen ihrer Handtasche über den Arm schwingend. Ein Gähnen vortäuschend ging sie langsam und bedächtig ins Wartezimmer.

Als sie Philip Rider in der Nähe der Eingangstür sah, tief ins Gespräch vertieft mit dem Pfleger, der ihr die Tablette gegeben hatte, war sie völlig überrascht. Einen Augenblick lang fragte sie sich, ob Rider wohl Logans Entschlossenheit teilte, die Kolonie aus Red Oak zu vertreiben. Obwohl er in Uniform war, erschien sein Verhalten gegenüber dem Pfleger zwanglos, beinahe freundschaftlich.

Als er sie sah, war Rider ebenso überrascht wie Danni, vielleicht sogar noch ein wenig mehr. Trotzdem wirkte sein Gruß souverän, als er die Mütze abnahm und ihr zunickte. „Miss St. John — Danni — ich hoffe, Sie sind nicht krank?"

Einen Augenblick lang begriff Danni nicht, worauf er anspielte, doch sie faßte sich schnell. „Oh, nein, zumindest im Augenblick nicht", erwiderte sie. „Ich habe nur versucht, meine Kopfschmerzen loszuwerden."

Rider sah sie besorgt an. „Wir wollen hoffen, daß Sie nicht die Grippe bekommen, die im Augenblick hier umgeht — eine häßliche Angelegenheit."

„Nein, mir geht es sonst gut", beharrte Danni. „Ich glaube, ich habe mich nur ein wenig überarbeitet."

Sein Blick nahm einen Ausdruck an, bei dem ihr ungemütlich wurde. „Ich werde mit meinem Cousin Logan sprechen müssen. Er sollte Sie abends früher nach Hause bringen."

Danni fragte sich, ob seine Bemerkung darauf abzielte, daß er davon wußte, daß sie sich mit Logan traf. Es ging ihn zwar nichts an, dennoch fragte Danni sich, was er damit beabsichtigte.

Woher wußte Philip Rider von Logan und ihr? Irgendwie konnte sie sich nicht vorstellen, daß Logan mit seinem Cousin über sie sprechen würde. Sie konnte sich nicht vorstellen, daß Logan mit *irgend jemandem* über sein Privatleben sprach. „Nun, ich muß jetzt wirklich zurück an meine Arbeit", sagte sie, seinem Blick ausweichend.

Was war an Rider, das sie so beunruhigte? Er war stets sehr höflich und freundlich – zu freundlich vielleicht und aalglatt. War es das?

„Gibt es Probleme?" fragte sie Rider, als sie sich auf dem Weg zu ihrem Büro machten.

„Probleme?" Er setzte seine Uniformmütze wieder auf, keß wie immer.

„Hier in der Kolonie."

„Oh ... nein. Nun, zumindest nichts Außergewöhnliches", verbesserte er sich rasch. „Ich stelle nur noch einige Nachforschungen an zu Dingen, die Logan in Arbeit hat." Er grinste sie an. „Sie haben in der Zwischenzeit bestimmt gemerkt, daß Logan seine Arbeit sehr ernst nimmt – und ganz besonders im Zusammenhang mit der Kolonie."

Danni warf ihm einen verstohlenen Blick zu und sie fragte sich, ob es Verachtung war, was sie in seiner Stimme gehört hatte, und wenn ja, was der Grund dafür war. Sie merkte, daß sie den Mann einfach nicht mochte, obgleich Philip Rider in der Tat eine angenehme Erscheinung war und mit seiner kessen Selbstsicherheit zweifellos für viele Frauen anziehend erschien. Eine kurze, flüchtige Vorstellung eines dunkleren Mannes – nicht ganz so hübsch, aber vielleicht viel interessanter – ließ ein Gefühl der Freude in ihrem Herzen aufleuchten. Dies war das eigentliche Problem, nicht Philip Rider. Und das wußte sie bereits seit einiger Zeit.

Als ihr bewußt wurde, daß Rider ihr eine Frage gestellt hatte, zwang sie ihre abschweifenden Gedanken in die Realität zurück. „Oh, Entschuldigung, was sagten Sie?"

„Ich hatte gefragt, wie Ihnen Ihre Arbeit hier inzwischen gefällt", wiederholte er.

„Oh, sehr gut, vielen Dank. Sie fordert mich sehr, aber es macht Spaß."

„So konnte Logan Sie also nicht davon überzeugen, daß es Sünde ist, für die Kolonie zu arbeiten?"

Seltsam irritiert von der Frage – und dem unverkennbar spöttischen

Unterton – blieb Danni ihm bewußt eine Antwort schuldig. Sie war erleichtert, als sie den Eingang zu ihrem Bürogebäude erreicht hatten. Leicht ihren Arm berührend, lächelte Rider entschuldigend. „Es tut mir leid, das hätte ich nicht sagen sollen." Danni konnte keine echte Aufrichtigkeit entdecken, als er fortfuhr: „Ich mache mir einfach nur Sorgen, Miss St. John. Übrigens, darf ich Sie Danni nennen? Logan treibt es einfach manchmal zu weit mit seiner Kampagne gegen die Kolonie. Er meint es gut, und ich will nicht sagen, daß er keinen Grund hätte, argwöhnisch zu sein." Er runzelte die Stirn und ließ seinen Blick über das Gelände streifen, bevor er fortfuhr: „Was mir Sorge bereitet, ist aber, daß er regelrecht davon besessen zu sein scheint."

Sein Gesichtsausdruck wirkte noch immer nüchtern. „Ich hoffe, Sie werden es nicht zulassen, daß Logans Einstellung Ihre Arbeit beeinträchtigt. Sie macht Ihnen offensichtlich viel Spaß, und für jemanden in Ihrem Alter ist das eine sehr ... beachtliche Stelle." Er warf ihr ein gewinnendes Lächeln zu, ehe er hinzufügte: „Sie müssen außergewöhnliche Referenzen haben."

Danni schaute ihn an und fragte sich, worauf er hinauswollte. „Ich bin vermutlich nicht so jung, wie Sie meinen. Ich habe eine Menge Erfahrung in meinem Beruf."

„Ganz bestimmt", erwiderte er, während er ihr unter seinen schweren Lidern einen abwägenden Blick zuwarf. „Übrigens, ich würde Sie noch immer gern zum Essen einladen. Wäre das irgendwann möglich?"

Sehr darauf bedacht, ihre wahren Gefühle nicht preiszugeben, wägte Danni ihre Antwort sorgfältig ab. „Nicht in nächster Zeit, fürchte ich. In den kommenden Wochen werde ich vermutlich fast jeden Abend arbeiten."

„Nun, ich bin ein geduldiger Mensch. Ich werde es immer wieder versuchen, bis wir einen passenden Termin finden." Er führte seine Hand an die Mütze und sagte: „Ich wünsche Ihnen einen schönen Tag." Dann ging er.

Als Danni ihm nachschaute, fiel ihr auf, daß er sich, anstatt zu seinem Streifenwagen, zurück in die Klinik begab.

13

Es war immer das gleiche, dachte Danni, während sie zwischen Add und Schwester Lann später hereinschlüpfte, um sich mit den anderen auf den Fußboden zu setzen und das Eintreten von Reverend Ra und seiner Assistenten zu erwarten. Bei dem letzten „Glaubensgottesdienst", den sie besucht hatte, waren ihr zwischen den Studenten nur etwa ein Dutzend älterer „Gäste" aufgefallen, einschließlich Otis Green, der sie trotz seines schlechten Augenlichts sofort erkannt hatte. Sie war überrascht, heute abend dreimal so viele „Gäste" vorzufinden. Wo waren sie binnen so kurzer Zeit alle hergekommen – und was taten sie in Wirklichkeit hier?

Wie schon beim letzten Mal wandte Danni ihre Aufmerksamkeit für ein paar Augenblicke von dem Geschehen um sie herum ab und bat Gott im stillen um Vergebung, daß sie an dieser Veranstaltung teilnahm. Sie konnte diese „Gottesdienste" kaum ertragen und empfand, daß sie jedem wahren Glauben hohnsprachen. Nun, sie hatte stets etwas riskieren müssen für ihre Enthüllungsberichte.

Es bereitete ihr kaum Probleme, Danni St. John als ausgesprochen konventionell, ein wenig unbeholfen und sogar etwas zerstreut erscheinen zu lassen. Diese Rolle war in der Tat ziemlich leicht für sie. Weil sie sich selbst gegenüber schonungslos offen war, mußte sie zugeben, daß sie oft liederlich und planlos war.

Auf der anderen Seite brannte das Herz von *D. Stuart James*, diesen skrupellosen Scharlatanen das Handwerk zu legen, die Jagd auf Hilflose machten und aus dem Schmerz einsamer Herzen Gewinn schlugen.

Es war D. Stuart James, die sechs Monate als Sekretärin auf einer Station in einer erfolgreichen Klinik im Nordosten gearbeitet hatte. Dort hatte sie dazu beigetragen, daß die beiden Ärzte hinter Gitter landeten, die unheimlich reich geworden waren durch eine clevere, beinahe idiotensichere Operation, in der sie illegal gesunde Organe entnahmen und diese dann über eine Schwarzmarktfirma für astronomische Summen verkauften.

Es war ebenfalls D. Stuart James, die ihr Leben aufs Spiel gesetzt hatte, indem sie sich als die verzweifelte Ehefrau eines anderen freiberuflichen Journalisten – eines Krebspatienten – ausgegeben hatte. Sie hatte ihren „Ehemann" in eines der berüchtigsten Krebsheilzentren der Welt begleitet, wo sie schließlich gemeinsam die gesamte betrügerische Organisation entlarvt hatten.

Jetzt war D. Stuart James in ihrer alten Heimat, wo sie an der größten

Geschichte in ihrer Karriere arbeitete, die ihr besonders auf dem Herzen brannte. Denn D. Stuart James – das Pseudonym, das Danni St. John für alle ihre Enthüllungsberichte gebrauchte – haßte Heuchelei und Mißbrauch der Religion noch mehr als jede andere Art von Betrug.

Sie hatte einige Monate lang Nachforschungen über die Kolonie angestellt. Dann war es ihr mit Hilfe der beachtlichen Referenzen, die sie unter ihrem richtigen Namen erworben hatte, gelungen, die Stellung als Chefredakteurin des *Peace Standard* zu erhalten.

Deshalb war auch die Teilnahme an einem von Reverend Ra's scheinheiligen „Glaubensgottesdiensten" ein notwendiges Übel, dachte Danni, und sie würde es durchstehen. Dabei war sie sich vollkommen der Tatsache bewußt, daß dies noch längst nicht das Schlimmste war, was sie durchstehen mußte, bevor sie ihren Enthüllungsbericht veröffentlichen konnte. Und während sie die jungen Leute um sie herum beobachtete, wie sie sich nach vorn beugten, um mit der Stirn den Fußboden zu berühren und dabei den üblichen leeren Singsang vor sich hinmurmelten, fragte sie sich, ob diese Geschichte nicht noch viel schwerwiegender ausfallen würde, als sie ursprünglich vermutet hatte.

Sie faltete die Hände und versuchte, interessiert zu erscheinen, während die anderen ihr Heiliges Versprechen an den Erleuchteten Meister erneuerten. Reverend Ra – die Arme nach oben gerichtet und die Augen geschlossen – stand jetzt in ihrer Mitte, leise die Gebete unterstreichend, die um ihn herum nach oben geschickt wurden. Er bot einen beeindruckenden Anblick, das mußte Danni zugeben. Das wallende weiße Gewand und die silbern glänzende Stola, die er zu diesen Anlässen anlegte, ließen den Mann wie einen hochaufragenden, leuchtenden Turm inmitten seiner Anhänger erscheinen.

Als sie ihre gemeinsamen, monotonen Gesänge anstimmten, erschauderte Danni. Sie hielt ihre Augen geschlossen und betete inbrünstig, daß Gott die Gegenwart alles Bösen aus diesem Raum verbannen möge. Diesen Teil des „Gottesdienstes" haßte sie besonders, spürte sie doch, wie das Singen für alle Beteiligten eine hypnotisierende Wirkung ausübte.

Nicht, daß diese jungen Leute noch irgend etwas brauchten, das ihren Geist tötete, dachte sie bitter. Logan hatte zweifellos recht mit seiner Anschuldigung in bezug auf Drogenmißbrauch. Danni fragte sich, ob jemand, außer den Leitern, wußte, daß der vollständige Name der Einrichtung – Lotuskolonie – bereits auf eine Verbindung zur Drogenszene hinwies.

Die alten Griechen glaubten, daß die Frucht der Lotuspflanze einen traumähnlichen Zustand hervorrief, mit dem man der Realität entfliehen konnte. In den Legenden wurden die „Lotusfresser" derart abhängig von den Pflanzen und dem daraus resultierenden, traumähnlichen Zustand, daß sie sich immer mehr von der wirklichen Welt zurückzogen. Danni war überzeugt, daß bei den meisten Mitgliedern der Kolonie, einschließlich ihres Assistenten Add, das gleiche passierte.

Obwohl der junge Mann, der jetzt neben ihr saß, oft durcheinander und hin- und hergerissen erschien, zeigte er doch gelegentlich einen Funken Interesse für Dannis Glauben und ihre Bemerkungen über Gott. Seit kurzem mußte Danni jedoch beobachten, wie er förmlich in eine andere Welt entglitt, in der sich auch die anderen Studenten befanden. Danni konnte diesen Gedanken kaum ertragen. Mit der Seele eines Künstlers und einem scharfen Verstand begabt, standen dem Jungen viele Wege offen — falls es eine Möglichkeit gab, ihn aus dieser furchtbaren Umgebung herauszuholen. Und genau das hatte sie vor!

Als der „Gottesdienst" vorüber war, stand Danni auf, doch Reverend Ra streckte abwehrend seine Hand aus und bat alle, noch zu bleiben. An dieser Stelle verlas er etwa ein Dutzend Namen von einer Liste, die Bruder Penn ihm gereicht hatte.

„Jedem von euch ist eine Stadt zugeteilt, die ihr besuchen sollt. Ihr werdet hinausgehen zu den Menschen, die wieder zu leben anfangen möchten, und werdet sie zu uns bringen. So wie wir auch diesen Menschen, die in Not waren, Zuflucht gewährt haben", — dabei verwies er mit großmütiger Geste auf die Gruppe älterer Männer und Frauen, die links neben ihm saßen — „werden wir unsere Türen weit öffnen für alle, die bei uns Frieden finden möchten."

Danni atmete erleichtert auf, daß Adds Name nicht zu denen gehört hatte, die verlesen worden waren. „Wie nehmen die Studenten mit den künftigen Gästen Kontakt auf?" fragte sie ihn auf dem Weg nach draußen.

„Ich bin noch nie dabei gewesen", erwiderte er, während er wartete, daß Danni vor ihm den Raum verließ. „Ich habe stets nur hier innerhalb der Familie gearbeitet. Ich denke mir aber, sie gehen dorthin, wo Leute, die Probleme haben, gewöhnlich zu finden sind: Einrichtungen von Wohltätigkeitsvereinen, Missionszentren, Busbahnhöfe. An solchen Orten gibt es viele, die uns brauchen."

„Aber warum? Ich meine, warum macht ihr das eigentlich?"

Er starrte Danni an, als sei sie die Junge und er der Erwachsene. „Sie brauchen Hilfe", erwiderte er schlicht.

„Und sie wollen einfach weg? Sie steigen so einfach in einen Bus zu Fremden, um hierherzukommen?"

Er zuckte die Schultern. „Wir haben ihnen viel mehr zu bieten, als sie selbst haben. Warum sollten sie nicht kommen?"

„Was genau bietet ihr ihnen, Add?"

Er sah sich um. Alle waren auf dem Weg in ihre Zimmmer, und Reverend Ra unterhielt sich mit Dr. Sutherland. „Nun, Sie wissen doch", entgegnete er ausweichend, „Unterkunft, Nahrung, Menschen, die sich um sie sorgen — wir kommen einfach ihren Bedürfnissen nach."

„Wie kann die Kolonie es sich leisten, daß für so viele zu tun?"

Er sah Danni verdutzt an. „Ich weiß es nicht. Es wird alles von der Familienbank genommen, nehme ich an."

„Von der Familienbank?"

Er nickte. „Wenn wir in die Kolonie kommen, geben wir alles, was wir haben, der Familie. Das Geld wird zu unser aller Nutzen verwaltet."

„Das heißt, ihr besitzt kein eigenes Geld — überhaupt keinen Cent?"

Verwundert lächelte er sie an. „Wofür sollten wir Geld brauchen? Unser Meister gibt uns alles, was wir brauchen."

Danni betrachtete das fein geschnittene Gesicht, die glasigen Augen. „Ja", erwiderte sie leise, „das tut er gewiß."

An der Tür des Hauptgebäudes blieb sie stehen. „Ich muß noch einmal ins Büro, Add. Wir sehen uns morgen."

„Soll ich mitkommen, Miss St. John?"

„Nein, nein — ich habe nur noch einige Kleinigkeiten fertigzumachen und aufzuräumen. Es wird nicht lang dauern." Sie winkte ihm, während er um die Ecke verschwand.

Die aalglatte Stimme in ihrem Rücken erschreckte sie, und sie drehte sich abrupt um. „Nun, Schwester, es war gut, Sie heute abend unter uns zu sehen. Ich hatte gehofft, Sie würden mehr Interesse an der Familie zeigen." Reverend Ra stand da und strahlte zu Danni herunter, eine Geste, die vermutlich väterliches Wohlwollen ausdrücken sollte.

Danni schob ihre Brille aus ihrem Haar und setzte sie auf die Nase. „Ja, nun, es war sehr . . . interessant. Es war natürlich . . . anders, aber interessant."

Sein Lächeln schien auf seinem Gesicht festgeklebt zu sein. „Bitte vergessen Sie nicht, Schwester, daß ich Ihnen jederzeit gern zur Verfügung stehe, falls Sie irgendwelche Fragen zu unserer Philosophie oder zu unserer Arbeit haben. Es wäre mir ein großes Vergnügen, Ihnen mehr davon zu erzählen und Sie anzuleiten."

Danni fühlte sich beinahe körperlich in die Tiefe seines finsteren Blicks gezogen. Sie mußte alle Kraft zusammennehmen, um nicht vor ihm zurückzuweichen, und murmelte: „Vielen Dank, ich werde . . . daran denken."

„Wir bekommen Sie kaum zu Gesicht, Schwester. Ich hoffe, wir haben kein zu großes Arbeitspensum auf Ihre zarten Schultern gelegt." Er streckte seine große, glatte Hand aus und legte sie auf Dannis Schulter. Etwas an seinem Blick hatte sich verändert. Wie ein Schlag traf sie die Erkenntnis, daß der scheinheilige Reverend Ra dabei war, sie mit seinen Augen zu verschlingen – wie ein gieriger Mensch, dem man gerade ein neues Gericht vorgesetzt hatte.

Ihr Mund wurde plötzlich trocken. Diesmal trat sie einen Schritt zurück. „Ganz und gar nicht", erwiderte sie heiser. Dann räusperte sie sich und fügte hinzu: „Ich gebe zu, einen Hang zum Workaholic zu haben. Es macht mir Spaß, vielbeschäftigt zu sein."

„Bewundernswert", erwiderte er, seine Hand, aber nicht seinen Blick zurückziehend. „Wir möchten jedoch auch, daß Sie Zeit für geistliches Wachstum haben. Bitte planen Sie es ein, sich uns öfter anzuschließen."

Geistliches Wachstum, in der Tat! Danni erstickte beinahe in dem Bemühen, ihren Mund zu halten.

„Eigentlich . . ." dabei ließ er seine Augen über ihren ganzen Körper wandern – „hatte ich gehofft, wir würden einmal Zeit haben, uns näher kennenzulernen . . . nur wir beide. Da wir an einer gemeinsamen Sache arbeiten", fuhr er glattzüngig fort, „sollten wir einander wirklich besser kennenlernen. Meinen Sie nicht auch?"

Er kam ihr so nahe, daß sie seinen unangenehmen Atem roch. „Vielleicht könnten wir morgen abend gemeinsam essen? Sagen wir, um sieben, bei mir zu Hause?"

Sein Ton ließ keine Ablehnung zu. Verzweifelt wünschte sich Danni, während er sich entfernte, ihm ihren Protest nachzuschreien, doch dann kam ihr der Gedanke, daß dies eine ausgezeichnete Gelegenheit sein könnte, mehr über den hochgeschätzen *Reverend Ra* zu erfahren.

* * *

Halb elf verließ Danni ihr Büro in der Hoffnung, um diese Zeit niemanden mehr auf dem Gelände anzutreffen.

Die Luft war feuchtkalt, und der dichte Nebel hüllte die Nacht in eine bedrückende Stille. Gegen die Wand der Klinik gedrückt, lauschte Danni, doch sie konnte nichts hören. Schließlich kletterte sie auf eine der

Abfalltonnen, die sie bereitgestellt hatte. Mit einem schnellen Blick in die Umgebung begann sie, das Fenster, daß sie entriegelt hatte, langsam nach oben zu schieben. Es gab nur schwer nach. Ein Knie auf dem Fenstersims abgestützt, mußte sie das Fenster mit voller Gewalt nach oben drücken, so daß sie beinahe das Gleichgewicht verlor. Doch dann hatte sie es geschafft. Schnell schwang sie sich über den Sims und ließ sich lautlos in das dunkle Untersuchungszimmer gleiten.

Dies war einer der wenigen Augenblicke im Leben, wo sie dankbar war, „ein halbes Persönchen" zu sein, wie sie ihr Vater – und kürzlich Logan – bezeichnet hatten.

Regungslos stand Danni da, und sie wagte kaum zu atmen, als sie überlegte, ob sie das Fenster offen lassen oder schließen sollte. Wenn jemand vorüberkam, würde sie ein offenes Fenster todsicher verraten. Was war aber auf der anderen Seite, wenn sie schnell verschwinden mußte? Sie beschloß, das offene Fenster zu riskieren.

Das einzige Licht in dem Zimmer war ein schwacher Schein von der Nachtbeleuchtung vor dem Gebäude. So zog sie die kleine Taschenlampe, die sie mitgebracht hatte, aus ihrer Rocktasche.

Auf Zehenspitzen schlich sie sich zur Tür des Wartezimmers, den Weg mit einem schmalen Schein ihrer Taschenlampe ausleuchtend. Nachdem sie sich davon überzeugt hatte, daß sie allein war, ging sie zum Sprechzimmer zurück und begab sich zum Computer.

Mit zitternder Hand startete sie den Computer und wartete, bis er sich hochgeladen hatte. Der Bildschirm spendete genug Licht, so daß sie ihre Taschenlampe in die Handtasche steckte, bevor sie die Diskette herausnahm, die sie mitgebracht hatte.

Ihre Hände zitterten so sehr, daß sie Schwierigkeiten hatte, die Diskette ins Laufwerk zu schieben. Rasch tippte sie das Kennwort ein, und schon war sie im Auswahlmenü. Wieder wählte sie die Datei „Gäste", drückte die Entertaste und ließ die alphabetisch geordnete Namensliste durchlaufen. Sie erkannte einige Namen von dem Rezeptblock wieder. Jedem Namen waren Symbole und Nummern und ein Buchstabe zugeordnet, deren Bedeutung Danni nicht erfassen konnte.

Mit einem Blick zu dem offenen Fenster erinnerte sie sich daran, daß sie sich beeilen mußte. Sie konnte später versuchen, diese Symbole zu entschlüsseln. Über die Tastatur gebeugt, wählte sie den Befehl 'Kopieren', und der Computer begann, Dateien auf der Diskette zu speichern. Es schienen einhundert Dateien oder noch mehr zu existieren, und sie biß sich ungeduldig die Unterlippe blutig, während sie wartete.

Sie zuckte zusammen, dann erstarrte sie, als sie von draußen Stimmen vernahm. Ihr Herz raste wie wild, als sie zum Fenster ging und seitwärts nach draußen spähte.

Zwei Leute gingen, ins Gespräch vertieft, an der Klinik vorbei. Beim näheren Hinsehen erkannte sie, daß es Bruder Penn und ein älterer Mann waren, dessen Profil zunächst im Dunkeln lag. Als Falke – dem höchsten Rang, den ein Student erreichen konnte, durfte sich Penn länger auf dem Gelände aufhalten als niedrigere Angestellte.

Im nächsten Augenblick befanden sich die beiden genau unter der Nachtbeleuchtung. Die schmächtige Gestalt drehte sich so, daß sie in dem matten Lichtschein seinen Kopf genau erkennen konnte. Die Ohren waren unverkennbar. *Otis Green!* Aber wohin gingen die beiden?

Den Atem anhaltend, streckte sich Danni, um etwas von ihrem Gespräch zu erlauschen, konnte jedoch nicht verstehen, was sie sagten. Penn redete leise und beruhigend auf Otis Green ein, der sich bereitwillig führen zu lassen schien.

Als sie an der Klinik vorbeikamen, verlangsamten sie ihr Tempo nicht, und Danni atmete erleichtert auf. Sie eilte zum Computer zurück, nahm die Diskette heraus und schaltete das Gerät ab.

Als sie wieder zum Fenster schlich, hämmerte ihr Herz immer noch bis zum Hals. Sie zwängte sich durchs Fenster und ließ sich, vorsichtig in beide Richtungen spähend, auf die Tonne gleiten. Nachdem sie das widerspenstige Fenster geschlossen hatte, sprang sie herunter und eilte zum Parkplatz.

Vielen Dank, Herr, seufzte sie, während sie den Zündschlüssel einsteckte. Als sie die Kolonie verließ, hüllte Erleichterung sie ein wie eine weiche, warme Decke.

Auf dem ganzen Nachhauseweg, bis sie sicher vor ihrer Haustür stand, murmelte sie einen ihrer Lieblingsverse aus der Bibel ständig wie ein Gebet vor sich hin: „Der Herr steht mir bei; darum fürchte ich mich nicht ..."

* * *

Sie mußte Logan sehen! Sie war die halbe Nacht wachgeblieben, um die Dateien auszudrucken, die ihr wichtig erschienen, wußte danach jedoch kaum mehr als vorher.

Die Dokumente unter den Namen *Kendrick* und *Jennings* enthielten als einzige Informationen, die Danni einsichtig waren, aber auch nur zum

Teil. Sie hatte herausgefunden, daß jedes der Dokumente eine Art persönliche Akte darstellte, die eine Reihe von Informationen über die Verstorbenen enthielten. Eine Datenfolge schien auf Quittungen und Scheckeinzahlungen auf einer Reihe von Bankkonten hinzuweisen. Außerdem enthielten die Unterlagen eine Zusammenfassung der Ergebnisse von gründlichen Nachforschungen, die man offenbar über die betreffenden Personen durchgeführt hatte, mit dem Ergebnis, daß William keine Hinterbliebenen hatte, mit denen man Kontakt aufnehmen könnte. Der andere „Gast" war hingegen ein Witwer gewesen, der noch eine Schwester und zwei verheiratete Töchter hatte. Die Akte enthielt auch die Eintragung, daß seine gegenwärtige Adresse hier in der Kolonie auf seinen Wunsch vertraulich behandelt wurde.

Um zwei Uhr morgens gab Danni ihre Versuche auf, die geheimnisvollen Symbole zu entschlüsseln. Sie konnte kaum noch klar denken, und als sie schließlich ihre Augen nicht mehr offenhalten konnte, gab sie sich geschlagen und ging zu Bett.

Bevor sie in den Schlaf fiel, war ihr letzter Gedanke, morgen früh als erstes Logan anzurufen, um mit ihm einen Termin zu vereinbaren, damit sie über die Dokumente sprechen konnten. Vielleicht konnte er ihr helfen, einige Dinge besser zu entschlüsseln. Dann mußte sie natürlich die Wahrheit über ihre Person offenbaren. Doch das war sie ihm schuldig, viel mehr noch, sie war beinahe erleichtert, daß etwas sie zu diesem Schritt zwingen würde.

14

Als Danni am nächsten Morgen halb acht Logan auf seiner Farm anrief, erfuhr sie nur, daß er nicht da war.

Tucker entschuldigte ihn. „Er ist früh aus dem Haus gegangen, hat etwas in Huntsville zu erledigen. Für den Fall, daß Sie zufällig anriefen, soll ich Ihnen ausrichten, daß Logan Sie anruft, sobald er wieder da ist."

„Und Sie haben keine Ahnung, wann das sein könnte?" forschte Danni weiter, enttäuscht darüber, nicht sofort mit Logan sprechen zu können. „Ich glaube, es wird spät werden." Er hielt inne. „Kann ich irgend etwas für Sie tun?"

„Nein, vielen Dank, Tucker, aber wenn Logan anrufen sollte, sagen Sie ihm bitte . . ." Ihre Stimme wurde unsicher. Was sollte Tucker ihm sagen? „Nun, es ist nicht so schlimm. Ich habe ohnehin . . . einen Termin . . . heute abend. Deshalb werde ich auch erst spät zurück sein."

Sie legte auf und trank rasch noch ein Glas Orangensaft, bevor sie das Haus verließ.

Während der gesamten Fahrt zur Kolonie versuchte Danni, ihre trübe Stimmung abzuschütteln. Ihr graute vor der „Verabredung" zum Abendessen mit Reverend Ra mehr, als sie befürchtet hatte. Einzig und allein die Aussicht, etwas Entscheidendes für ihre Geschichte in Erfahrung zu bringen, hatte sie bewogen, sich auf diese Einladung einzulassen. Irgendwie hoffte sie im stillen, einen Weg zu finden, das Essen schnell zu beenden. Vielleicht war nicht einmal ihre Entschlossenheit, den Kult zu enttarnen, Grund genug, die Gegenwart seines korrupten Führers einen ganzen Abend lang zu ertragen.

* * *

Danni arbeitete sehr lange, bis sie sich mit Reverend Ra zum Essen treffen sollte. Den ganzen Tag lang hatte sie es gereizt, noch einmal zum Computer des Krankenhauses zu gehen, doch sie wußte, daß sie nicht zu weit gehen durfte. Mit einem Blick auf die Wanduhr begann sie schließlich, ihren Schreibtisch aufzuräumen und sich ein wenig zurechtzumachen.

Auf der Toilette betrachtete sie sich im Spiegel, nicht ganz zufrieden mit dem, was sie sah. Sie hatte bewußt für heute ein schlichtes, marineblaues Kostüm ausgewählt, dessen strenger Stil einzig durch eine weiße Bluse aufgelockert wurde. Sie band ihr Haar, einer spontanen Eingebung folgend, im Nacken zu einem strengen Knoten zusammen, den sie mit einem Gummiband befestigte. Während sie ihrem Spiegelbild ein grimmiges Lächeln zuwarf, war sie der Meinung, langweilig genug auszusehen, um die romantische Leidenschaft eines jeden Mannes abzukühlen – nur um vorzubeugen, wenn Ra in dieser Richtung Interesse zeigte. Während sie schweren Schrittes auf den verlassenen Fußweg abbog, betete sie im stillen. Sie wußte, daß sie verrückt gewesen war, sich auf diese „Verabredung" einzulassen – und irgendwie wußte sie auch, daß Logan völlig entsetzt wäre, falls er jemals davon erfuhr –, aber sie war frustriert, wie langsam sie mit ihrer Geschichte vorankam, daß sie beinahe krampfhaft nach neuen Möglichkeiten suchte. *„Herr, ich habe deine Hilfe heute abend mehr als nötig und deinen Schutz. Irgend etwas stimmt nicht an diesem Ort, und es geschehen ganz furchtbare Dinge. Einen Teil der Geschichte habe ich zusammen, doch es reicht bei weitem noch nicht, um irgend jemanden . . . in dieser unheiligen Allianz zu überführen. Noch nicht. Bitte, Herr, hilf mir herauszufinden, was nötig ist, und beschütze mich dabei . . ."*

Als Danni das abgelegene Holzhaus erreicht hatte, das sich mitten in einem dichten Wäldchen befand, hämmerte ihr Herz wie wild. Dies war die dunkelste Ecke des gesamten Geländes, und auch der schwache Lichtschein, der durch die kleinen Jalousien der Fenster auf der Vorderseite nach draußen drang, vermochte kaum die dunklen Schatten der Nacht zu erhellen.

Sie streckte ihre Hand aus, doch noch bevor sie die Klingel betätigen konnte, wurde die Tür schwungvoll geöffnet. Danni verschlug es den Atem. Der Mann, der vor ihr stand, hatte wenig Ähnlichkeit mit dem distanzierten Kultführer, der während der „Dienstzeit" stets korrekte Reserviertheit und Professionalität zu demonstrieren wußte. Heute abend trug Reverend Ra an Stelle des gewohnten weißen Anzugs ein Paar khakifarbene lange Hosen zu einem sportlichem Hemd, – in blau gehalten –, das seinen kalten Augen jedoch nur wenig Wärme zu vermitteln vermochte. Außerdem fiel Danni auf, daß er auch sein Haar jugendlicher und zwangloser frisiert hatte. Sein Äußeres hatte Danni derart überrascht, daß sie zunächst darum ringen mußte, ihre Fassung zurückzugewinnen.

„Kommen Sie herein, Schwester, kommen Sie herein!", sagte er, sie bereits ins Haus führend. „Ich habe mich den ganzen Tag auf diesen Abend gefreut."

Steif betrat Danni das Zimmer. Nicht nur Reverend Ra sah heute abend ganz anders aus, hier war eine völlig andere Welt — eine Welt voll hedonistischen, nach höchster Sinneslust strebenden Prunks. Die feudale Einrichtung — feinstes Holz, wertvolle Stoffe, Plüschteppiche — deutete auf großen Reichtum und maßlosen Luxus. Allein an den Wänden hing ein ganzes Vermögen in Form von Kunstgegenständen. Die surrealistische Darstellung einer spärlich bekleideten weiblichen Gestalt ließ Danni schnell wegsehen, und sie spürte, wie ihr Gesicht glühte. Eine umfangreiche Sammlung von Kerzen verschiedener Größen glänzten im Widerschein goldumrahmter Spiegel. Auf der anderen Seite des Zimmers war in einer trauten Nische ein Tisch für zwei Personen gedeckt — die Tischdecke der einzige weiße Tupfer im ganzen Zimmer. Feines Porzellan und Silber funkelten im Kerzenschein. Der betäubende Geruch von Rosen stieg in Dannis Nase, und sie mußte husten. Verzweifelt hoffte sie, daß sie keinen Asthmaanfall bekommen würde. Nicht hier, bei diesem Mann. *Bitte, Herr, nicht hier ...*

Ra beeilte sich, sie zu stützen. „Kommen Sie, meine Liebe, Sie hatten einen langen Tag." Er nahm ihren Arm und führte sie zu einem gewaltigen Sofa, das mit Kissen gepolstert war.

Ohne nachzudenken ließ Danni sich auf das Sofa sinken, als ihr beinahe im selben Augenblick bewußt wurde, daß sie möglicherweise einen Fehler begangen hatte. Sie wäre am liebsten aufgesprungen und davongerannt angesichts der Art und Weise, wie sie ihr Arbeitgeber ansah.

Warum hatte sie nur zugesagt, heute abend hierherzukommen! Und wo war Logan, wenn sie ihn brauchte!

„Bruder Sama!" Danni erschrak, als Ra einen Summer auf dem Couchtisch drückte. In der Tür erschien ein junger Mann, den Danni sofort erkannte. Dieser wandte jedoch seinen Blick ab, ohne von ihrer Gegenwart Kenntnis zu nehmen, und machte sich statt dessen am Tisch zu schaffen, indem er Wasser ausschenkte und neben jeden Teller einen Salat stellte. Als er fertig war, blieb er, den Kopf gesenkt, stehen und wartete auf weitere Anweisungen.

„Unsere Schwester ist gewiß schwach vor Hunger." Wieder widmete sich Ra Danni mit seinen unerwünschten Aufmerksamkeiten. „Ja, Sie sehen in der Tat blaß aus, meine Liebe. Ich fürchte, Sie haben in letzter Zeit zu hart gearbeitet." Laut in die Hände klatschend, wandte sich Ra an den jungen Mann, der Sama genannt wurde. „Trag die Speisen auf! Dann kannst du deinen anderen Pflichten nachkommen."

Es waren keine fünf Minuten vergangen, als Sama zurückkam, diesmal mit einem Servierwagen, der mit Silbergeschirr beladen war.

„Ah, ausgezeichnet!" rief Ra, während er sich in freudiger Erwartung die Hände rieb. „Das ist alles, Bruder Sama. Du kannst jetzt gehen. Und vergiß nicht, die Hintertür abzuschließen, wenn du das Haus verläßt." Das leise Knacken eines Schlüssels einen Augenblick später zeigte an, daß er den Anordnungen Folge geleistet hatte. Wieder staunte Danni darüber, welchen Einfluß Ra auf seine Anhänger ausübte. Aber *übte* er tatsächlich *Einfluß aus*? Könnte es nicht vielmehr genau das sein, was Logan vermutete – nämlich Drogenmißbrauch? Oder war es Angst?

Plötzlich wurde ihr bewußt, daß sie mit diesem Mann allein war, den sie verabscheute und dem sie zutiefst mißtraute. Sie sprang auf, unter dem Vorwand, sich im Zimmer umzuschauen. „Das sieht alles wunderschön aus", bemerkte sie, während sie von einem verzierten Möbelstück zum anderen ging. „Ich hätte niemals gedacht, daß irgend jemand hier in der Kolonie in einem solchen ... Stil wohnt."

Er schien ihre Worte als Kompliment aufzufassen. „Es *ist* wunderschön, nicht wahr", erwiderte er strahlend, während er sich ebenfalls von der Couch erhob. „Ich muß zugeben, daß ich mich nach einem harten Arbeitstag auf meine kleine Oase freue. Das hilft mir, neue Kräfte zu sammeln für ... den Dienst." Er hielt inne, und seine Augen wanderten über Dannis Körper, so daß sie eine Gänsehaut bekam. „Wissen Sie, ich lade nur wenige Leute hierher ein. *Sehr wenige.* Nur solche, die mir besonders *wichtig* sind – und natürlich auch für die Kolonie."

„Nun ... ich fühle mich geschmeichelt", würgte Danni hervor. Dann versuchte sie es mit ein wenig Naivität und blieb vor dem Tisch stehen. „Oh, das sieht tatsächlich alles sehr lecker aus. Und ich muß zugeben, daß ich tatsächlich hungrig bin. Sie müssen wissen, daß ich in Vorfreude auf den heutigen Abend die Mittagsmahlzeit ausgelassen habe."

In Wahrheit hatte sie keinen *Appetit*, irgend etwas zu essen, so hatte sich ihr diese Verabredung bereits auf den Magen gelegt.

„Natürlich!" rief er. „Verzeihen Sie mir, meine Liebe. Meine Manieren sind leider etwas ungehobelt. Wie ich Ihnen bereits sagte, ich habe selten Gäste."

Er zog den Stuhl für sie heran und ließ seine Hände übermäßig lang auf ihren Schultern ruhen, während sie Platz nahm. Sie unterdrückte einen Schauder. Dann nahm er ihr gegenüber Platz.

„Hm, ausgezeichnet!" sagte er mit einem prüfenden Blick auf die Speisen. „Ente à l'orange, Gemüse, frisch von unserem Garten, und ein erlesener Wein. Was könnte unser Herz sonst noch begehren?"

Während er sprach, nahm er eine kleine Flasche aus einem Gefäß mit

Eis, ließ den Korken springen und führte ihn an die Nase. „Wunderbar", flüsterte er. Dabei lehnte er sich über den Tisch, im Begriff, das Kristallglas auf Dannis Platz zu füllen. Ihr fiel auf, daß die Enthaltsamkeit in bezug auf Alkohol für den *Erleuchteten Meister* offenbar nicht zu gelten schien. Schnell bedeckte sie ihr Glas mit einer Hand und schüttelte den Kopf. „Ich nehme Wasser, vielen Dank."

Er schien ein wenig enttäuscht, doch blieb sein Lächeln weiter auf seinem Gesicht, während er sein eigenes Glas füllte und die Flasche in den Eisbehälter zurückstellte.

Er stand auf, um zu bedienen. Dann nahm er wieder auf dem Stuhl gegenüber Danni Platz. Als sie sah, daß er keinerlei Anstalten machte, ein Tischgebet zu sprechen, dankte sie Gott im stillen für das Essen – und fügte schnell ein erneutes Stoßgebet um Gottes Schutz hinzu – bevor sie ein paar Bissen von dem Salat hinunterzwang. Ein flüchtiger Gedanke an die leckere Pizza, die sie mit Logan erst vor wenigen Tagen gegessen hatte, trug dazu bei, ihren Appetit noch weiter zu beschneiden. *Was hatte sie hier zu suchen? Wie konnte sie glauben, daß sie das durchstehen würde?*

Dann erinnerte sie sich daran, weshalb sie gekommen war und zwang sich einen weiteren Bissen der verhaßten Ente hinunter. Sie aßen schweigend, und Danni spürte voller Unbehagen Ra's prüfenden Blick auf sich ruhen, während sie in ihrem Salat herumstocherte und das Gemüse von einer Seite des Tellers zur anderen schob.

Zudem wurde Danni während der gesamten Mahlzeit von beunruhigenden Gedanken geplagt. Was, wenn sie sich verraten und Ra Verdacht geschöpft hatte? Was war, wenn er ihr etwas ins Essen gemischt hatte – irgendeine Droge oder so? Logan war sicher, daß hier Drogen im Spiel waren. Niemand wußte, wo sie sich heute abend aufhielt. Weder Tucker noch Logan – niemand. Sie hätte Logan die Wahrheit sagen sollen. Was hatte sie sich nur dabei gedacht, alles vor ihm verborgen zu halten, als wäre sie der Verbrecher in der ganzen Geschichte?

„Also, erzählen Sie mir, gefällt Ihnen Ihr neues Abenteuer mit der Kolonie ... Danni?"

Verdutzt darüber, ihren Vornamen zu hören anstatt der gewohnten Anrede *Schwester*, antwortete Danni ebenfalls mit einer Frage. „Sehr gut. Aber ich bin auch neugierig, was Sie betrifft, Reverend Ra. Sie haben eine beachtliche Zahl von Anhängern gewonnen. Es hat ganz den Anschein, als blühe die Kolonie immer weiter auf. Was hat Sie bewogen, sich in einer ländlichen Gemeinde wie Red Oak niederzulassen?"

Stolz auf ihr offensichtliches Interesse, begann Reverend Ra, ausführlich die Geschichte der Kolonie zu erzählen, nicht ohne seine Vorrangstellung sorgfältig zu betonen. „Als die Farm in Jonesboro für uns zu klein geworden war", fuhr er fort, „haben wir das Land der Gundersons erworben. Aber das ist ja allgemein bekannt. Ich würde meinen, eine kluge, junge Journalistin wie Sie weiß bestens darüber Bescheid. Das erinnert mich übrigens daran", – dabei beugte er sich über den Tisch nach vorn – „wie gut mir Ihr Artikel über unsere landwirtschaftlichen Versuche gefallen hat – unsere Versuche, für unseren eigenen Bedarf anzubauen und überschüssige Erträge für Unterprivilegierte aus der Stadt zur Verfügung zu stellen." Er lächelte breit, und Danni versuchte, seine verfärbten Zähne zu ignorieren. „Das sind Artikel, wie wir sie brauchen – die Gemeinde soll wissen, daß wir wirklich Diener sein wollen – indem wir den Armen abgeben und auch sonst sozial tätig sind."

Danni beschloß, seine großmütige Stimmung auszunutzen. „Es freut mich, daß Sie zufrieden waren. Es ist eine bewundernswerte Sache, für Leute zu sorgen, die selbst nicht für sich zu sorgen vermögen – für Mittel- und Heimatlose . . ." Abscheu gegenüber sich selbst empfindend, fuhr sie fort: „Besonders interessieren mich die älteren Gäste, die die Kolonie besuchen. Sind sie Bestandteil eines besonders wohltätigen Projekts?"

Seine Fingerspitzen zusammenführend, betrachtete Ra Danni durch eine Wolke von Zigarrenrauch. Nach dem Nachtisch hatte er sich eine dicke Havanna angezündet – und sich selbst damit von einer weiteren Regel der Kolonie „befreit", wie Danni feststellte. „Sie sind echt bedauernswert – diese Leute, die keinen Menschen mehr haben und außerdem arm sind. Sie leben geborgen und glücklich hier . . ." – dabei machte er eine weit ausholende Handbewegung – „zufrieden, die letzten Tage ihres Lebens umgeben von Menschen zu verbringen, denen sie am Herzen liegen, anstatt als ‚Herr und Frau Niemand' wie wertloser Abfall auf die Straße geworfen zu werden."

Danni dachte über seine sorgfältig abgewogenen Worte nach. Sie enthielten absolut nichts, was sie nicht schon wußte. Was aber hatte er ihr *nicht* gesagt? Sie beschloß, noch eine Frage zu riskieren. „Sind die meisten der älteren Gäste . . . krank, . . . wenn sie in die Kolonie kommen?"

„Krank?" Ra schien sofort auf der Hut zu sein. „Wie meinen Sie das?"

„Ich dachte nur, in dem Alter . . ." Danni erkannte, daß sie gefährlichen Boden betreten hatte, und beeilte sich, das Thema zu wechseln. „Ich habe gehört, die Kolonie plant, nächstes Jahr auf dem Bauernmarkt in Red Oak Produkte zu reduzierten Preisen zum Vorteil der Gemeinde zu verkaufen. Möchten Sie mir nicht ein paar nähere Informationen dazu geben? Dann könnte ich eine Fortsetzungsreihe schreiben."

Seine Zigarre in der Kaffeetasse ausdrückend, lehnte sich Ra in seinem Stuhl zurück, Danni mit den Augen verschlingend, als sei sie ein Lutschbonbon nach dem Essen. „Die einzige Fortsetzung, an der ich im Augenblick interessiert bin, ist, meine neueste Angestellte besser kennenzulernen."

Sie saß in der Klemme. Sie hätte es wissen müssen . . .
Danni war nicht völlig unerfahren in bezug auf sexuelle Belästigung. Einmal war ein Kollege — ein Photograph — zudringlich geworden, der meinte, daß Danni ihn unwiderstehlich fand. Doch der rotgesichtige Ra hatte Augen wie ein Raubtier, und, wie sie aufgrund ihrer Nachforschungen wußte, die Moral einer streunenden Katze. Sie wußte instinktiv, daß sie den Mann nicht unterschätzen durfte.

Fest entschlossen, soviel Abstand wie möglich zu wahren, sah sie ihm direkt in die Augen. „Was möchten Sie zuerst wissen?" fragte sie. Zumindest hatte sie nicht einmal mit den Wimpern gezuckt, sprach sie sich selbst Mut zu.

Er beugte sich zu ihr herüber und griff nach ihrer Hand. Sein Atem, stellte Danni angewidert fest, ging entschieden zu schnell.

Sie hätte vor Erleichterung vom Stuhl rutschen können, als plötzlich das Telefon läutete.

Ra erhob sich mit finsterer Miene von seinem Stuhl. „Ich bin sofort zurück."

Glücklicherweise dauerte das Telefonat länger. Als er zurückkam, hatte Danni bereits ihren Mantel übergezogen und die Handtasche über die Schulter geschwungen. Sie formulierte eine, wie sie hoffte, plausible Entschuldigung, „daß sie tatsächlich etwas Ruhe brauchte", und bedankte sich höflich für das wunderbare Abendessen, bevor sie sich eilig zur Tür begab.

Draußen angekommen, atmete sie erleichtert auf, während sie zum Auto lief. Sie fühlte sich so frustriert und angespannt wie noch nie im Leben. Sie hatte nichts in Erfahrung bringen und erreichen können, außer vielleicht, den wachsamen Ra mißtrauisch zu machen.

Dennoch, sie *hatte* einen ziemlich aufschlußreichen Blick auf die Rolle Ra's geworfen, die er vor seinen Anhängern verborgen hielt. Und obgleich das Ganze gelinde gesagt, beunruhigend gewesen war, so hatte sie doch ihre Nachforschungen — und ihr Empfinden — in bezug auf diesen Mann bestätigt gefunden.

Sie dachte, daß Logan diese Informationen interessant finden könnte. Dabei wurde ihr gleichzeitig bewußt, wie ungern sie ihm sagen würde, wo sie heute abend war.

15

Am nächsten Morgen hatte Danni noch immer nichts von Logan gehört. Sie ging nach unten und fühlte sich gereizt und erschöpft. Zornig und gedemütigt, daß sie einen ganzen Abend mit einem vergeblichen Versuch verschwendet hatte, Informationen über einen Mann zu erhalten, der, und davon war sie inzwischen felsenfest überzeugt, total korrupt war. In ihrem ältesten Bademantel und in Strümpfen tapste sie zur Haustür, um die Zeitung zu holen. Dann schaltete sie die Kaffeemaschine an. Während sie darauf wartete, daß der Kaffee fertig war, schlug sie den *County Herald* auf, um die Überschriften durchzulesen.

Ihr Herz schien einen Schlag auszusetzen, und ihr Puls hämmerte wie wild in ihren Ohren, als sie die fette Überschrift erblickte, die sich über mehr als zwei Spalten erstreckte: *„Sheriff der Gewaltanwendung und Brutalität beschuldigt"*.

Danni wurde übel, als sie den Artikel überflog, der – kurz zusammengefaßt –beinhaltete, daß ein Mitglied der Kolonie – Bruder Penn – und ein älterer Gast der Einrichtung, „ein Herr namens Otis Green" – am Abend vor zwei Tagen im Bezirksgefängnis festgehalten worden waren, „angeblich wegen einer Routinebefragung".

Der Artikel fuhr mit einer detaillierten Schilderung von Penns Beschuldigung gegenüber Sheriff Logan McGarey fort, der die beiden verbal angegriffen und beleidigt haben sollte, bevor er Penn gegenüber tätlich geworden sei, „einen gefährlichen Kampfsport als Mittel der Einschüchterung benutzend". Vermutlich hatte Penn Reportern eine Reihe von blauen Flecken und Wunden gezeigt, die angeblich das Ergebnis „der Einschüchterung des Sheriffs" waren.

Beinahe genauso furchtbar wie die schreiende Überschrift waren die verschlagenen und völlig unnötigen Anspielungen auf Logans Familie. Die Tatsache, daß Logans Bruder in einem Gefängnisaufstand umgekommen war, nahm einen herausragenden Teil des Artikels ein, gekoppelt mit der Bemerkung, daß eine seiner Schwestern während der Zeit verschwand, da Logan „Tapferkeitsmedaillen im Golfkrieg erntete". Das war tendenziöser Journalismus in seiner schlimmsten Form. Danni war empört. Sie erinnerte sich an den Schmerz, den sie bei Logan gespürt hatte, als er ihr an jenem Abend von seiner Familie erzählt hatte. Irgendwie spürte sie, daß dieser Artikel Salz in eine offene Wunde streuen würde.

Die Zeitung auf den Boden werfend, jagte sie aus der Küche nach oben, um sich anzuziehen. Als sie hinter das Lenkrad ihres Wagens sprang, kochte sie vor Wut. Die ganze Geschichte war nichts als Lüge!

Sie hatte an jenem Abend, an dem der Übergriff angeblich stattgefunden hatte, sowohl Penn als auch Otis gesehen; es war der Abend, als sie sich in die Klinik eingeschlichen hatte. Es war natürlich dunkel gewesen, doch sie hatte die beiden unter der Nachtleuchte deutlich erkennen können. Das war gut nach halb elf gewesen, und sie war ganz sicher, daß keiner von ihnen verletzt gewesen war. Außerdem kannte sie Logan gut genug, um zu wissen, daß er seine Karatefähigkeiten niemals in dieser Weise mißbrauchen würde. Dies war ein bewußter Versuch, ihn zu diskreditieren.

Man brauchte keine Intelligenzbestie zu sein, um herauszufinden, was *irgend jemand*, − wer auch immer Penn und Green beauftragt hatte, diese Farce zu inszenieren − zu erreichen hoffte. Es waren nur noch wenige Wochen bis zu den Wahlen, und Logan stellte eine ernstzunehmende Bedrohung für die Kolonie dar. Danni wußte noch nicht genau, auf welche Weise Ra an dem Komplott beteiligt war, aber er war beteiligt, davon war sie überzeugt. Die Kolonie − und Ra − wollten einen gefährlichen Gegner ausschalten, indem sie dafür sorgten, daß Logan nicht wiedergewählt wurde.

Das sollte ihnen nicht gelingen! Danni schäumte innerlich, als sie im Geist den Artikel noch einmal durchging. Sie fuhr viel zu schnell und hielt das Lenkrad so fest umklammert, daß ihre Hände schmerzten. In der Zeitung hieß es, daß Penn und Green um halb zehn entlassen worden waren, also über eine Stunde, bevor sie die beiden gesehen hatte.

Dann wurde es ihr plötzlich bewußt. Sie konnte nichts beweisen, ohne ihren Aufenthalt an jenem Abend preiszugeben. Sie konnte schwer zugeben, daß sie ins Krankenhaus eingebrochen war, um einige Dateien aus dem Computer der Kolonie zu kopieren!

Das traf sie wie ein Schlag. Um Logan entlasten zu können, würde sie sich vermutlich selbst wegen gesetzeswidrigen Handelns belasten − und in der Folge ihre Tarnung aufgeben müssen. Das würde den Verlust monatelanger Nachforschungen bedeuten und den Verlust einer Geschichte, die von kolossaler Bedeutung war − vielleicht sogar über ihre ursprünglichen Vermutungen hinaus. Wenn ihr Gefühl sie nicht betrog, dann wurden in der Kolonie Greueltaten begangen, die sich keiner vorzustellen gewagt hätte − Greueltaten auch im Zusammenhang mit den älteren „Gästen", die in immer größerer Zahl in die Kolonie gebracht wurden. Irgendwie mußte sie ihre Geschichte zusammenbekommen! Die Wahrheit würde vermutlich Leben retten, ganz zu schweigen von den *Seelen* Dutzender junger Menschen, die hinter den Mauern der Kolonie gefangen waren.

Wenn ihr Schweigen Logan in Gefahr brachte, wie konnte sie dann den Behörden verschweigen, was sie in jener Nacht gesehen hatte? Ihm könnte Schaden zugefügt werden, der nicht wieder gutzumachen war. Seine Integrität stand in Gefahr. Er könnte die Wahlen verlieren. Er könnte sogar wegen strafbaren Handelns angeklagt werden! Sie durfte nicht einfach zusehen und den Dingen ihren Lauf lassen!

Abgesehen von ihren persönlichen Gefühlen für ihn war Danni überzeugt, daß Logan ein guter Sheriff und in der Tat vielleicht die letzte, die beste Hoffnung für die gesamte Stadt Red Oak war. Niemand sonst schien zu ahnen, was in der Kolonie vor sich ging. Diese Gemeinde *brauchte* Logan als ihren Sheriff.

In diesem Augenblick beschloß sie, Logan alles zu sagen, was sie wußte. Und sie würde auch vor den Behörden aussagen, falls dies nötig wird, um seine Unschuld zu beweisen! Wenn die Wahrheit ihn retten konnte, dann sollte er diese Wahrheit heute noch erfahren.

* * *

Danni steckte ihren Kopf in das Vorzimmer des Büros, konnte jedoch niemanden entdecken. Nachdem sie eingetreten war, hörte sie Logan in einem anderen Zimmer sprechen. Er telefonierte offensichtlich. Sie ließ sich auf einem unbequemen Holzstuhl nieder und nahm eine Zeitschrift zur Hand. Als sie sah, daß sie bereits über ein Jahr alt war, blätterte sie sie nur flüchtig durch und legte sie bald wieder beiseite. Sobald sie Logans Stimme nicht mehr hören konnte, stand sie auf und ging zur Tür.

Als er sie sah, stand er rasch auf und kam ihr entgegen, um sie zu begrüßen. Danni tat das Herz weh, als sie die dunklen Schatten unter seinen Augen sah. Seine Uniform, sonst stets makellos sauber und perfekt gebügelt, war zerknittert. Er sah müde, beinahe abgehärmt aus, und er wirkte plötzlich viel älter. Doch als er sie sah, trat ein freudiges Lächeln in sein Gesicht.

Sie ging ihm entgegen, unsicher, was sie sagen sollte. „Ich habe die Zeitung gelesen", stieß sie schließlich hervor.

Er nickte, in ihren Augen forschend. „Du und jedermann hier in der Stadt."

„Sie werden nicht damit durchkommen." Als er nichts erwiderte, drängte sie weiter: „Meinst du das nicht auch?"

Nur für einen kurzen Augenblick ließ er die Schultern sinken, dann straffte er sich und schloß den Abstand zwischen ihnen. „Dann glaubst du es also nicht?" fragte er ruhig. Die Erleichterung in seiner Stimme war unüberhörbar, als er ihre beiden Hände in seine nahm.

Danni verschlug es beinahe den Atem, als sie die Tiefe seiner Empfindungen spürte. „Natürlich glaube ich es nicht, Logan! Selbst wenn ich nicht..." Sie hielt inne. Dies war nicht der geeignete Ort für das, was sie ihm zu sagen hatte.

„Wenn du was nicht?"

„Logan, ich habe dir viel zu sagen! Wir müssen miteinander sprechen."

Er wollte sie zu dem Stuhl vor seinem Schreibtisch führen, doch Danni zögerte. „Nicht hier", erklärte sie, seinen Arm drückend. „Ich..."

Als sie hörte, wie die Eingangstür ins Schloß fiel, hielt sie inne und ließ Logans Arm los. Sie erkannte Philip Riders leicht spöttelnde Stimme, noch ehe er in der Tür auftauchte. „Nun, Cousin, diesmal hast du es geschafft! Ich habe dir immer gesagt, daß dein Temperament dich..." Er hielt inne und ließ seine Augen von Logan zu Danni wandern. „Entschuldigung!" bemerkte er spöttisch lächelnd. „Ich komme später wieder..."

„Das wird nicht nötig sein", erwiderte Danni fest entschlossen, bevor er weiterreden konnte. „Ich war gerade im Begriff zu gehen." Nur einen Augenblick lang schaute sie Logan in die Augen. „Also dann, bis später ... heute abend zum Essen?"

Er forschte in ihrem Gesicht, dann nickte er. „In Ordnung. So gegen sieben?"

„Einverstanden. Nett, Sie wiederzusehen, Hilfssheriff Rider", bemerkte Danni forsch, ihn keines weiteren Blickes würdigend, während sie erhobenen Hauptes das Büro verließ.

16

Danni hatte die Kolonie früh am Nachmittag verlassen. Als Logan kam, hatte sie alle Dateien bereits noch einmal kopiert, so daß sie ihm jeweils ein Exemplar mitgeben konnte. Er war früher gekommen, und sie hatte gerade noch duschen und sich umziehen können.

Noch in Uniform, legte er seine Jacke und seine Waffe im Schrank in der Diele ab, bevor er nähertrat. „Es tut mir leid, ich hatte keine Zeit, mich umzuziehen", erklärte er. Dann nahm er sie in die Arme und küßte sie sanft; alles war so natürlich, als würde er es jeden Tag tun.

„Also, was ist los?" fragte er, während er sie mit ausgestreckten Armen festhielt, in ihrem Gesicht forschend.

Durch seine Nähe verwirrt, löste sich Danni von ihm. „Zuerst essen wir", erklärte sie. „Ich wußte, daß du müde sein würdest. So dachte ich, wir essen hier."

Er nahm ihren Arm und zog sie wieder an sich heran. Seine dunklen Augen glitten über ihr Gesicht, und er lächelte sie müde an. „Du möchtest dich nicht in der Öffentlichkeit zeigen mit dem starken Arm des Gesetzes, nicht wahr?"

„Logan ..."

„Ich möchte dich einfach nur einen Augenblick in meinen Armen halten. Darf ich?"

Seine sanfte Bitte war für Danni wie eine Liebkosung. Sie lehnte ihren Kopf an sein Herz, still in seinen Armen verharrend. Der Gedanke, daß er nach dem heutigen Abend vielleicht nicht mehr bereit sein könnte zu berühren, verunsicherte sie.

Während Danni voran in die Küche ging, fragte sie ihn: „Welche Reaktionen auf den Artikel gab es bisher?"

Das vertraute Grinsen auf seinem Gesicht sah ein wenig gezwungen aus. „Nun, wie du dir es vielleicht denken kannst. Ich bin im Augenblick nicht sehr beliebt." Er beobachtete, wie sie zum Kühlschrank ging. „Wir müssen nicht unbedingt etwas essen. Ich bin eigentlich nicht sehr hungrig."

„Nun, aber ich", flunkerte Danni. „Ich habe Schinken und kalten Braten, falls es dir nichts ausmacht, nicht warm zu essen."

„Buttermilch hast du nicht im Haus, nehme ich an?"

„Doch, ich habe zufällig auch Buttermilch", erwiderte sie selbstgefällig.

Überrascht zog er seine dunklen Augenbrauen hoch. „Ich glaube, ich bin verliebt", sagte er.

Danni wußte, daß er scherzte, doch ihr Herz schlug plötzlich vor Freude. „Sag mir, was das alles bedeuten soll", erwiderte sie, während sie alles, was sie brauchte, aus dem Kühlschrank nahm.

Logan rollte die Hemdsärmel hoch und begann, den Rinderbraten in Scheiben zu schneiden, während Danni eine Platte mit Schinken und Käse anrichtete. „Vorgestern abend bin ich zur Bushaltestelle gefahren, um ein Paket aus Chattanooga entgegenzunehmen", berichtete er, das Messer wie eine Machete schwingend. „Penn und der andere Bursche, Green, standen am Fahrkartenschalter." Er legte das Messer in die Spüle und stellte die Platte mit dem kalten Braten auf den Tisch. „Kann ich sonst noch etwas helfen?"

„Das ist alles. Nimm Platz, dann können wir essen."

Er zog Dannis Stuhl hervor, damit sie sich setzen konnte, bevor er dicht neben ihr Platz nahm. Er wartete, während sie ein Tischgebet sprach.

„So . . . erzähl weiter", drängte Danni, während sie sich bedienten.

„Green — der ältere Bursche — schien völlig aufgelöst zu sein. Ich begann, ihm Fragen zu stellen, und er sagte mir, daß er wegfahren wolle, Penn dies jedoch nicht zuließ. Er sagte, der alte Mann sei krank und hätte keinerlei Grund, die Kolonie zu verlassen. Green packte mich am Arm und murmelte etwas, daß man ihn wie einen Gefangenen behandelte. Er schien Angst zu haben. Deshalb ließ ich sie beide in meinen Streifenwagen einsteigen, um sie in meinem Büro weiter zu befragen."

„Dann hast du sie überhaupt nicht festgenommen?"

„Ich habe das Wort *Festnahme* nicht einmal in den Mund genommen! Ich dachte, Green brauche vielleicht Hilfe. — Mir fiel auf, daß er nicht schnell genug in den Streifenwagen kommen konnte. Penn schmollte während der ganzen Fahrt, aber er ist sowieso immer etwas seltsam. Ich habe nicht weiter auf ihn geachtet. Green, der ältere Mann, stand offensichtlich unter irgendwelchen Drogen — in einem Augenblick völlig aufgewühlt, im nächsten völlig niedergeschlagen."

Danni runzelte die Stirn. „Mr. Green scheint so ein netter kleiner Mann zu sein. Doch ich habe mir in letzter Zeit auch schon Gedanken über ihn gemacht . . . er schien nicht mehr er selbst zu sein. Du hast sie also überhaupt nicht festgehalten?"

Logan seufzte angewidert, während er sich noch ein Glas Buttermilch einschenkte. „Wir waren noch keine halbe Stunde in meinem Büro, als der alte Bursche plötzlich die Seiten wechselte. Er begann zu erzählen, daß er krank sei, und bestand darauf, daß Penn ihm nur helfen wollte."

Logan hielt inne. „Das begann, *nachdem* ich nach draußen gegangen war, um ihm einen Kaffee zu holen in der Hoffnung, es würde ihm helfen, wieder klarer zu denken. Green behauptete nun, es sei alles ein Irrtum gewesen, und er wollte nichts, als mit ‚Bruder Penn' wieder in die Kolonie zurückzukehren." Er zuckte die Schultern. „Ja, ich ließ sie also gehen."

Danni dachte einen Augenblick lang nach. „War zu dieser Zeit noch jemand außer dir im Büro?"

Logan schüttelte den Kopf. „Phil war auch da, doch er wurde in die Brumleigh Road gerufen und kam erst später wieder in die Stadt zurück. Nein, es war niemand zugegen außer mir, leider", fügte er finster hinzu.

Tief besorgt ließ Danni den Rest ihres Abendbrots unberührt. „Warum hatte Green plötzlich so eine Kehrtwendung gemacht? Und warum legt er dir Brutalität zur Last, wenn du nur versucht hast, ihm zu helfen?"

Wieder zuckte Logan die Schultern. „Es war geplant. Ich hätte es voraussehen sollen."

Danni fragte sich, wie er anscheinend so sachlich über etwas reden konnte, was ihm Kopf und Kragen kosten könnte. „Glaubst du wirklich", fragte sie leise, „daß dies ein bewußter Versuch war, dich in Schwierigkeiten zu bringen?"

Er sah sie an. „Glaubst du es nicht?" konterte er.

Danni preßte ihre Hände gegen die Schläfen, um gegen den Schmerz anzukämpfen, der in ihrem Schädel zu hämmern begonnen hatte. „Ich weiß nicht, was ich denken soll", sagte sie benommen.

Mit finsterer Miene lehnte er sich in seinem Stuhl zurück. „Nicht, daß ich nicht daran gedacht hätte, ein paar Köpfe rollen zu lassen, dort draußen auf dieser komischen Farm."

Als Danni ihn entsetzt ansah, lächelte er sie beruhigend an. „Ich sagte *gedacht*, Liebling. So dumm bin ich nicht."

Der Kosename, der Logan so leicht über die Lippen gekommen war, verblüffte Danni. Doch Logan hatte es an sich, sie zu überraschen, wenn sie es am wenigsten erwartete.

Sie erhob sich und begann, den Tisch abzudecken. „Was wirst du nun tun?"

„Es gibt nicht viel, was ich tun *kann*", erklärte er, während er aufstand, um ihr zu helfen. „Tatsache ist, daß Penn mit ein paar schlimmen blauen Flecken und Wunden im Gesicht herumläuft. Solange Green ihn deckt, steht mein Wort gegen ihr Wort."

Danni blieb stehen, Logan den Rücken zugewandt. „Vielleicht nicht", sagte sie leise.

„Was?" Er war zum Kühlschrank gegangen, um den Aufschnitt hineinzustellen, und schien noch auf der Suche nach irgend etwas anderem zu sein.

„Ich sagte", wiederholte Danni, während sie ihre Teller in die Spüle stellte und sich ihm zuwandte, „daß *nicht nur* dein Wort gegen das ihre steht."

Sie hatte seine Aufmerksamkeit geweckt. Er beendete seine Inspektion des Kühlschranks und schloß die Tür. „Was soll das heißen?"

Ihre Hände zitterten, als sie ihm eine Tasse Kaffee eingoß, bevor sie ihre Tasse füllte.

„Danni?"

„Gehen wir ins Wohnzimmer", sagte sie, während sie ihm seinen Kaffee reichte.

In ihrem Gesicht forschend, nahm Logan ihr die Tasse ab, bevor er auch nach Dannis Tasse griff.

„Möchtest du nicht Feuer machen?" sagte sie, als sie das Wohnzimmer betraten. „Ich muß etwas holen."

Als sie mit den Ausdrucken zurückkam, legte sie sie auf den Couchtisch und nahm auf dem Sofa Platz.

Das Feuer hatte angefangen zu brennen, und Logan setzte sich neben sie. „Was ist das?" fragte er mit einem Blick auf die Dokumente.

„Ich werde es dir erklären." Einen Augenblick lang saß sie jedoch nur da und starrte, um die rechten Worte ringend, in das Feuer. Was sie ihm sagen wollte, sollte ihm helfen, seine Unschuld zu beweisen. Aber es konnte ihn auch völlig gegen sie aufbringen, und dieser Gedanke war mehr, als sie ertragen konnte.

Und doch blieb ihr keine andere Wahl. „Logan", sagte sie, sich ihm zuwendend, „ich habe es ernstgemeint mit dem, was ich in der Küche gesagt habe. Ich glaube, ich kann beweisen, daß du weder Penn noch Ottis Green angegriffen hast."

Stirnrunzelnd stellte er seinen Kaffee ab. „Wovon redest du?"

Danni holte mühsam Luft. „Ich habe sie gesehen — alle beide — an dem gleichen Abend, lange nachdem sie dein Büro verlassen hatten." Sie schluckte hart, gegen die Trockenheit in ihrem Mund ankämpfend. „Ich kann mich für die Tatsache verbürgen, daß Penn auch nicht einen Kratzer im Gesicht hatte."

Er schüttelte den Kopf, und die Falten auf seiner Stirn wurden noch tiefer. „Das verstehe ich nicht. Wo bist du gewesen?"

„In der Klinik", erwiderte Danni, den Blick abgewandt. „Ich habe Penn und Otis Green vom Fenster aus gesehen, sie sind direkt unter der Beleuchtung durchgegangen."

„Was machst du so spät abends in der Klinik? Wie spät war es?"

„Wahrscheinlich kurz vor elf." Ihre Antwort brachte einen Schimmer der Erleichterung oder Hoffnung in sein Gesicht, der jedoch unmittelbar von völliger Verwirrung abgelöst wurde. „Was hast du so spät dort draußen gemacht?"

„Ich sagte, ich war in der Klinik."

„Du hast mir noch nicht gesagt, warum."

Danni konnte den fragenden Blick seiner dunklen Augen nicht mehr länger ertragen. „Ich habe ... von der Festplatte des Computers einige Dateien kopiert", erklärte sie, den Blick ins Feuer gerichtet.

„Dateien kopiert ..."

Ohne ihn anzuschauen, bedeutete ihm Danni mit einer Hand, daß er sie zu Ende anhören sollte. „Ich war noch nicht lang in der Klinik, als ich Stimmen hörte. Ich schaute aus dem Fenster und sah Penn und Mr. Green. Ich konnte nicht hören, was sie sprachen, aber ich konnte sie sehen. Und ich sah keine Spur von Verletzung bei Penn", sagte sie, und ihr Ton war hart, als sie sich Logan schließlich wieder zuwandte. „Keine Wunden, keine blauen Flecke."

Verwirrt schaute er sie an. „Irgend etwas scheint mir hier zu fehlen. Hast du zufällig erwähnt, *warum* du Dateien aus dem Computer der Kolonie kopiert hast? Und wie bist du überhaupt hineingekommen? Sie riegeln dort draußen vor Sonnenuntergang jedes Gebäude ab wie einen Tresorraum." Er hielt inne. „Was soll das alles bedeuten, Danni? Sag es mir!"

Sie griff nach einem der Hefter, die vor ihnen lagen. „Ich habe die kopierten Dateien ausgedruckt. Ich kann nicht viel daraus entnehmen, vielleicht sagen sie dir mehr als mir." Sie reichte ihm den Hefter, dann stand sie auf. Sie blieb vor dem Kamin stehen und beobachtete Logan.

„Ergibt irgend etwas davon einen Sinn für dich?" fragte sie einen Moment später.

In die Seite, die vor ihm lag, vertieft, nickte er kurz. „Dies ist offensichtlich eine Art persönliche Akte von William Kendrick. Hier ist eine Übersicht von Geldüberweisungen und ..." Er hielt inne, mit einem Finger die Spalte entlangfahrend. Dann blickte er auf zu Danni. „Jeden Monat der gleiche Betrag, überwiesen an verschiedene Banken. Das scheint auf eine Art Rente oder staatliche Unterstützung zu deuten, meinst du nicht auch?"

Danni zuckte mit den Schultern. „In anderen Akten sieht es ähnlich aus, zum Beispiel in der Datei unter dem Namen Jennings."

Logan wandte seinen Blick wieder von Danni ab und fuhr fort, die Unterlagen zu studieren.

„Jennings war der erste ‚Gast', der in der Kolonie starb", murmelte er, „jedenfalls der erste, von dem ich es weiß."

Er nahm sich einen neuen Hefter, und Danni erklärte: „Es ist eigentlich immer das gleiche. Eine Liste von Bankkonten und einige seltsame Zahlen und Symbole, die ich nicht deuten kann."

Logan sah die Akten durch, schweigend, eine nach der anderen. Gelegentlich pfiff er leise durch die Zähne oder deutete an, etwas wiederzuerkennen. Schließlich blickte er auf. „Das hier scheinen Protokolle zu sein, Versuchsprotokolle."

Danni pfiff durch die Zähne. „Welche Art von Versuchen?"

Logan nahm sich Zeit, die Hefter ordentlich übereinanderzulegen. Dann stand er auf und blieb direkt vor Danni stehen. „Drogenversuche, würde ich sagen." Seine Stimme war rauh, seine Blick ernst. „Ich glaube, du solltest mir lieber alles sagen. Was machst du mit diesen Unterlagen? Was geht hier eigentlich vor?"

Er war nicht mehr der Mann, den sie als zärtlich und oft auch als verletzlich kennengelernt hatte, er klang und erschien jetzt viel mehr wie der Sheriff. Danni wandte sich ab. „Das wird einige Zeit in Anspruch nehmen", entgegnete sie. „Du solltest dich lieber setzen."

Er faßte sie bei den Schultern und drehte ihr Gesicht zu ihm. „Sag mir", bat er, seine Augen zornig funkelnd, „sag mir die *Wahrheit*!"

17

Widerwillig nur ließ Logan Danni los. Selbst als er ihr zur Couch folgte, ließ er eine Hand auf ihrer Schulter ruhen, als wollte er sichergehen, daß sie ihm nicht entweichen konnte.

Von der Couch aus beugte sie sich nach vorn und zog einen dünnen, blauen Hefter hervor, den sie unter die anderen Unterlagen gelegt hatte. Sie nahm den Inhalt heraus, einige Visitenkarten beiseite legend, während sie Logan ein Bündel photokopierter Artikel reichte.

Von ihr auf den Inhalt des Hefters blickend, blätterte er den Stapel durch, jeden einzelnen Artikel kurz überfliegend. „Ich kenne einige davon", erklärte er, während er weiterlas.

Dann legte er die Artikel einen neben den anderen auf den Couchtisch und wandte sich Danni wieder zu. Schweigend reichte sie ihm zwei Visitenkarten; auf der einen stand *Danni St. John*, auf der anderen *D. Stuart James*.

Er betrachtete sie von allen Seiten, ehe er sich nach vorn beugte und in den Artikeln, die vor ihm lagen, die Zeilen mit dem Namen der Verfasser studierte. „Ich gebe mich geschlagen. Was hat das alles zu bedeuten?"

Danni versuchte zu lächeln, was ihr jedoch nicht gelingen wollte. Sie sah zu, wie sein Blick wiederum von den Visitenkarten zu den Artikeln wanderte. Er atmete tief durch, und jetzt sah Danni, daß er zu begreifen begann.

„Du hast sie geschrieben?" sagte er, mit dem Kopf in Richtung Tisch deutend. „Es ist eine Art Pseudonym – dieses *D.Stuart James*?"

Danni nickte, und ihr Herz krampfte sich zusammen, als sie sah, wie Zweifel und Argwohn seinen Blick umwölkten. „Es ist nur ein Name, den ich für . . . bestimmte Arten von Artikeln verwende."

„Bestimmte Arten . . . *Welche* Art von Artikeln?"

Danni schluckte und vermied es, ihn anzuschauen. „Enthüllungsberichte in erster Linie."

Er kniff die Augen zusammen, und etwas schien zu klicken. „Enthüllungsberichte", erwiderte er matt.

Wieder nickte Danni, während sie es weiterhin vermied, ihm in die Augen zu schauen. „Nachdem ich diesen Namen für meinen ersten Enthüllungsbericht gewählt hatte, beschloß ich, ihn zu behalten. Es ist eine Kombination aus dem Mädchennamen meiner Mutter und dem Vornamen meines Vaters."

„Das begreife ich nicht. Was für Zeug schreibst du denn, daß du nicht deinen richtigen Namen verwenden kannst?"

Danni seufzte. „Ich tue es, um meine Familie zu schützen — meine Mutter. Ich habe einige recht ... umstrittene Angelegenheiten ans Licht gebracht. Da wollte ich nichts riskieren."

Sie spürte seine Augen auf ihr ruhen. Als sie ihn anschaute, sah sie seine Verwirrung und seine Fragen. Doch zumindest schien er nicht zornig zu sein ... noch nicht.

Seine Augen wanderten wieder zu den Artikeln: einer befaßte sich mit den Intrigen in der Krebsklinik, ein anderer mit den Machenschaften in einer Tagesstätte für Senioren. Alle Artikel befaßten sich in der einen oder anderen Form mit Betrug — mit Machenschaften, die dem einen Zweck dienten, Unschuldige auszunutzen, deren Not und Verzweiflung sie oft zu leichten Opfern skrupelloser Menschen werden ließen.

„Das sind alles schwere Geschütze", erklärte er schließlich, während er Danni mit einem Blick ansah, den sie nicht definieren konnte. „Prekäre Angelegenheiten ... Warum tust du das?"

Danni zuckte mit den Schultern und versuchte wiederum zu lächeln. „Du kannst es mir glauben oder nicht, ich tue es, weil ich glaube, daß ich ... dazu berufen bin."

Er erwiderte nichts, offensichtlich auf weitere Erklärungen wartend. „Es gibt Leute, die gehen auf das Missionsfeld", fuhr Danni zögernd fort, „andere werden Pfarrer oder Arzt oder Seelsorger. Was mich betrifft, ... so ist meine einzige Gabe das Schreiben. Ich schätze mich wirklich glücklich, meinen Lebensunterhalt gut mit dem verdienen zu können, was mir Spaß macht." Danni hielt inne, um die rechten Worte ringend. Ihr lag soviel daran, daß er verstand, warum das so wichtig für sie war. „Aber ich wollte mehr, als nur gutes Geld zu verdienen, verstehst du das nicht. Ich wollte ... dazu beitragen, etwas zu *verändern*."

Wieder versuchte sie ein scheues Lächeln. „Daß sich etwas ändert, verstehst du, für Menschen — für die Welt. Ich wollte etwas für Gott tun, etwas, das Bestand haben würde."

Logan forschte lange in ihren Augen, bevor er endlich kurz nickte und sagte: „Okay, das kann ich verstehen. Aber wie paßt das zu dem, was du im Augenblick tust? Mit der Kolonie und diesen Dateien und ... "

Er hielt inne, und seine Augen funkelten. „Oh nein! So verrückt kannst du nicht sein!"

„Logan ..."

Er sprang auf und sah mit finsterer Miene auf sie herab. „*Darum* geht es also! Die Stelle ist nur Tarnung. Du bist auf der Jagd nach einer neuen *Geschichte!*"

„Darf ich dir erst einmal etwas *erklären* ..."

Er trat näher, sein Gesicht einer Gewitterwolke gleich. „Du *bist* verrückt! Hast du überhaupt eine Ahnung, worauf du dich hier eingelassen hast?" Er schrie sie beinahe an, während er in voller Größe vor ihr aufragte.

„Jawohl", schoß Danni zurück. „Ich *weiß* es, und deshalb bin ich hier!"

Aus Logans Augen sprach soviel Zorn, daß Danni sich am liebsten irgendwo verkrochen hätte. Doch sie zwang sich, ihm ins Gesicht zu sehen. Sie würde nicht zulassen, daß er sah, wie sie durch seine Schimpfkanonade den Tränen nahe war.

Irgendwie gelang es ihr, sachlich zu sprechen und ihre Stimme unter Kontrolle zu behalten. „Das ist mein Beruf, Logan. Das gehört zu meiner Arbeit."

„*Das gehört zu deiner Arbeit*", grollte er. „Ich nehme nicht an", fuhr er bedrohlich leise und zischend fort, „daß es dir jemals in den Sinn gekommen ist, mir von Anfang an die Wahrheit zu sagen! Diese kleine Maskerade hat dir wohl Spaß gemacht? Ein kleines Spielchen für dich, was? *Wie überliste ich meinen Sheriff*?"

Danni rang nach Atem. Die schlaflosen Nächte, kombiniert mit Logans Zorn und ihrer eigenen Anspannung überwältigten sie wie ein Sturm, der plötzlich hereinbrach. Sie sprang von der Couch auf und ihre Augen glühten. „Hör auf! Hör bloß auf!"

Er trat tatsächlich einen Schritt zurück, von ihrem Gefühlsausbruch offensichtlich überrascht.

„Bitte korrigieren Sie mich, falls ich mich irre, *Sheriff*, aber ich bin mir ziemlich sicher, daß *Sie* es waren, der sich erst gestern abend mit beredten Worten über die Gefahren der Gleichgültigkeit ereifert hat, darüber, wie man durch Nichtstun dem Bösen Vorschub leisten kann. Was sagten Sie doch? ,*Die einzige Voraussetzung für den Triumph des Bösen besteht darin, daß gute Menschen tatenlos zusehen*.' Sag, schließt das Frauen im allgemeinen aus oder nur mich?"

Um Logans Mund zuckte es, und er zog seine dunklen Augenbrauen nach oben. „Mir scheint, du möchtest etwas Bestimmtes damit sagen?" entgegnete er in einem aufreizend ruhigen Ton.

„Ich will damit sagen", stieß Danni hervor, „daß ich nur deinem Leitbild folge. Ich setzte mich mit meiner ganzen Person für meine Überzeugung ein! Aus irgendeinem Grunde scheint dich das jedoch auf den Kriegspfad gebracht zu haben. Warum erwartest du von jedem anderen außer *mir*, zu seiner Überzeugung zu stehen!"

„Weil ich bereits *eine* Frau verloren habe, die ich liebte!" grollte er zornig. „Ich bin *nicht* gewillt, danebenzustehen und zuzusehen, wie das alles noch einmal geschieht!" In dem Augenblick, wo die Worte aus ihm hervorgeschossen waren, wurde der Zorn, der gerade noch seine Züge verdunkelt hatte, von Bestürzung abgelöst.

Sie starrten einander an — alle Fassade war plötzlich zusammengebrochen, die Wahrheit endlich ausgesprochen, und ihre Widerstandskraft vollkommen erschöpft. Binnen weniger Sekunden spiegelten Logans Augen nichts anderes wider als die Realität seines Geständnisses. Danni stand einfach nur regungslos da. Er trat einen Schritt auf sie zu. Sie wich zurück ... doch nicht zu weit.

„Danni?"

Er schaute zu ihr herunter und blickte sie schmerzlich an. Sie waren einander nahe, sehr nahe, und Logan liebkoste sie mit seinen Augen, bevor er sanft ihr Kinn berührte und ihr Gesicht näher an das seine führte. Der Sanftheit, der Zärtlichkeit in seinen Augen vermochte Danni nicht mehr zu widerstehen. Sie versuchte zu lächeln, ein nichtiges Unterfangen, das sie schnell aufgab. „Nun", stieß sie hervor, „ich denke, das ist ein guter Grund."

Seine Arme schlangen sich langsam um sie und zogen sie in den sicheren Hafen seiner Wärme und Kraft. Danni versank in seiner Umarmung, und sie spürte, wie ihr Zittern mit seinem verschmolz. Dann küßte er sie, so sanft, so behutsam und mit soviel Ehrfurcht, daß Danni wußte, sie würde sich nie wieder so zerbrechlich und zugleich so geliebt fühlen wie in diesem Augenblick.

Sie lehnte ihren Kopf an seine Brust und spürte das Hämmern seines Herzens wie ein Echo ihres eigenen Herzschlags. Ein seltsames Gefühl des Glücks überkam sie. Lange verharrten sie in dieser Umarmung, und Danni betete, daß sie, was die Zukunft auch bringen würde, dieses Gefühl, die Erinnerung an diesen Augenblick für immer in ihrem Herzen bewahren durfte.

Schließlich drückte Logan seine Wange sanft gegen ihre Schläfe und küßte ihre Stirn, dann flüsterte er: „Oh Danni ... Danni, ich *liebe* dich!"

Danni spürte, wie ihr Herz voller Hoffnung Freudensprünge machte. „Logan ..." Sie hielt inne, vermochte jedoch ihre Worte nicht mehr länger zurückzuhalten. „Ich liebe dich auch. Aber ... es kam alles so schnell ..."

Sein Lächeln wurde noch herzlicher. „Eigentlich nicht", entgegnete er, „zumindest nicht für mich. Ich wußte seit dem ersten Abend, als du in die Stadt gekommen warst, daß es um mich geschehen war. Wie du in meinem Büro lagst, unter jener alten Decke zusammengerollt und mich eine volle Stunde böse angeschaut hast ..." Er schüttelte den Kopf. „Schon damals wußte ich, daß Amors Pfeil mich getroffen hatte."

Er hielt sie weiter in den Armen. „Was ich vorhin gesagt habe – wie ich dich angefahren habe ..."

Danni versuchte ihm zu sagen, daß sie ihn verstand, daß er recht hatte, zornig auf sie zu sein. Doch er brachte sie zum Schweigen, indem er sie gerade soweit losließ, um ihr sanft einen Finger auf den Mund zu legen. „Nein, ich möchte das sagen. Wir haben noch nicht ... über Teresa gesprochen. Und das müssen wir tun. Ich möchte, daß du weißt, was geschehen ist und wie es für mich war."

Er führte sie zur Couch und zog sie neben sich, einen Arm um ihre Schulter legend. „Teresa war die erste Frau, die ich je geliebt habe – die *einzige* Frau, bis ich dich kennenlernte. Sie war der erste Mensch, der *mich* je geliebt hat." Ein trauriges Lächeln huschte über sein Gesicht, und er schüttelte ein wenig den Kopf. „Sie gab mir das Gefühl, drei Meter groß zu sein. Wir waren wirklich glücklich zusammen, und es war jene Art Glück, das von *Dauer* gewesen wäre, verstehst du?"

Danni nickte. Anstelle der Eifersucht, wie sie es vielleicht erwartet hatte, empfand sie nur tiefe Trauer für ihn und für Teresa ... und für alles, was sie verloren hatten.

„Sie starb in meinen Armen", fuhr er fort, „mitten in einem Einkaufszentrum, umgeben von fremden Menschen."

Er ließ seinen Arm sinken und beugte sich auf der Couch nach vorn. Als er fortfuhr, war seine Stimme heiser, als ob die Qual seine Worte zu verschlingen drohte. „Ich konnte nichts für sie tun ... nichts, als sie in meinen Armen zu halten ... und zuzusehen, wie sie starb." Er erschauderte. „Möge es mir vergönnt sein, mich nie mehr so hilflos fühlen zu müssen wie an jenem Tag! Ich wollte *mit* ihr sterben."

Seine Schultern sanken zusammen, und Danni berührte ihn sanft. „Oh, Logan, es tut mir so leid! Ich kann mir nicht einmal vorstellen, wie es für dich gewesen sein muß!"

Er schaute sie an. „Sie war Lehrerin. Sie liebte Kinder. Wir wollten gern viele Kinder haben ... alle beide." Er hielt inne und schloß die Augen, doch nur für einen kurzen Augenblick. Plötzlich faßte er Danni bei den Schultern und hielt sie ganz fest, während er sie mit in seinen Schmerz hineinzog. „Es wurde ihr alles genommen – alles, was sie sich gewünscht hatte. Und auch mir. Sie hatte keine Chance. Aber *du hast sie*, Danni! Und das hat mich so wütend gemacht. Als ich darüber nachgedacht habe, wie du bewußt dein Leben aufs Spiel setzt ... um diese

Geschichte zu bekommen, bin ich ausgerastet. Du mußt das nicht tun. Ich bitte dich, es *nicht* zu tun!"

Erschüttert wußte Danni nicht, was sie sagen sollte ... was ihm helfen würde, sie zu verstehen.

Seine Blicke brannten sich in ihre Augen, nicht mehr voller Zorn, sondern vielmehr, so schien es, mit der verzweifelten Bitte, aufzugeben.

„Versprich mir, daß du nicht wieder in die Kolonie gehst!"

„Logan, das kann ich nicht,... ich stehe kurz vor dem Ziel. Begreifst du das nicht, ich bin dem Ziel so *nahe!*"

„*Hör mir gut zu!*" Seine Züge veränderten sich. Zornesröte trat in sein Gesicht. „*Du* bist diejenige, die nichts versteht! Ich glaube, jemand weiß über dich Bescheid, weiß, wer du bist und was du hier machst ..."

Als Danni zu protestieren versuchte, hielt er sie so fest, daß ihre Schultern beinahe schmerzten. „In dein Haus ist eingebrochen worden — zweimal. Beim letzten Mal hast du selbst zu mir gesagt, daß du glaubst, daß jemand dich und das Haus beobachtet. Und diese Artikel, die du mir gezeigt hast ..." Er warf einen Blick auf den Couchtisch. „Was ist, wenn jemand sie gesehen hat?"

Danni hatte daran nicht gedacht. Schweigend biß sie sich auf die Unterlippe, während er seinen Griff ein wenig lockerte. „Verstehst du nicht?" sagte er, leiser nun. „Du könntest echt in Gefahr schweben."

„Es gibt keinen Grund anzunehmen, daß sie mir tatsächlich *etwas antun* würden, Logan, selbst falls sie herausfinden sollten ..."

„Sie haben drei Menschen ermordet, junge Frau! Vielleicht sogar noch mehr!" Danni zuckte unter der Wucht seiner Worte zusammen.

„Ermordet?" wiederholte sie mit schwankender Stimme. „Das kannst du nicht wissen ..."

Er ließ sie los, griff hastig nach den Ausdrucken der Dateien und schob sie Danni vor die Nase. „Ich weiß es. Und jetzt kann ich es *beweisen!* Damit! Das sind Protokolle über Drogenversuche an zwei verschiedenen Personen — beide verstarben in der Kolonie. Und es gibt gewiß auch noch ein solches Protokoll für den dritten Toten, dessen bin ich gewiß. Ich muß die Unterlagen noch genauer studieren, doch ich weiß bereits, was ich finden werde, aufgrund der Drogen, die in den Protokollen erwähnt sind. Laß mich eine Vermutung anstellen — und zwar eine wohlbegründete: Kendrick und Jennings sind entweder an einer absichtlich verabreichten Überdosis gestorben, oder jemand war fahrlässig."

Danni forschte in seinem Gesicht, sah die Blässe um seinen Mund, die entschlossene Starrheit seiner Züge. „Du kannst so etwas schlußfolgern ... nur anhand der Dateien?"

Er nickte, die Unterlagen auf den Tisch zurückbefördernd. „Für mich sieht es so aus, als ob ihr verrückter Hausarzt – dieser Dr. Sutherland mit dem irren Blick – einigen älteren ‚Gästen' eine Überdosis verabreicht hat, zunächst vielleicht nur soviel, um sie kooperativ zu machen. Diese Leute sind offenbar doch nicht völlig mittellos. Eine Reihe von Schecks – Renten- und Wohlfahrtsbezüge, nehme ich an – wurden der Kolonie übertragen und das Geld bei verschiedenen Banken im gesamten Bundesstaat eingezahlt. Doch entsprechend einiger Eintragungen in diesen Dateien – für die übrigens Sutherland verantwortlich zeichnet – hat man mit gefährlichen, bewußtseinsverändernden Drogen gearbeitet. Ich brauchte die restlichen Protokolle, um es wirklich zu beweisen. Für mich sieht es ganz danach aus. Diese armen Seelen sind keines natürlichen Todes gestorben."

„Doch du brauchst noch Beweise?" bemerkte Danni, über das, was Logan eben gesagt hatte, nachdenkend.

„Und die werde ich bekommen!" Sein Ton ließ keinerlei Raum für irgendwelchen Zweifel. „Irgendwo in dieser Klinik befinden sich die Protokolle über die neuesten Versuche – und deren Ergebnisse. Ich ahne, daß dieser Sutherland verrückt genug ist, über *alles* Protokoll zu führen – über seine Erfolge und sein Versagen und was sonst noch immer." Er hielt inne, dann fügte er fest entschlossen hinzu: „Ich werde die Beweise bekommen, irgendwie. Aber ich werde sie bekommen!"

Dannis Gedanken jagten wild durcheinander. Sie war fest davon überzeugt, daß Logan recht hatte. Doch selbst, wenn es so war, bestand für ihn keine Möglichkeit, sicher in die Klinik und wieder heraus zu kommen. Seine bloße Gegenwart in der Kolonie würde als Bedrohung ausgelegt und Ra und die anderen alarmieren. Nein, es wäre in der Tat viel zu gefährlich.

Aber sie konnte an das herankommen, was Logan brauchte. Mit seltsamer Gelassenheit und Distanz dachte Danni alles genau durch. Niemand würde irgend etwas dabei finden, wenn sie Überstunden machte. Das war bei ihr schon zur Gewohnheit geworden. Ein weiterer Besuch in der Klinik würde genügen – ein einziger. Dann hätte sie den Beweis, den Logan brauchte – und den Beweis, den sie für ihren Enthüllungsbericht brauchte. Wenn Logan recht hatte . . . und das glaubte sie auch . . ., könnten sie der Kolonie den Garaus machen und Logans Unschuld rechtzeitig vor den Wahlen beweisen.

„Was immer du dir ausgedacht hast, vergiß es!" Seine Warnung riß sie aus ihren Gedanken. „Ich vertraue dem nicht."

Sie lächelte ihn an. „Kannst du auch Gedanken lesen?"

„Wie sehr ich das wünschte!" flüsterte er. „Danni, gib mir dein Wort, daß du keine Dummheiten machst!"

Danni biß sich auf die Unterlippe und schaute weg.

Seine Hand auf ihren Arm legend, drehte er sie zu sich zurück. „Versprich es mir!" drängte er stirnrunzelnd.

Danni zögerte nur einen kurzen Augenblick. „Ich werde nichts Törichtes tun", versicherte sie ihm aufrichtigen Herzens.

Und das würde sie auch nicht. Sie würde vorsichtig sein, äußerst vorsichtig — angesichts dessen, was sie heute abend erfahren hatte. Dennoch würde sie tun, was getan werden mußte, für ihren Artikel ... aber in erster Linie für Logan.

Sie wußte, daß sie keine andere Wahl mehr hatte.

18

Eine Viertelstunde, nachdem Logan gegangen war, ging Danni noch immer unruhig im Zimmer auf und ab und versuchte zu entscheiden, wie sie genau vorgehen – und wann sie es tun sollte. Tief in ihrem Inneren wußte sie jedoch, daß sie bereits ihre Entscheidung getroffen hatte. Ihre Tarnung konnte jeden Augenblick auffliegen, und dann stünde sie mit leeren Händen da, ohne den Enthüllungsbericht und jeglicher Möglichkeit beraubt, Logan zu helfen, seine Unschuld zu beweisen. Es stand zu viel auf dem Spiel, zu viel konnte schiefgehen. Sie mußte es tun – heute nacht.

Zuerst würde sie in ihr Büro gehen, das Licht einschalten und einige Unterlagen auf dem Schreibtisch verstreuen, so daß es aussah, als hätte sie gearbeitet.

Was aber, wenn jemand sie so spät auf dem Gelände der Kolonie entdeckte? Dann konnte sie immer erklären, daß sie erst einmal nach Hause gegangen war, um ein wenig auszuruhen, und nun noch einmal weiterarbeiten wollte.

Doch was sollte sie tun, falls in der Zwischenzeit einer der Pfleger das offene Fenster entdeckt und verriegelt hatte? Es war ja die einzige Möglichkeit für sie, in die Klinik zu gelangen.

Immer mehr Fragen kamen ihr in den Sinn, doch jede wurde von der Gewißheit vertrieben, daß sie es einfach tun mußte. *Oh, lieber Herr, du weißt, daß ich das nicht allein schaffen werde ... Wenn ich nicht weiß, daß du mit mir gehst, werde ich bestimmt die Nerven verlieren. Bitte geleite mich sicher durch diese Nacht, um deines Namens ... und um Logans willen ...*

* * *

Etwa eine Stunde später war Danni wieder zuversichtlicher geworden, größtenteils zumindest. In ihrem Büro waren die volle Beleuchtung und auch der Computer eingeschaltet. Geöffnet war eine Datei mit Werbevorschlägen, an denen sie derzeit arbeitete. Auf ihrem Schreibtisch herrschte genug Durcheinander, um vorzutäuschen, daß sie einige Zeit gearbeitet hatte.

Falls sich jemand über ihre Anwesenheit zu so später Stunde gewundert haben sollte, dann wäre er bereits aufgetaucht. Es gab keinen Grund, noch länger zu zögern. Sie schlüpfte in ihre Jeansjacke, das beklemmende Gefühl in ihrer Brust und das Zittern ihrer Hände bewußt ignorierend.

Die Sperrstunde war längst überschritten, und so war keine Menschenseele auf dem Gelände zu entdecken. Dennoch war Danni dankbar, daß dicke Wolken die Nacht in dunkle Schatten hüllten. Auf dem Weg zum Klinikgebäude jagten ihre Gedanken wie wild durcheinander. Sie betete, daß das Fenster noch offen war, daß sie die Unterlagen erkennen würde, die Logan brauchte, wenn sie sie fand, daß ...

Hör auf damit! Sie holte tief Luft, ihre Umgebung sorgfältig musternd, bevor sie die Abfalltonne unter das Fenster stellte und sich hochzog.

Alles wiederholte sich wie beim letzten Mal. Erleichtert, das Fenster noch offen zu finden, sprang sie wie eine Katze zu Boden. Schnell überflogen ihre Augen das Untersuchungszimmer, bevor sie das Wartezimmer nebenan inspizierte. Die Zimmer waren leer — bis auf die gewohnten Einrichtungsgegenstände.

Sie verlor keine Zeit und begab sich zum Computer. Während sie wartete, bis der Computer sich hochgeladen hatte, trommelten ihre Finger auf der Tischplatte. Ihre Hände waren so klamm, daß ihre Finger ihr kaum gehorchten, als sie das Paßwort eintippte. Das Menü erschien, und ihre Augen überflogen die Liste der angezeigten Dateien. Außer der bereits kopierten „Gäste"-Datei konnte sie nichts Aufschlußreiches entdecken.

Ungeduldig ließ sie das Inhaltsverzeichnis noch einmal durchlaufen, und ihr Puls begann zu rasen, als sie die Worte las: *Ältere Gäste — Entaktiviert.* Sie kennzeichnete die Datei und fragte sich, wie sie das beim letzten Mal übersehen konnte.

Plötzlich zuckte sie zusammen, als sie draußen ein Klirren vernahm, und schaltete den Monitor zurück, so daß das Licht sie nicht verriet. Sie hielt den Atem an, stand auf und ging auf Zehenspitzen zum Fenster. Sie streckte sich und versuchte nach draußen zu spähen, ohne daß jemand sie sehen konnte.

Es war nichts zu sehen. Nachdem sie noch einige Sekunden gewartet hatte, schlich sie, die Taschenlampe zu Boden gerichtet, zum Wartezimmer, um durch die Eingangstür zu spähen.

Als sie auch hier nichts entdecken konnte, eilte sie schließlich zum Computer zurück und stellte den Monitor wieder an. Sie zögerte nicht länger, sondern öffnete sofort die markierte Datei. Während sie eine Namensliste durchlaufen ließ, wußte sie binnen von Sekunden, was sie vor sich hatte: *Kendrick, Jennings* und *Tiergard* erschienen auf dem Bildschirm. Natürlich! Man hatte diese Dateien „entaktiviert", weil diese Männer alle tot waren.

Hastig ließ sie Seite um Seite detaillierter Aufzeichnungen zu jedem der Männer über den Bildschirm laufen, von denen einige verschleierte, medizinische Fachbegriffe enthielten. Eine Reihe von Eintragungen, die mit Datum versehen waren, enthielten offenbar geheimnisvolle Hinweise auf verordnete Medikamente, einschließlich deren Dosierung. Dannis Hände zitterten, als sie die leere Diskette aus der Handtasche nahm. Sie legte sie ein und kopierte das Dokument. Sofort, nachdem der Kopiervorgang beendet war, steckte sie die Diskette in ein Geheimfach auf dem Boden ihrer Handtasche, beendete das Programm und verließ das Gebäude auf demselben Weg, wie sie es betreten hatte.

Im Sturmschritt eilte sie zu ihrem Büro und ließ sich in ihren Schreibtischsessel sinken. Vollkommen erschöpft, zitterte sie am ganzen Körper. Sie begann, schwer und unregelmäßig zu atmen und nahm deshalb vorsichtshalber ihre Asthmamedikamente aus der Tasche und legte sie griffbereit auf den Schreibtisch. Dann setzte sie sich auf und versuchte, ihre Atmung soweit unter Kontrolle zu bekommen, daß sie die Kolonie verlassen konnte — ein letztes Mal.

Der enorme Druck, dem sie während der letzten Monate ausgesetzt war, begann bereits ein wenig von ihr zu weichen. Allein die Tatsache, daß sie nicht mehr in diese Höhle der Korruption zurückmußte, bedeutete ein gewisses Maß an Erleichterung für sie. Nach dem heutigen Abend dürfte sie genug zusammengetragen haben, um mit dem Enthüllungsbericht beginnen zu können. Und wenn sich die Diskette in ihrer Handtasche als so informativ erwies, wie sie glaubte, könnte sie auch Logan helfen, seine Unschuld zu beweisen.

Bei einem flüchtigen Gedanken an Add, ihren jungen Assistenten mit dem gequälten Blick, empfand sie tiefes Bedauern. Sie hatte den Jungen lieben gelernt und wünschte, sie hätte mehr Zeit gehabt für ihn, mehr Gelegenheiten, wo sie versuchen konnte, ihm zu helfen. Vielleicht stünde er, wenn das alles hier vorüber war und er die Wahrheit über Ra und die Kolonie erfahren hatte, einem anderen, einem neuen Leben aufgeschlossener gegenüber.

Als das Zittern endlich nachzulassen begann, sammelte Danni einige persönliche Dinge aus ihrem Schreibtisch zusammen, um sie planlos in ihrer Aktentasche zu verstauen. Erst ganz zum Schluß schaltete sie ihren Computer ab, bevor sie mit einer Geste, die zur Gewohnheit geworden war, die Papiere ordnete, die auf dem Tisch verstreut lagen.

Noch einmal schweifte ihr Blick durch den Raum, voll grimmiger

Genugtuung, daß dies der *letzte* sein würde. Mit dem Rücken zur Tür wollte sie gerade das Licht ausschalten, als eine Stimme hinter ihr sie zu Tode erschreckte. „Schon wieder Überstunden, Schwester?" Danni nahm alle ihre Kraft zusammen, um sich zur Ruhe zu zwingen. Ruckartig wandte sie sich um – und sah Ra in der Tür stehen. Er trat ein, gefolgt von Penn und dem größeren der beiden Pfleger, die in der Klinik arbeiteten. Als die drei sich ihr näherten, trat Danni einen Schritt zurück. Sie erkannte sofort, daß ihre einzige Chance darin bestand, Haltung zu bewahren und die Fassung nicht zu verlieren. Dies war offensichtlich kein Freundschaftsbesuch.

„Sie haben mich ertappt", entgegnete Danni, betont gleichmütig. „Ich habe heute nachmittag ein paar Stunden freigenommen, um mich auszuruhen, jetzt mache ich es wieder gut." Dannis Lächeln war so zerbrechlich wie Glas, doch sie zwang sich, es auch nicht einen Augenblick wanken zu lassen.

„Wie lobenswert", bemerkte Ra aalglatt und erwiderte ihr Lächeln. Er kam noch weiter auf sie zu, und seine lange, weiße Robe raschelte über den Fußboden.

„Wissen Sie, Schwester", säuselte er, eine Hand ausstreckend, den Handteller nach oben gerichtet, „Sie sind zweifellos die aufopferungsvollste und fleißigste Angestellte, die ich jemals hatte."

Er war inzwischen nahe genug, daß Danni erkennen konnte, wie seine Augen im Gegensatz zu seinem freundlichen, besorgten Ton unheilverkündend funkelten. „Das läßt Ihre – Ablösung – um so bedauerlicher erscheinen!"

Sie gab sich nicht geschlagen. „Meine Ablösung?" erklärte sie, während sie ihn kalt und ruhig ansah.

Eingerahmt von Penn, dessen Gesicht einer unheimlichen Maske glich, und dem Pfleger, der ihr die Aspirintabletten gegeben hatte, stand Ra vor ihr, offenbar mit kühl berechnender Neugier in ihrem Gesicht forschend. „Lassen Sie mich das korrigieren, Schwester. Eigentlich ist es *D. Stuart James*, die wir ablösen, nicht wahr?"

Das Hämmern in Dannis Kopf wurde immer stärker. Sie befeuchtete ihre Lippen. „Ich fürchte, ich verstehe nicht ..."

„Oh, ich glaube, Sie verstehen sehr gut", gab Ra zurück, sein Ton unverkennbar drohend. „Einem scharfen, kleinen Spürhund wie Ihnen entgeht gewiß kaum etwas!"

Danni wußte, daß es keinen Zweck mehr hatte, weiter zu leugnen. Widerwillig mußte sie sich eingestehen, daß sie erkannt war. Dennoch unternahm sie noch einen Versuch. „Sehen Sie, ich bin wirklich müde", erklärte sie bestimmt, im Begriff, Ra und seinen Handlangern auszuweichen. „Wenn Sie nichts dagegen haben, dann mache ich für heute Schluß und ..."

Er packte sie so abrupt und derart brutal am Genick, daß Danni aufschrie. „Sparen Sie sich das", knurrte er, und die sonst ruhige, süßliche Stimme des *Erleuchteten Meisters* nahm plötzlich einen rauhen Ton an. „Wir werden heute Schluß machen, okay, aber nicht so, wie Sie sich das vorgestellt haben." Damit nickte er dem Pfleger kurz zu: „Bringen Sie sie in die Klinik!"

„Nein!" schrie Danni und versuchte, sich zu befreien. Doch der große Pfleger mit dem versteinerten Gesicht übernahm sie mühelos von Ra, indem er seine dicken Arme um ihre Hüfte legte und sie halb aus dem Zimmer zog, während Ra und Penn ihnen folgten.

Danni wehrte sich und begann aus Leibeskräften zu schreien. Sie hielten inne, doch nur für einen kurzen Augenblick.

„Bring Sie zum Schweigen!" zischte Ra. Der Pfleger preßte eine große Hand auf Dannis Mund, während er sie mit der anderen weiter sicher im Griff hatte.

Ihre Lungen rebellierten, sie hustete und rang nach Atem. Das genügte, um den Pfleger abzulenken, so daß er einen Augenblick regungslos stehenblieb. Sie holte tief Luft, dann noch einmal, bis sie erleichtert aufatmete, während kostbare Luft in ihre Lungen strömte. Krampfhaft versuchte sie sich an das zu erinnern, was sie in Logans Karatekurs gelernt hatte.

Dann biß sie den Pfleger in seine fleischige Hand. Verdutzt schrie er auf und lockerte seinen Griff. Es gelang ihr, sich aus seinem Arm zu befreien, den er um ihre Taille geschlungen hatte. Gleichzeitig versetzte sie ihm mit dem Ellenbogen einen derart scharfen Stoß, daß er nach Atem rang.

Doch er war ein großer, stämmiger Mann, und Danni war zu zart – und zu unerfahren –, um die Oberhand zu behalten. Der Pfleger hatte sich schnell wieder gefangen und nahm Danni noch fester in seinen Griff, während er sie durch die Tür des Bürogebäudes schob und brutal den ganzen Weg bis zur Klinik zerrte.

19

Als Danni durch die Tür der Klinik in das grelle Licht des Untersuchungszimmers gestoßen wurde, war sie einem Zusammenbruch so nahe wie noch nie zuvor in ihrem Leben. In dem Augenblick begegnete sie dem starren Blick von Dr. Sutherland.

Diesen Mann fürchtete sie noch mehr als Ra, und mit beiden gleichzeitig in einem Zimmer gefangen zu sein, war für sie die bisher schrecklichste, hoffnungsloseste Situation ihres Lebens.

Erstarrt sah Danni den Arzt voll kalter Angst an. In einem schmutzigen Laborkittel stand er da und schaute auf sie herab. Die Hände vor dem Bauch verschränkt, wirkte er widerlich gefaßt.

Er verzog den Mund zu einem frostigen Lächeln. „Bitte, hilf ihr auf den Untersuchungstisch, Curtis!"

Dannis Herz begann wie verrückt zu rasen, hämmerte so wild gegen ihren Brustkorb, daß sie glaubte, er müsse zerspringen. Dennoch gelang es ihr, den Pfleger anzufahren. „Nehmen Sie Ihre Hände weg von mir!" schrie sie, während sie sich seinem festen Griff zu entziehen versuchte.

Flink schob sich Ra zwischen Danni und den Arzt. „Nun, Miss St. John — *St. John*, nicht wahr — und nicht *D. Stuart James*? Das alles wird viel leichter für Sie sein, wenn Sie sich einfach kooperativ zeigen", erklärte er gespielt nachsichtig. Noch nie hatte sich Danni sehnlicher gewünscht, jemandem eine Ohrfeige zu verabreichen, als in diesem Moment.

„Niemand wird Ihnen etwas zuleide tun", fuhr er fort, wobei sein wohlwollendes Lächeln Danni nur noch mehr in Rage brachte. „Schließlich gehören Sie jetzt zu unserer *Familie.*"

Kalt und betäubend wurde Danni die Bedeutung seiner Worte bewußt. „Wovon reden Sie?"

Den Kopf leicht zur Seite geneigt, die Augenbrauen nach oben gezogen, riß er die Augen in gespielter Überraschung weit auf. „Nun, Schwester, Sie haben es doch nicht vergessen, nicht wahr?"

Als Danni ihn schweigend anstarrte, streckte er seine Hand aus und berührte ihre Schulter. Unwillkürlich zuckte sie zusammen. „Sie *haben* es vergessen! Meine Güte, die jungen Leute von heute *verblüffen* mich einfach mit ihrer Gedankenlosigkeit. Erst vor wenigen Stunden haben Sie erklärt, daß Sie sich von Ihrem alten Leben lösen und sich unserer Familie hier in der Kolonie anschließen möchten." Dabei verstärkte er seinen Druck auf ihre Schulter.

Danni schaute in die böse funkelnden Augen und erlebte dabei das furchtbarste Grauen, das sie je hatte durchstehen müssen. „Ich weiß nicht, wovon sie reden!" schoß sie zurück.

Er lächelte weiter sein falsches, freundliches Lächeln, während er seine Hand von Dannis Schulter zu ihrer Wange führte und sie streichelte. Wieder fuhr Danni zusammen. „Nun, seien Sie völlig unbesorgt, Schwester. Das einzige, was Sie in den nächsten Stunden tun müssen, ist, die Ruhe zu finden, die Sie so dringend nötig haben. Alles andere im Zusammenhang mit Ihrer Aufnahme in unsere Familie werden wir erledigen."

Ein furchtbarer, dunkler Verdacht schoß Danni durch den Kopf. „Ich *brauche* keine Ruhe", stieß sie hervor.

„Nun, Schwester, wir haben uns viel Sorgen um Sie gemacht." Ra tat so, als betrachtete er sie besorgt. „Wir wissen alle, wie viele Überstunden Sie in letzter Zeit gemacht haben, wie Sie dabei über Ihre Kräfte gegangen sind." Er schnalzte mit der Zunge. „Ich habe Ihnen schon einmal gesagt, daß Ihre Opferbereitschaft lobenswert ist, Sie aber einfach besser auf sich aufpassen müssen. Also nun", erklärte er bestimmt, „lassen Sie sich von Curtis auf den Untersuchungstisch helfen. Der Doktor wird Ihnen nur ein kleines Mittelchen verabreichen, das Ihre Nerven beruhigt und Sie zur Ruhe finden läßt."

Danni geriet in Panik, versuchte sich zu befreien. Doch der Pfleger war stärker, so daß sie nichts ausrichten konnte. „Sie sind verrückt!" schrie sie Ra an. „Sie meinen doch nicht etwa im Ernst, daß Sie ungestraft davonkommen!"

Ihr Wutausbruch fand ein schnelles Ende, indem der Pfleger ihr seine Hand auf den Mund legte. „Legt sie auf den Tisch", ordnete Ra mit einem kurzen Nicken in scharfem Ton an. „Und sorgt dafür, daß sie dort *bleibt!*"

Entsetzt merkte Danni, daß sie hochgehoben und durch das Zimmer getragen wurde, als sei sie ein Kind. Der Pfleger legte sie auf einen der mit weißem Leinen bezogenen Untersuchungstische, wobei er ihre Hände und Füße sofort mit dicken Stoffbändern an dem Gestell festband.

In ihrer panischen Angst nahm sie nur Bruchteile von dem wahr, was jetzt mit ihr geschah. Irgendwie hatte sie das Gefühl, daß ein Videofilm in rasendem Tempo vor ihren Augen ablief und sie verzweifelt nach dem Knopf suchte, um ihn abschalten zu können.

Es überraschte sie nicht, als sie zu keuchen begann. Zunächst war es nicht mehr als eine leichte Atemnot als Vorwarnung. Sie versuchte, die Kontrolle über ihren Körper zu behalten, doch eine schwache, stumme Bitte um Hilfe war alles, was sie noch zustandebringen konnte.

Vage nahm sie noch wahr, wie Ra Penn befahl, in ihrem Büro zu suchen. Als sie immer mehr nach Atem rang, sah Danni, wie der Arzt sich umwandte und zu ihr kam.

Auch Ra beobachtete sie abschätzend, die Augen zusammengekniffen. „Was ist los mit ihr?"

Sutherland untersuchte sie mit dem Gefühl eines Fleischers, der gerade eine Rinderhälfte begutachtete. „Sie leidet offensichtlich an Asthma." Er hielt inne, dann fügte er hinzu: „Stress führt oft zu einem Anfall."

Als Danni hörte, wie die Tür aufging, drehte sie ihren Kopf auf die andere Seite. Sie spürte plötzlich Hoffnung in sich aufsteigen. Zunächst hatte sie nur die Uniform gesehen. Sie schloß die Augen, um gegen die heißen Tränen der Erleichterung anzukämpfen. *Logan!*

Als sie jedoch ihre Augen öffnete, sah sie, daß die Uniform nicht zu Logan gehörte, sondern zu Philip Rider. Trotzdem, er war sein Hilfssheriff, tröstete sie sich. Logan würde vermutlich jeden Augenblick hinter ihm erscheinen ...

Und dann sah sie, wie Rider Ra schnell einen vielsagenden Blick zuwarf, ein Blick, der sich schnell in ein träges, verächtliches Lächeln verwandelte, während er zu ihr trat. Sie konnte kaum fassen, was sie sah, und ihr wurde übel, als sie ihren Irrtum erkennen mußte. In einer Hand hielt Rider die Diskette, die sie vom Computer der Kolonie kopiert hatte. In der anderen, die er jetzt wie zum Gruß erhob, hielt er ihre Asthmamedizin, die sie auf ihrem Schreibtisch vergessen hatte.

„Ich glaube, das hier ist es, was die Dame braucht", erklärte er betont langsam, während er die Medizin in einem spöttischen Spiel hin und her schwenkte.

Kalte Angst drohte Danni wieder zu überwältigen. Sie schüttelte den Kopf, als könnte sie den Alptraum abstreifen, doch nichts geschah. Die drei — Rider, der Doktor und Ra — standen um den Tisch herum, der sie gefangenhielt, und diskutierten über sie, ihre Gegenwart scheinbar völlig ignorierend. Der riesige Lichtkegel über ihr schien zu schrumpfen und die Stimmen um sie herum leiser zu werden. Danni spürte, wie ihr Sauerstoff fehlte, wußte, daß sie jetzt jeden Moment bewußtlos werden würde. Plötzlich sah sie in Gedanken Logans Gesicht vor sich, seinen besorgten Blick, als sie sich zuletzt gesehen hatten. *Oh, Logan ... warum habe ich nicht auf dich gehört ... du hast versucht, mich zu warnen ...*

Irgendwie, aus der Tiefe, in die sie zu versinken drohte, sah sie, wie der Spott auf Riders Gesicht sich in Verachtung verwandelte. „Sie haben uns eine Menge Ärger gebracht, Miss St. John." Über sie hinweg reichte er dem Arzt die Medizin. „Geben Sie ihr, was sie braucht!" sagte er zu

Sutherland. „Dann stellen Sie sie für den Rest der Nacht ruhig. Ich brauche einige Zeit, um mich in ihrem Haus umzusehen."

Er ging zur Tür, dann wandte er sich noch einmal um. „Ihr darf nichts passieren . . . noch nicht", warnte er die anderen. „Nicht, ehe sie noch einige Fragen beantwortet hat. Stellt sie einfach nur ruhig."

Mit einem spöttischen Lachen ließ er seine Augen über Danni gleiten. „Du hast dich mit dem falschen Bullen eingelassen, Liebling", sagte er leise. „Ich hätte dir etwas Besseres bieten können als mein Cousin Logan."

Während Philip Rider aus dem Zimmer stolzierte, verabreichte Sutherland ihr gerade soviel von ihrer Medizin, daß sie wieder normal atmen konnte. Doch die Erleichterung war nur von kurzer Dauer, denn wenige Minuten später nahm Sutherland eine Injektionsspritze aus dem Schrank und trat zu ihr. Das letzte, was Danni wahrnahm, bevor eine warme Dunkelheit sie aufnahm, war, daß Sutherlands Hände noch heftiger zitterten als ihre.

20

Auf der anderen Seite des Zimmers spielte jemand eine Kassette in falscher Geschwindigkeit ab. Gleichzeitig schwangen die verzerrten Stimmen genau synchron mit den langsamen Bewegungen des weißen, kreisförmigen Lichts über ihr.

Benommen wunderte sich Danni, weshalb ihr Kopf so schwer war und ihre Schläfen bei der kleinsten Bewegung schmerzten. Auch in der Magengegend regte sich ein unheilvolles Gefühl. Sie fühlte sich schwach, zu schwach, um ihre Augen offen zu halten, und wünschte zu schlafen. Aber nein, sie mußte wach bleiben, mußte ihre Augen offen halten und auf der Hut sein. Sie mußte auf das Band hören . . . die Stimmen auf dem Band sprachen von ihr. Und es war ein Arzt da . . . warum? War sie krank? Hatte Logan einen Arzt gerufen?

Logan . . . wo war Logan?

„Logan?"

In dem Moment, als sie den Namen aussprach, erschienen Reverend Ra und der Doktor an ihrer Seite. Dann sah sie auch noch einen anderen Mann, einen großen, stämmigen Mann, der auf einem Stuhl hockte.

Der Pfleger!

Der Nebel, der ihr Gehirn umwölkte, begann sich zu lichten, wurde jedoch von einem bohrenden Schmerz abgelöst. Doch konnte sie wieder klarer sehen, und ihr Kopf fühlte sich nicht mehr so schwer, so benommen . . .

„Was hat sie gesagt?"

„Sie ruft nach ihrem Freund, McGarey."

Ra klang zornig. Er spie Logans Namen förmlich aus, als sei er giftig.

„Wann kommt Rider zurück? Sie kommt wieder zu sich. Soll ich sie noch einmal ruhigstellen?"

Dr. Sutherland . . . was hatte er hier zu suchen? Der Mann machte ihr Angst . . . irgend etwas stimmte nicht mit ihm, etwas, das sehr gefährlich werden konnte . . .

„Nein, lassen Sie sie zu sich kommen. Rider will sie bei klaren Sinnen haben, um ihr Fragen zu stellen. Er sagte, er sei vor Mittag zurück. Sie bleibt festgebunden und geht nirgendwo hin."

Plötzlich schlug die Erinnerung an das, was mit ihr geschehen war, wie eine tosende Woge über Danni zusammen. Sie rang nach Atem, und irgendwie gelang es ihr, nicht laut aufzuschreien, als sie sich wieder voll ihrer Lage bewußt wurde. Sie schloß die Augen. *Sie hatten ihr Drogen*

gegeben . . . sie durfte ihnen nicht zeigen, daß ihr Kopf wieder klar war . . .
sie mußte denken . . . durfte sich nicht von Angst gefangennehmen lassen,
sie mußte ruhig bleiben . . .

„Schau, Milo, ich glaube nicht . . .“

„Du weißt, daß du mich hier nicht so nennen darfst!“

„Entschuldigung“, murmelte der Doktor schuldbewußt. „Was hast du
mit ihr vor?“

„Wie oft muß ich dir das noch erklären!“ Ras Stimme war barsch und
vor Ungeduld gereizt. „Du wirst noch genauso zum Idioten wie die
anderen! Ich warne dich, Viktor, laß die Hände von dem Zeug! Du nützt
mir nichts, wenn du nicht ordentlich arbeiten kannst!“

Seine Worte enthielten eine unmißverständliche Drohung. Danni
wußte bereits von der Verbindung der beiden Männer, wo sie begonnen
und warum sie sich zusammengetan hatten. Sie hatte jedoch nicht
gewußt, daß Sutherland Drogen nahm, bis jetzt nicht.

Danni hörte, wie der Doktor zustimmend etwas murmelte, bevor Ra
fortfuhr, diesmal in einem milderen Ton. „Sobald Rider mit ihr fertig ist,
kannst du ihr den Stoff spritzen, den du auch für die anderen verwendest.
So wird sie einfach mit dem Rest der Gruppe verschmelzen. Ich habe die
Absicht, sie, solange sie noch zu gebrauchen ist, für die Zeitung arbeiten
zu lassen. Es kann unserem Image nichts schaden, wenn eine ehemals
christliche Journalistin *ihre* Religion für *unsere* aufgegeben hat.“ Er hielt
inne, dann fügte er hämisch lachend hinzu: „Wir werden von ihr einen
brillanten Artikel zugunsten von Hilliards Wahl zum Sheriff bekommen!“

Übelkeit würgte Danni. *Man müßte sie vorher umbringen!*

Nur mit äußerster Willenskraft gelang es ihr, die Nerven zu behalten.
Entschlossen, sie nicht wissen zu lassen, daß sie bei vollem Bewußtsein
war, zwang sie sich, die Augen zu schließen.

„. . . und achte peinlich darauf, daß es bei ihr zu keinerlei *Zwischenfäl-
len* kommt, Victor!“

Der Doktor antwortete bedrückt: „Ich habe dir doch gesagt, daß es
nicht meine Schuld war! Ich wußte nicht, daß sie noch andere Medikamente nahmen . . .“

„Ach, laß das! Ich möchte nur, daß du diesmal genau weißt, was du
tust!“

Angst drohte Danni zu überwältigen, doch sie preßte die Zähne
zusammen und betete um Hilfe.

Als sie hörte, wie eine Tür ins Schloß fiel, öffnete sie die Augen und sah
Add. Der Junge betrat das Untersuchungszimmer, von dem Doktor und

dem Pfleger zu Ra blickend, bevor seine Augen zu Danni auf dem Untersuchungstisch wanderten. Die Augen vor Erstaunen weit aufgerissen,
trat er zu ihr. „Miss St. John! Was ist los mit Ihnen? Was ist passiert?"
Danni sah, wie Sutherland den Jungen am Arm faßte, um ihn zurückzuhalten. „Sie ist sehr krank. Du hast hier nichts verloren!"

In diesem Augenblick trat Ra dazwischen, in seine Rolle als *Erleuchteter Meister* schlüpfend. „Es wird ihr bald wieder gutgehen, Bruder Add.
Doch sie hat im Augenblick ärztliche Hilfe *dringend* nötig. Unsere junge
Schwester hat leider noch nicht gelernt, ihre Kräfte richtig einzuteilen. So
ist sie durch ihre aufopferungsvolle Arbeit für den *Standard* erst einmal
völlig erschöpft." Eine Hand auf die Schulter des jungen Mannes legend,
flüsterte er vertraulich: „Ich fürchte, sie steht kurz vor einem körperli-
chen, vielleicht sogar emotionalen Zusammenbruch. Dr. Sutherland
wird sich persönlich um sie kümmern. Du weißt, daß wir uns, was die
Zeitung betrifft, ganz auf dich verlassen müssen, solange sie krank ist.
Wir *können* doch auf dich zählen, nicht wahr, mein Sohn?"

Besorgt blickte Add von seinem Leiter zu Danni. „Natürlich können
Sie auf mich zählen, Reverend Ra. Ich werde tun, was ich kann."

Danni atmete tief durch und versuchte, ihren Kopf anzuheben. *„Add!
Hilf mir!"*

Beunruhigt schaute der Junge sie an.

„Sie halten mich gegen meinen Willen hier fest, Add! Sie haben mir
Drogen gegeben! Ruf Sheriff McGarey an, Add! *Schnell!*"

Den anderen den Rücken zugewandt, beugte sich Sutherland über
Danni. Sein Gesicht nur wenige Zentimeter von ihrem entfernt, drohte
er ihr zähneknirschend: „Wenn Sie nicht sofort den Mund halten, gebe
ich Ihnen eine Spritze, von der Sie *nie* wieder erwachen!"

Add warf einen ängstlichen Blick in ihre Richtung, bevor er sich in
gedämpftem Ton an Reverend Ra wandte. „Reverend Ra, ich wollte Dr.
Sutherland sprechen und ihn fragen, was ich mit einem Obdachlosen
machen soll, den ich heute morgen mit unserem Kleinbus aufgelesen habe."

„Ein Obdachloser, mein Junge?"

„Ja, ein älterer Mann. Er stand als Tramper am Highway 72, als ich
heute morgen zum Tanken in die Stadt fuhr. Er fiel mir beinahe vor den
Wagen. Er ist entweder krank oder betrunken — ich weiß nicht genau,
was von beiden."

Ra schnalzte teilnahmsvoll mit der Zunge. „Natürlich müssen wir uns
um ihn kümmern. Wo ist er jetzt?"

„Im Wagen, auf dem Parkplatz. Er ist bei Bewußtsein, doch scheint er
irgendwie im Delirium zu sein oder etwas ähnliches."

„Nun, du brauchst Hilfe." Ra wandte sich zu dem Pfleger um und winkte ihn von seinem Posten am Untersuchungstisch heran. „Dieser junge Mann braucht Unterstützung wegen eines ‚Gastes', der sich in unserem Bus auf dem Parkplatz befindet, Curtis. Würdest du ihn bitte begleiten? Bringt den armen Mann herein, so daß Dr. Sutherland sich um ihn kümmern kann."

Bevor Add, gefolgt von dem Pfleger, das Zimmer verließ, rief Danni noch einmal seinen Namen. Doch der Junge reagierte nicht.

Als die Tür wieder aufging, blieb Danni, still und regungslos zur Decke starrend, liegen. Erst als sie hörte, wie Ra brummte: „Es wird aber auch Zeit", drehte sie sich zur Seite, um zu sehen, wer das Zimmer betreten hatte. Sie erschreckte, als sie Philip Rider sah.

Er kam geradewegs auf sie zu, ein grimmiges Lächeln auf dem Gesicht. „Sie waren *sehr* fleißig, kleine Dame", erklärte er, während er Dannis Diktiergerät aus der Jackentasche hervorzog.

Er betrachtete sie mit einem zynischen Blick. „Ich muß zugeben, daß Sie mehr als Nerven bewiesen haben." Jetzt sah Danni, daß er den Hefter mit den Artikelkopien und Visitenkarten unter dem Arm trug, die sie als *D. Stuart James* identifizierten. Rider reichte Ra den Hefter.

„Das könnte Sie vielleicht interessieren, Reverend", erklärte er gewandt. „Ihre neue Redakteurin hatte vermutlich ehrgeizige Pläne mit Ihnen. Es würde mich nicht überraschen, wenn ihr Ziel darin bestanden hätte, Ihnen das Geschäft zu verderben."

Ra trat an den Untersuchungstisch. „Ich weiß das alles", entgegnete er gereizt.

Riders Stimme wurde härter. „Dann wissen Sie auch, daß sie bald wieder in Florida nicht existierende Grundstücke verkaufen werden, wenn wir uns nicht um sie kümmern, und zwar so schnell wie möglich."

„Also, hören Sie, Rider ..."

Die aalglatte Stimme des Hilfssheriffs explodierte wie ein Schuß. „Nein, jetzt hören Sie mir zu! Dieses kleine Dixiegirl hier hat genug Informationen, um Sie hinter Gitter zu bringen." Zornig blitzte er Sutherland an. „Dank der rührseligen Laborberichte von Dr. Frankenstein weiß sie über Kendrick und die anderen Bescheid. Und", fuhr er nach einer kleinen Pause fort, die seinen Worten Nachdruck verleihen sollte, „sie besitzt auch Kopien von den monatlichen Banküberweisungen."

„Woher wissen Sie das?"

Rider zog ein zusammengeknülltes Stück Papier aus der Mappe. „Sie hat offensichtlich Computerdaten kopiert. Hier ist ihr persönlicher Ausdruck." Damit überreichte er Ra das Papier.

Danni zuckte zusammen, als sie die Wut in Ras Gesicht sah, nachdem er das Papier überflogen hatte. Er beugte sich über sie, sein Gesicht zu einer häßlichen, zornroten Fratze entstellt. „Sie kleines ..."

Rider streckte eine Hand aus, um ihn zurückzupfeifen. „Sparen Sie sich Ihre berechtigte Wut. Es ist ein bißchen spät dafür. Die Kleine bringt uns Ärger — echten Ärger. Sie werden sich um Sie kümmern müssen, je früher, um so besser.

Was mir jedoch noch mehr Sorgen macht, ist, daß ich nicht weiß, wieviel sie diesem meinem widerspenstigen Cousin erzählt hat."

„McGarey?" Zum ersten Mal, seitdem sie diesem Mann begegnet war, entdeckte Danni eine Andeutung von Angst in Ras Gesicht.

Rider nickte. „Sie scheinen etwas auszuhecken. Ich habe das ungute Gefühl, daß Logan genausoviel weiß wie sie." Er wandte sich wieder Danni zu. „Nun, wie ist es, Sie halbe Person? Stimmt das?"

Danni zögerte, ehe sie den Kopf schüttelte. „Er weiß nichts."

Rider betrachtete sie einige Sekunden lang, dann verzog er sein Gesicht zu einem aufdringlichen Lächeln. „Sie lügen, meine Dame. Darauf könnte ich wetten." Ruckartig drehte er sich um zu Ra, der in der Nähe stand. „Logan ist heute morgen nach Huntsville gefahren. Ich fahre in die Stadt und durchsuche sein Büro. Mal sehen, was sich finden läßt."

Über die Schulter zeigte er auf Danni. „Sorgen Sie dafür, daß sie dort bleibt, bis ich wiederkomme. Und geben Sie ihr alles, was nötig ist, um sie ruhigzuhalten. Ich muß zunächst herausfinden, was Logan weiß. Es kann sein, daß wir tiefer in der Klemme sitzen, als ich angenommen hatte."

Damit drehte er sich auf dem Absatz um und verließ das Zimmer, während Ra mit einem drohenden Blick über Danni lauerte. „Bring sie wieder zum Schweigen!" befahl der Leiter der Kolonie. „Und gib ihr genug, damit sie für mehrere Stunden den Mund hält!"

Dannis Herz hämmerte wie wild, als sie sah, wie Sutherland sich gehorsam zum Schrank begab, um eine Spritze und ein kleines Fläschchen zu entnehmen. Tränen der Angst und der Hilflosigkeit rannen ihr über die Wangen.

In dem Augenblick ging die Tür auf, und zu ihrer großen Erleichterung stellte Danni fest, daß Ra Sutherland bedeutete, die Injektion vorerst aufzuschieben. Add betrat als erster das Zimmer und hielt dem Pfleger die Tür auf, der einen schäbig aussehenden Mann hereinzerrte.

„Er ist in einem schlimmen Zustand, Doc", erklärte der Pfleger, während er den Mann mühelos auf einen der Untersuchungstische neben Danni legte. „Ich glaube, er muß irgendwie krank sein. Alkoholgeruch konnte ich bei ihm nicht feststellen."

144

Nun mischte sich Ra ein, der vermutlich wegen Add, seine feierliche Autoritätsmiene aufsetzte. „Hol eine Decke für den armen Mann, Curtis. Und", fügte er, leicht die Nase rümpfend hinzu, während er die schlanke Gestalt auf dem Untersuchungstisch musterte, „kümmere dich darum, daß er sauber wird!"

Auch Danni waren die schmutzigen Latzhosen und die Jägerjacke des Mannes aufgefallen. Er sah unglaublich schmutzig aus. Sie empfand jedoch keinerlei Abscheu, sondern nur Mitleid und Angst, welches Schicksal den Unglücklichen hier erwartete.

Ihr Blick wanderte zu Add, der noch immer in der Tür stand und sie seltsam ansah. Sie wußte, es war töricht von ihr anzunehmen, daß er irgendwie versuchen würde, ihr zu helfen. Er hatte sich Ra verschrieben, und seine Loyalität diesem Mann gegenüber war vermutlich schon zu festgefügt, um noch durch irgend etwas erschüttert zu werden.

„Du kannst jetzt gehen, mein Junge", wies Ra Add freundlich an. „Wir werden uns um diesen armen Mann kümmern. Hast du übrigens zufällig festgestellt, ob er irgendwelche Papiere bei sich trägt? Wir müssen wissen, ob wir jemanden benachrichtigen sollten . . ."

Als die Tür aufgerissen und Rider, die Mütze auf dem Kopf zurückgeschoben, hereingestürmt kam, wandte er sich um. Danni fiel auf, daß er abgehetzt aussah — abgehetzt und wütend. „Ich habe gesehen, wie ihr jemanden hereingebracht habt", fauchte er, Adds Gegenwart scheinbar ignorierend. „Was geht hier vor?"

Er wartete die Antwort nicht ab, sondern drängte sich an den Untersuchungstisch und starrte auf den Neuankömmling herab.

Ra schenkte dem Mann auf dem Tisch kaum einen Blick. „Wieder so ein Ausgestoßener, nehme ich an. Er scheint bewußtlos zu sein."

Im Nu verfinsterte eine dunkle Wolke Riders Gesicht, als er zu Ra aufblickte. „Sie Idiot!"

Ra trat einen Schritt zurück und sah ihn entsetzt an.

„Das ist kein Ausgestoßener!" schrie Rider. „Das ist Tucker Wells — Logans Kumpan!"

Seine Worte gingen im Lärm unter, als der „Ausgestoßene" plötzlich pfeilgeschwind von dem Untersuchungstisch aufsprang. Im selben Augenblick riß Add die Tür auf, und in das Zimmer stürmte Logan, einem drohenden Tornado gleich, der nur noch nach einem Ort suchte, an dem er niedergehen konnte.

21

Den Revolver auf seinen Cousin gerichtet, verlangsamte Logan seine Schritte nicht eher, bis er mitten unter ihnen stand. Bei seinem Sprung vom Untersuchungstisch hatte Tucker dem Pfleger mit voller Wucht einen Schlag versetzt, genau unter den Knien. Ein gezielter Karateschlag hatte ihm den Atem verschlagen, und er war mit dem Gesicht nach unten auf dem Fußboden gelandet – Zeit genug für Tucker, um ihn mit Handschellen an ein Metallbein des Computertisches zu fesseln.

Erstaunt sah Danni, wie Logan seine Waffe weiter auf Philip Rider gerichtet hielt und dabei Ra mit dem Ellenbogen seines freien Arms einen genau berechneten Stoß versetzte, der diesen taumeln ließ. Tucker, der mit dem Pfleger fertig war, nahm eine dicke Mullbinde vom Instrumententisch, mit der er Ra auf einem Stuhl festband, um sich dann auf den Doktor zu stürzen.

Sutherland hatte die Spritze gegriffen, die er vor wenigen Augenblikken aufgezogen hatte. Noch bevor Logan oder Tucker ihn erreichen konnte, würgte Sutherland Dannis Hals mit einer Hand, so daß sie kaum noch Luft bekam. „Ich bringe sie um!" schrie er hysterisch, während er wie ein Verrückter die Spritze über Dannis Kopf schwenkte. „Bleiben Sie, wo Sie sind, oder sie ist tot! Ich warne Sie!"

Das Gesicht des Arztes war schweißüberströmt, die Augen glasig. „Add..." Alle Blicke waren auf den Jungen gerichtet, der still an der Tür stand. „Du bringst mir den Revolver des Sheriffs!"

Der Junge zögerte, bevor er zu Logan ging.

„Tu's nicht, Junge!" sagte Tucker leise, als Add an ihm vorüberging.

Doch Add ging weiter direkt auf Logan zu. Die beiden sahen sich lange in die Augen, ehe der Junge seine zitternde Hand ausstreckte, um die Waffe entgegenzunehmen. Dannis Hoffnungen erloschen, als sie sah, wie Logan ihm die Waffe ohne ein einziges Wort übergab.

„So ist es gut, mein Junge", säuselte Sutherland, als Add ihm den Revolver brachte. „Bring ihn her zu mir, so ist es gut!"

Danni keinen einzigen Blick schenkend, ging Add um den Untersuchungstisch herum direkt auf Sutherland zu.

Plötzlich, mit einer blitzschnellen Bewegung warf Add sich gegen den Arzt. Während er Sutherland mit einer Hand den Revolver in den Bauch stieß, holte er aus und schlug dem Arzt die Spritze aus der Hand.

Im gleichen Augenblick stürzte sich Logan in einem Blitzangriff auf Rider und schlug ihm mit einem Highkick den Dienstrevolver aus der

Hand. Zwei weitere, genau berechnete Schläge und sein Cousin taumelte, über einen Stuhl torkelnd.

Tucker schnappte sich Riders Waffe. Unglaublich schnell für einen Mann mit einem lahmen Bein jagte er an Danni vorbei, um Add zu helfen, Sutherland gegen die Wand zu drängen.

„Das hast du gut gemacht, mein Junge", lobte Tucker. „Und jetzt befreie die Dame von ihren Fesseln!" forderte er den Jungen auf, während er Sutherland den Revolver unter die Nase hielt.

Add schien den Tränen nahe, als er Danni so schnell wie möglich loszubinden versuchte. „Ist alles in Ordnung, Miss St. John? Es tut mir leid — es tut mir so leid, daß ich Ihnen nicht helfen konnte, als ich zum erstenmal hier war! Ich mußte dem Sheriff versprechen, daß ich nichts unternehmen würde. Er sagte, ich sollte sie suchen und dafür sorgen, daß die Tür offen sei!" Seine Worte überschlugen sich, während er die letzte Binde löste. Sofort, als sie frei war, setzte sich Danni auf und umarmte ihn herzlich.

„Oh, Add! So hast du Logan also *doch* angerufen!"

„Nein, der Sheriff hat *Sie* angerufen, heute früh. Er rief in Ihrem Büro an, und als ich ihm sagte, Sie seien noch nicht eingetroffen, erklärte er mir, daß Sie auch nicht zu Hause seien. So bat er mich, Sie zu suchen und ihn zurückzurufen."

„Aber als du zum erstenmal hier warst . . ."

Die Worte sprudelten nur so aus ihm heraus. „Ich sagte ihm, was man mit Ihnen gemacht hatte — und Sheriff McGarey erklärte mir genau, was ich tun sollte. Er sagte mir, daß sein Freund Mr. Wells auf der Straße auf mich warten würde, als Obdachloser verkleidet. Ich sollte ihn hierherbringen und dann einfach abwarten."

„Danni? Ist alles in Ordnung?" rief Logan durch das Zimmer, während er Sutherland mit Handschellen an einen Untersuchungstisch fesselte.

„Alles in Ordnung!"

Nachdem sie Add zu dem Streifenwagen geschickt hatten, um über Funk die Polizei des Bundesstaates zu verständigen, legten Logan und Tucker Philip Rider Handschellen an.

Erst danach wandte er sich Danni zu. Ihr stockte der Atem, als sie den Aufruhr widerstreitender Gefühle sah, der sich in seinem Gesicht widerspiegelte.

„Nun, hast du deine Geschichte, Kleine?" knurrte er.

„Logan . . ." Sie schaute von ihm zu Tucker, der die Schultern zuckte, bevor er sich lächelnd entfernte.

„Möchtest du nicht zugeben, daß du es ein wenig damit übertrieben hast, für *deine Überzeugungen* einzustehen?" fauchte er.

Er war *wütend* auf sie! Würde sie diesen Mann jemals verstehen? „Du bist wütend?" platzte sie heraus. „Es hat nicht viel gefehlt, und man hätte mich zu einem geistigen Krüppel gemacht ... oder vielleicht sogar umgebracht ... und du hast nichts anderes zu tun, als mich zu *belehren*! Hör mir mal einen Augenblick zu, Logan McGarey ..."

Der Blick, den er ihr zuwarf, ließ Danni beinahe im Erdboden versinken. „Nein, *du* wirst mir erst einmal zuhören!" donnerte er. „Doch wir werden uns später unterhalten. Ich rackere mich ab, ängstige mich beinahe zu Tode und riskiere meinen Kopf und einen guten Streifenwagen, indem ich in einem Wahnsinnstempo durch die Straßen jage, um hier zu sein, bevor diese Dreckskerle dein Gehirn zu Mus machen ... oder schlimmer ..." Er hielt inne, bevor er, nur ein klein wenig ruhiger, hinzufügte: „Ja, Madam, man kann durchaus sagen, daß ich *wütend* bin!"

Damit ließ er Danni mit offenem Mund stehen und begab sich zu Philip Rider, der, an ein Waschbecken gefesselt, ausgestreckt auf dem Boden lag. So wütend Danni auch im Augenblick auf Logan war, konnte sie dennoch einen Funken Mitgefühl mit ihm nicht unterdrücken.

„Ich dachte, du wärst in Huntsville", murmelte Rider verdrießlich.

„Das solltest du auch denken!" Logan hielt inne. „Wie tief steckst du mit drin, Phil? Und warum? Was hat dich geritten, als du dich mit diesem Gesindel eingelassen hast?"

Rider starrte Logan herausfordernd an, den Mund trotzig verzogen. „Warum *nicht*?" schoß er verächtlich zurück. „Nicht alle von uns haben eine so edle Gesinnung wie du ... *Cousin*."

„Was soll das bedeuten?"

„Es bedeutet *Geld*, Mann! Eine Menge Geld! Soviel wie du und der Rest unserer Sippe noch nie gesehen haben!"

„Welche Rolle hast du hier gespielt? Und sag mir die Wahrheit! Ich habe genug von deinen Lügen!"

Schulterzuckend markierte Rider wiederum den starken Mann. „Vorwiegend ging es um Deckung. Ich habe dafür gesorgt, daß ihre Masche mit der Sozialhilfe unentdeckt blieb, und wenn sie einmal unvorsichtig waren, habe ich ihre Spuren verwischt ..."

Logan ließ ihn nicht ausreden. „Wir wollen sehen, ob meine Variante stimmt: die Jugendlichen brachten Obdachlose, die sonst keine Bleibe hatten, in die Kolonie. Nachdem sie ein paarmal von Dr. Sutherlands Zaubertrank gekostet hatten, überschrieben die alten Leutchen ihre Sozialhilfeschecks der Kolonie. Fortan setzte man sie unter Drogen, so daß sie froh und zufrieden – aber ansonsten aus dem Weg waren. Nur diejenigen, die keine Angehörigen mehr hatten – zumindest niemanden, der sich um sie *sorgte* – wurden ermutigt, zu bleiben. Stimmt's?"

Rider sah ihn an? „Wie hast du das mit der Sozialhilfe herausgefunden?"

„Ich war einige Male in der Sozialversicherungsstelle in Huntsville", erwiderte Logan, sein Ton ernüchternd hart. „Was geschah mit den drei Männern, die tot sind?"

Wieder zuckte Rider die Schultern, wich jedoch diesmal Logans zornigem Blick aus. „Der *Doktor* dort drüben meinte, sie hätten noch andere Medikamente genommen, die sich nicht mit dem ‚Zaubertrank' vertrugen, den er speziell für sie gemixt hatte. Es muß sich irgendwie auf ihr Herz gelegt haben, vermute ich."

Inzwischen war auch Add in das Zimmer zurückgekehrt und unterhielt sich leise mit Tucker. Danni trat ein weniger näher zu Logan, der ihre Gegenwart jedoch in keiner Weise zu beachten schien.

„Warum hast du Dannis Haus durchsucht? Und wie oft warst du dort ... einmal ... zweimal?"

Rider warf ihm einen verächtlichen Blick zu. „Wie kommst du darauf, daß ich es gewesen sein soll?"

Logan bückte sich und zog eine Sonnenbrille aus der Hemdtasche seines Cousins, die er ein paarmal in seinen Händen herumdrehte, bevor er sie gegen das Licht hielt. Schließlich zog er etwas aus seiner Hemdtasche – das kleine Metallstück, das Danni in ihrer Wäschekommode gefunden hatte. Er hielt es außen an den Rahmen der Brille, an die Stelle, die mit Klebeband umwickelt war, um das fehlende Teil zu verdecken.

„Es kam mir gleich irgendwie bekannt vor", erklärte Logan, „doch ich konnte es erst genau indentifizieren, als ich gestern das Klebeband an deiner Sonnenbrille bemerkte."

„Und du warst es auch, der Penn so zugerichtet und Otis Green gequält hat, nicht wahr?" fuhr er fort, wobei sein Ton schroff wurde.

Rider warf seinem Cousin einen herausfordernden Blick zu. „Ich habe ihnen nicht weh getan – habe Penn nur ein wenig angerempelt."

„Ich hatte das Gefühl, daß Otis Green seine Meinung ein wenig zu schnell änderte", erklärte Logan. „Womit habt ihr ihm gedroht – mit Gefängnis?"

Rider nickte.

„Und sie waren *einverstanden*, sich so von dir zurichten zu lassen!"

„Sie hatten keine andere Wahl", entgegnete Rider, in dessen Stimme Verachtung mitschwang. „Ihr ruhmreicher *Erleuchteter Meister* machte ihnen klar, daß dies alles zum Wohle der Kolonie geschah."

Logan wandte sich zu Ra um. Dabei stieß er beinahe mit Danni zusammen. Logan aber schaute über ihren Kopf hinweg zu Ra. „Sagen Sie mir, *Reverend Ra*", fragte Logan sarkastisch, „wie ist eigentlich Ihr richtiger Name?"

„Milo Cavendar", warf Danni rasch ein.

Logan schaute zu ihr herunter und schien lange in ihrem Gesicht zu forschen. Schließlich erschien ein Zucken um eine dunkle Braue, und Danni war sich ziemlich sicher, daß er versucht war zu lächeln. Natürlich würde er es nicht tun. *Mutiger Adler* würde niemals lächeln im Angesicht des Feindes.

„Milo Cavendar", wiederholte er.

„Das stimmt. Ich pflege meine Hausaufgaben zu erledigen, bevor ich eine neue Aufgabe übernehme. Er ist außerdem bekannt als *Floyd Basil, Leonard Sprague* und *Stanley Coates*."

Tucker und Add waren inzwischen nähergetreten und hörten still zu. Während Logans Hand die Prellung auf seiner Wange berührte, musterte er Danni. Sie wußte, daß sie vermutlich aussah wie etwas aus einem bösen Traum.

Doch zumindest hatte sie jetzt seine Aufmerksamkeit. „Er war als Versicherungsagent, Immobilienmakler und Rauschgifthändler tätig. Und das bezieht sich nur auf die letzten zehn Jahre."

Auf seinem Gesicht erschien tatsächlich der Hauch eines Lächelns. Überhaupt wurde sein Gesichtsausdruck weicher, und Danni entdeckte wieder jenes stille Verstehen und seine zärtliche Zuneigung.

Entschlossen fuhr sie fort: „Er war zweimal wegen Betrugs und einmal wegen Kreditkartenfälschung inhaftiert, und auf seinem Konto stehen eine ganze Reihe von Verkehrsdelikten." Danni, die sich inzwischen wieder wohler fühlte, beschloß, noch eins daraufzusetzen. „Außerdem hat er an Pitbullkämpfen teilgenommen, wo doch diese Kampfhunde bei uns verboten sind."

Als sie sah, wie Logan der Mund vor Überraschung offenstand, beschloß Danni, auch das letzte zu wagen. „*Und . . .*"

Er stöhnte. „Du bist wirklich wer, nicht wahr?"

„. . . in seinen Adern fließt indianisches Blut." Schweigen. „Wie bei dir."

In dem Augenblick kamen Hilfssheriff Baker und zwei Beamte der Polizei des Bundesstaates durch die Tür geeilt.

22

„Es ist kaum zu fassen, daß bald Weihnachten ist", bemerkte Tucker später am selben Abend, während er damit beschäftigt war, Kaffee nachzugießen. „Möchtest du noch mehr heiße Schokolade, mein Junge?" fragte er Add. Der Junge saß am Tisch Danni genau gegenüber und teilte seine Aufmerksamkeit zwischen seinen neuen Freunden und den Irish Setterjungen, die vergnügt umhertollten.

„Ja, falls es jemanden interessieren sollte, ich habe *mein* Geschenk bereits erhalten", erklärte Danni mit einem strahlenden Lächeln, während sie zu ihren Füßen hinunterschaute, wo Chief, ein dickes, glänzendes, kupferfarbenes Knäuel versuchte, sich in den eigenen Schwanz zu beißen. Sassy, seine Mutter, saß auf der anderen Seite neben Logan und unternahm gelegentlich einen Versuch, ihre unbelehrbaren Jungen mit einem mütterlichen Knurren zu warnen.

Tucker hatte darauf bestanden, daß sie alle mit hinaus auf die Farm kamen, sobald Logan gemeinsam mit den anderen Polizisten die Gefangenen in die Stadt gebracht hatte. Sie hatten bereits ein köstliches Mahl genossen — von Tucker zubereitet aus gebackenem Schinken, in der Schale gebackenen Kartoffeln und Maisbrot, und Danni aß bereits ihr drittes Stück Schokoladenkuchen.

„Was wird jetzt mit all den Leuten draußen in der Kolonie?" wandte Tucker sich an Logan.

Logan nahm einen Schluck Kaffee und neigte den Kopf in Dannis Richtung, die neben ihm saß. „Sie glaubt, alles bereits bestens geordnet zu haben", entgegnete er trocken.

So müde sie auch war, vermochte Danni dennoch nicht, ihren Enthusiasmus zu zügeln. „Ich werde mit den Kirchen hier in der Stadt Kontakt aufnehmen und sehen, ob sie helfen können. Das Gelände und die gesamte Einrichtung wären ideal geeignet für ein Zentrum, in dem Jugendliche, die Probleme haben, Zuflucht finden können. Außerdem möchte ich wetten, daß ein Reihe der älteren Menschen aufgehen würden in der Aufgabe, für die jungen Leute und das Gelände Verantwortung zu übernehmen. Natürlich würden wir versuchen, für diejenigen, die nicht bleiben möchten, andere Unterbringungsmöglichkeiten zu finden."

„Ich würde gern bei den jungen Leuten mitarbeiten", erbot sich Tukker. „Ich liebe Teenager." Dabei lächelte er Add zu, der mit einem scheuen, dankbaren Lächeln seinerseits antwortete.

„Und wo kommt das Geld her?" fragte Logan, immer der Zyniker. „Aus den Guthaben der Kolonie", erwiderte Danni. „Das Gericht wird über die Gelder zu entscheiden haben, ich bin jedoch sicher, daß bei verschiedenen Banken im gesamten Land enorme Summen angelegt sein müssen. Das würde uns einen guten Start ermöglichen. Und wenn wir später Unterstützung von den Kirchengemeinden bekommen – wird es gehen. Ich weiß einfach, daß es funktionieren wird!"

Logan lehnte sich in seinem Stuhl zurück, die Arme vor der Brust verschränkt. „Ich glaube, du würdest sie schnell dafür gewinnen können."

Danni sah ihn überrascht an. „Meinst du das *wirklich*?"

Er nickte. „Ich glaube, wenn sie endlich merken, was dort draußen gespielt wurde, werden sie gern bereit sein mitzuhelfen."

Danni betrachtete ihn forschend. „Das ist ja ein ganz neuer Zug an dir, im Zweifelsfall zugunsten der Gemeinden zu entscheiden."

Er zuckte die Schultern. „Ja, vermutlich hast du recht. Langsam komme ich zu dem Schluß, gleich zu viel von den Kirchengemeinden erwartet zu haben, bevor wir wirklich genau wußten, was in der Kolonie gespielt wurde. Wenn die Leute in der Stadt erst einmal die Wahrheit erfahren, werden sie bestimmt helfen wollen."

Er musterte Danni mißtrauisch, halb darauf gefaßt, daß sie diese seine Meinungsänderung anzweifelte. Als sie dies nicht tat, fuhr er fort: „Sagen wir einfach, du hast mir geholfen, Menschen wieder vertrauen zu können, Kleines. Zumindest hast du mir gezeigt, daß es Menschen *gibt*, die ihren Glauben in die Tat umsetzen. Das hat mir einen Neuanfang möglich gemacht." Er lächelte. „Übrigens, ich habe die fehlenden Artikel von dir gefunden."

Danni runzelte die Stirn. „Welche Artikel?"

„Die Zeitungsausschnitte aus dem Album, das deine Mutter für dich angelegt hat", erläuterte er. „Diejenigen, die man herausgerissen hatte, erinnerst du dich?"

„Oh! Wo waren sie? *Welche* Artikel waren es?"

Er schaute ihr in die Augen. „Phil hatte sie. Und es waren Artikel", fügte er betont hinzu, „über eine Preisverleihung an Journalisten – *für Enthüllungsberichte*."

Danni verzog den Mund. „Ach so, ... diese Artikel."

Er schüttelte den Kopf. Dann schien er sehr ernst zu werden. „So ... hast du also vor, weiter in Red Oak zu bleiben und bei der Umgestaltung der Kolonie zu helfen?"

Seine Worte waren unpersönlich genug, aber etwas in seiner Stimme ließ Danni glauben ... *hoffen* ..., daß ihm ihre Antwort wichtig wäre.

Sie betrachtete ihn und sah, daß *Mutiger Adler* seinen Widerstand aufgegeben hatte . . . zumindest im Augenblick. „Ich . . . ich habe keine Eile, Red Oak zu verlassen", erklärte sie. Dann beeilte sie sich hinzuzufügen, daß sie voraussichtlich so lange in der Stadt bleiben werde, bis sie ihren Bericht fertiggestellt hatte. „Und ich würde auch gern in der Kolonie mithelfen — wir müssen einen neuen Namen finden, meinst du nicht auch? Und es wird bestimmt viel Hilfe nötig sein . . ."

Danni hielt inne, als ihr plötzlich bewußt wurde, daß sie zu schwätzen begonnen hatte, und erklärte mit einem schwachen Lächeln: „Nun, . . . ich werde noch eine Weile bleiben, ja."

Nur vage nahm sie wahr, wie Tucker sich räusperte und vom Tisch aufstand. „Jerry", sagte er, Add bei seinem richtigen Vornamen nennend, „ich könnte ein wenig Hilfe in der Küche gebrauchen, wenn es dir nichts ausmacht."

Danni lächelte, wie Add — *Jerry* — beinahe über sich selbst stolperte, als er eilig aufstand, um Tucker in die Küche zu folgen. Doch Logan hielt sie zurück.

„Tucker?"

Tucker wandte sich um und wartete.

„Vielen Dank, *kemo sabe*", sagte Logan leise.

Der Blick, den die beiden Männer tauschten, verschlug Danni beinahe den Atem.

Sie und Logan saßen dann lange schweigend da, unendlich lange, wie es ihr scheinen wollte. Schließlich erklärte Logan, offensichtlich bemüht, ein Gespräch in Gang zu bringen: „Tucker möchte, daß der Junge eine Weile bei uns bleibt, und ich habe ihm gesagt, daß ich nichts dagegen habe."

„Oh, Logan, das freut mich sehr! Add — Jerry — ist so ein hoffnungsvolles Talent! Und er ist wirklich ein netter Junge. Er braucht einfach nur jemanden, der sich seiner annimmt und ihn ein Stück begleitet."

Logan nickte. „Es wird schön sein, ihn hier bei uns zu haben. Tucker versteht es sehr gut, mit jungen Menschen umzugehen. Er ist auch in seiner Gemeinde als Jugendseelsorger tätig, weißt du. Im Laufe der Jahre hat er mehr als einem jungen Menschen wieder auf die richtige Bahn geholfen. Dem Jungen konnte nichts Besseres passieren, als Tucker zum Freund zu haben."

„Ich glaube, das gilt auch für dich", sagte sie sanft, in seinem Gesicht forschend.

Er schaute einen Augenblick weg, bevor er sich ihr wieder zuwandte. „Ich muß dir etwas sagen."

Dannis Herz fing an zu rasen.

„Ich wollte dir sagen, daß es mir leid tut, daß ich dich heute so angefahren habe."

Das war nicht gerade das, was sie zu hören gehofft hatte, und Danni mußte sich sehr bemühen, ihre Enttäuschung zu verbergen. „Ja, ... du hast mich ganz schön zurechtgewiesen", erwiderte sie so nachsichtig wie möglich.

„Ich hatte Angst", räumte er ein. „Darüber zu reden, für seine Überzeugung einzustehen, ist die eine Sache, wenn es jedoch jemanden betrifft, der ... einem viel bedeutet, dann sieht alles plötzlich ganz anders aus. Ich hoffe, du betrachtest das nicht als Doppelmoral, aber die Wahrheit ist in der Tat, daß ich mich wie ein Trampel benommen habe, weil ich einfach furchtbare Angst um dich hatte. Als ich dann wußte, daß dir nichts mehr passieren konnte ..." Schulterzuckend lächelte er sie unsicher an. „Nun, ich wollte nur versuchen, es dir zu erklären."

Danni traute ihrer Stimme nicht, und so nickte sie einfach nur zum Zeichen, daß sie verstanden hatte. Beklommen erkannte Danni, daß es an der Zeit war, ein Geständnis abzulegen. Sie schluckte und befeuchtete ihre Lippen, bevor sie begann: „Logan, ich hoffe, du bist nicht zu böse auf mich ... ich meine, jetzt, da du weißt, warum ich diese Stelle in der Kolonie angenommen habe ... Ich muß dir jedoch etwas sagen."

Dann erzählte sie ihm von dem Abend mit Ra — Milo Cavendar. Darauf gefaßt, daß Logan wieder explodieren würde, wenn er davon hörte, wollte sie die Sache so schnell wie möglich hinter sich bringen. Sie räumte ein, daß sie nicht das erreicht hatte, was sie zu erreichen hoffte, und daß sie statt dessen tief gedemütigt worden war und sie ihr Handeln zutiefst bereute.

Logans Gesichtsausdruck wurde immer finsterer, je mehr sie erzählte, bis er schließlich, als Danni am Ende ihrer Geschichte angelangt war und ihn um Verständnis gebeten hatte, aussah, als könnte er jeden Augenblick anfangen, das Zimmer zu verwüsten, in dem sie sich befanden. „Logan, ... es war ein Fehler von mir. Das habe ich sofort erkannt, nachdem ich einen Fuß in dieses Haus gesetzt hatte", drängte Danni weiter. „Es war sehr töricht von mir, mich in solche Gefahr zu begeben, und ich würde nie, nie wieder so eine übereilte, törichte Entscheidung treffen!"

Sie hielt den Atem an und beobachtete ihn. Ihr kam der Gedanke, daß es ihm vielleicht *doch nichts ausmachte*, daß sie den Abend allein mit diesem widerlichen Mann verbracht hatte. Doch falls dies so wäre, warum sah er dann so furchtbar wütend aus?

Schließlich sprang er auf und verließ das Zimmer, ohne ein einziges

Wort zu verlieren. Als er gegangen war, sank Dannis Stimmung auf den Nullpunkt. Sie hatte erwartet, daß er sie rügen, vielleicht sogar eine weitere Schimpfkanonade über ihr ausschütten würde – alles, aber nicht dieser entsetzliche Abgang.

Warum aber sollte sie etwas anderes erwarten? Schon vor dem heutigen Abend hatte er sie für sehr töricht gehalten. Nun war er davon überzeugt. Sie hätte wissen müssen, daß es so kommen würde. Und sie konnte ihm kaum die Schuld dafür geben.

Sie konnte nichts mehr tun, dachte sie, außer zu gehen . . . aus seinem Leben zu verschwinden.

Sie biß sich auf die Lippen, um nicht weinen zu müssen. In dem Augenblick kam Logan in das Zimmer zurück, sein Gesicht eine ausdruckslose Maske.

Ohne Vorwarnung zog er Danni mit einer schnellen, gezielten Bewegung von ihrem Platz hoch – und fesselte ihr Handgelenk mit einer Handschelle an das seine.

„Was *machst* du da?" stieß sie hervor.

Sein Gesicht blieb weiter regungslos, als er ihre Hand ein klein wenig anhob, um zu überprüfen, ob die Handschellen richtig geschlossen waren. „Dich gefangennehmen", erklärte er ruhig.

„Gefangennehmen?!" Danni starrte ihn entgeistert an. „Logan McGarey, du nimmst mir diese Dinger sofort ab, hast du mich verstanden?" forderte sie. „Hier hört der Spaß auf!"

„Einbruch", erläuterte er, als hätte er sie überhaupt nicht gehört, „ist gesetzeswidrig. Mein Beruf fordert deshalb von mir, dich gefangenzunehmen."

„Ohhh!" Danni wand sich und versuchte mit aller Gewalt, sich zu befreien, erreichte jedoch nichts anderes, als sich das Handgelenk zu verrenken. „Was meinst du überhaupt mit ‚Einbruch'?"

Natürlich wußte sie genau, worum es ging – um ihren Einbruch in die Klinik.

„Zu deiner Information, Logan, ich bin ebensogut für *dich* wie für mich in die Klinik eingebrochen!"

„Ich spreche nicht von der Klinik", erwiderte er in jenem aufreizend monotonen Tonfall.

„*Worüber* dann? Was soll dieser ganze Unsinn, mich *gefangenzunehmen*?"

Er zog sie noch näher an sich heran, sein Gesichtsausdruck noch immer unergründlich, obgleich Danni einen neuen Glanz in seinen Augen zu entdecken glaubte. Mit seinem freien Arm hielt er sie fest umschlungen, wobei ihre zusammengeketteten Handgelenke nutzlos an ihrer Seite baumelten. „Ich habe festgestellt", erklärte er sachlich, während er zu ihr herabsah, „daß du gefährlich bist. Du bist in mein Herz eingebrochen. Du bist einfach gekommen und hast Besitz von mir ergriffen. Du hast mein Herz gestohlen und bist damit weggelaufen, noch ehe ich wußte, wie mir geschah. Nun, ich bin nur ein dummer Polizist und kein Rechtsanwalt, aber sogar ich weiß, daß dies ohne jeden Zweifel als Einbruch ausgelegt werden kann. Deshalb ... nehme ich dich gefangen."

Ihr Puls begann wie wild vor Freude zu rasen, und Danni mußte sich sehr zusammennehmen, um zumindest soviel Zurückhaltung zu beweisen wie ihr Eroberer. „Ich meine, ich habe Anspruch auf ein Verfahren", stellte sie fest.

Er schien über ihre Worte nachzudenken. „Das stimmt", pflichtete er ihr bei. „Ich möchte dich jedoch darauf hinweisen, daß es viel einfacher ist und das Strafmaß mildert, wenn du einfach ein Geständnis ablegst."

„Um welches Urteil handelt es sich überhaupt?"

Er zog sie noch fester an sich und küßte sie leicht auf die Stirn. „Nun, der Richter ist ein guter Freund von mir. Wenn du meine Bedingungen annimmst, könntest du mit dem Leben davonkommen."

„Unter deiner Obhut?"

„Hatte ich das nicht erwähnt?"

Mit ihrer freien Hand streichelte Danni den blauen Fleck an seiner Wange. „In diesem Fall", erwiderte sie, „nehme ich das Urteil an."

Aus unserer Reihe »Francke-Lesereise« liegt vor:

Jack Cavanaugh
Und niemand kennt das Morgen
Südafrika-Saga – Band 1
Bestell-Nr. 330 349
ISBN 3-8612-349-X
388 Seiten, Paperback

Die Waise Margot de Campion, eine Hugenottin, hübsch, geduldig und doch couragiert, wird von einem widrigen Schicksal nach Kapstadt verschlagen. Dort begegnet ihr Jan van der Kemp, der älteste Sohn eines südafrikanischen Großgrundbesitzers, stolz, voller Selbstvertrauen und ein ungezügelter Charakter. Jans und Margots Wege kreuzen sich immer wieder, ihre unterschiedlichen Wesensarten geraten aneinander. Doch die auf einer unbewältigten Vergangenheit beruhenden Spannungen auf der Farm der van der Kemps lassen auch ihre Liebe zueinander aufbrechen.

Eine bewegende historische Erzählung, die das Leben in Südafrika zu Beginn des 18. Jahrhunderts schildert.

FRANCKE
Verlag der Francke-Buchhandlung GmbH

In der Reihe »Portrait« liegt ebenfalls vor:

Judith Pella
Tür zum Herzen
Reihe »Portrait«
Bestell-Nr. 330 348
ISBN 3-8612-348-1
312 Seiten, Paperback

Als sie die Nachricht vom gewaltsamen Tod ihres geschiedenen Mannes Greg erhält, bricht für die angehende Malerin Irene Lorenzo eine Welt zusammen. Sie setzt nun alles daran, seinen Mörder zu finden. Ihr zur Seite steht der blinde Anwalt Joel Costain. Durch die schmerzliche Aufdeckung der Geheimnisse um Gregs Vergangenheit werden die beiden grundverschiedenen Menschenleben unfreiwillig miteinander verflochten.

Judith Pella erzählt hier eine Geschichte, die mit schmerzlichem Kummer und Leid beginnt und in einem Porträt der Versöhnung und bedingungslosen Liebe endet.

FRANCKE
Verlag der Francke-Buchhandlung GmbH